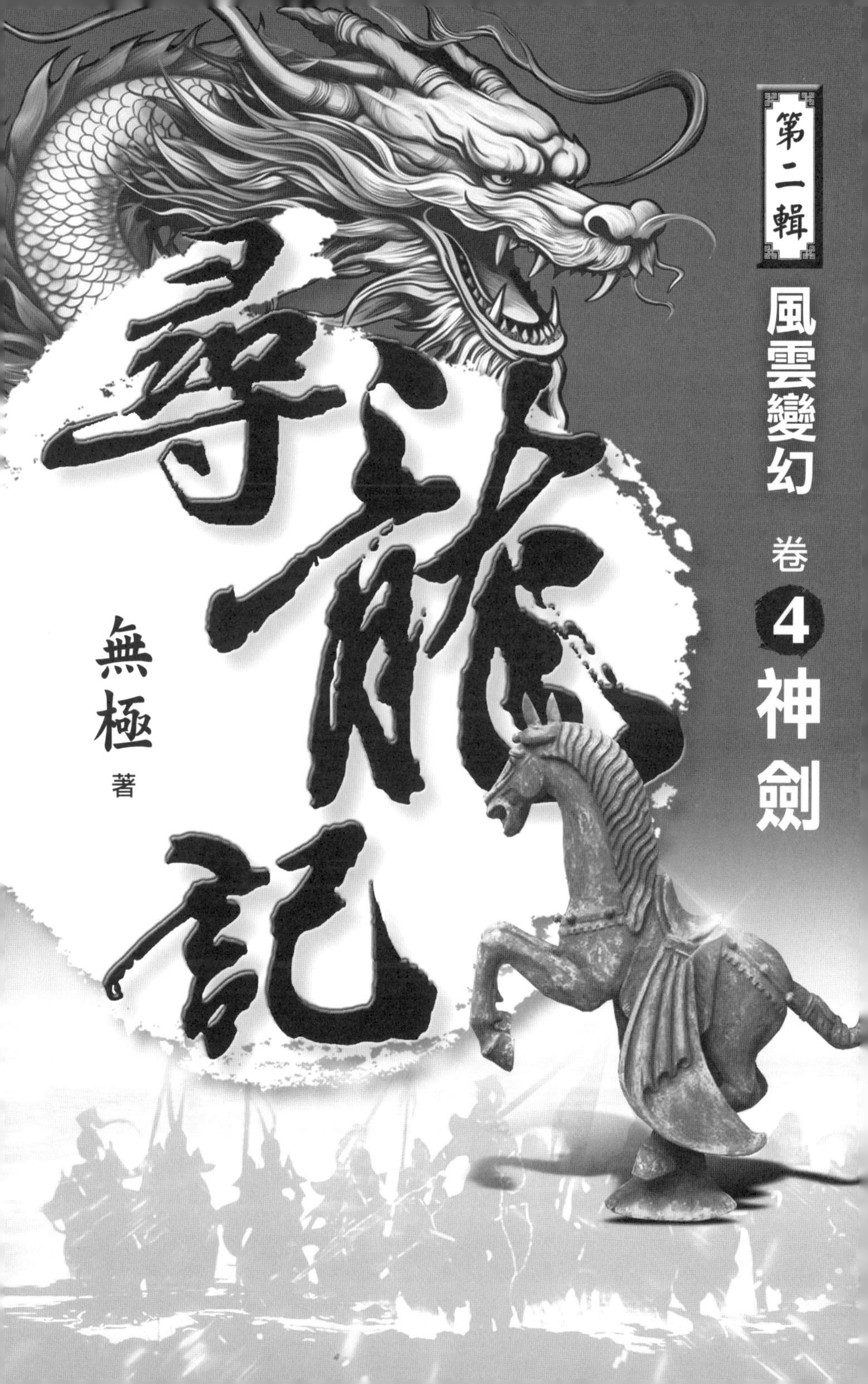
第二輯
風雲變幻
卷 4 神劍
尋龍記
無極
著

目錄

第一章　烏牛天尊……5
第二章　知悉陰謀……49
第三章　變形神劍……73
第四章　深入虎穴……105
第五章　枯木死士……135

第六章 達成協議……165
第七章 再添一美……193
第八章 虎毒食子……207
第九章 瞞天過海……223
第十章 奇變迭出……265
第十一章 兇神惡煞……295

第一章　烏牛天尊

鬼影修羅說到最後幾句，神情顯得有些激動，語氣也加重了許多。

項思龍心神一突，想不到這鬼影修羅早就看出了自己這一身日月天帝的打扮，但他能如此沉得住氣，自是早就看出自己是冒牌的了。

那麼這鬼影修羅方才所講的故事是真的了。這……也不知他那勞什子的鬼劫神功是不是真那麼厲害？但看他的氣勢是有幾分駭人的！然他卻為何看不出自己身懷絕世神功呢？是自己的功力在他眼中不屑一顧，還是自己已練至了連他也看不出功夫深淺的境界呢？

嗯，自己也看不出他的功力到底有多深，看來他也應是看不出自己底細了！這怪物倒把自己看作了日月天帝的兒子！那他也不知日月天帝的兒子到底是誰囉？

自己到底冒不冒充日月天帝的兒子呢？如果冒充的話，這鬼影修羅又會對自己怎樣呢？

要不冒充的話，他會不會逼自己帶他去打日月天帝呢？

這……如要自己帶他去找日月天帝可就麻煩了，日月天帝已死，他的元神已進入了自己體內。要找他就找自己拚命了！如此一來，自己可就有得頭痛囉！

可如冒充呢，自己既要稱呼日月天帝為爹，又要叫這鬼影修羅師父，那可也不是一件好差事！

唉，管他那麼多呢！為了省麻煩，這是勉為其難的冒充了吧！反正自己也算是日月天帝的徒弟，俗話說：「師徒如父子」嘛，自己叫他一聲「爹」也沒關係的，慰籍慰籍他嘛，稱這鬼影修羅為「師父」呢，自己也有好處，因為日月天帝的兒子曾救過他一命啊！他心懷內疚之下，自是會儘量安撫自己的了！並且他也會對自己不加設防，可方便自己找出他的弱點，對他進行控制，讓他改過從善！

反正日月天帝已死了，自己也不會再來個什麼「父子相殘」！再說眼下要跟笑面書生、阿沙拉元首他們作鬥爭，自己也正缺高手相助，如能把這鬼影修羅收為己用，那可就使自己實力大增了！

唯一讓自己擔心的就是真正的日月天帝兒子出現，那自己可就糟了！鬼影修羅說不定會因自己戲弄他而惱羞成怒要跟自己拚死，那自己可就……不過，他卻也找對了報復對象呢！

因為日月天帝的元神在自己體內嘛！

嗯，還有一件事，自己對他方才表露的是毫不相識之態，現刻……這轉變鬼影修羅怎麼會相信自己呢？還有，日月天帝的兒子知道了事實真相，知道了自己被鬼修羅利用，知道了母親百合仙子因鬼影修羅而死，他見了鬼影修羅，又怎麼會……

這……項思龍心念電轉的想著，目光閃爍不定，不知怎麼回答時，鬼影修羅激動的接著道：「小子，我是你師父啊！怎麼？你不認識我嗎？是不是日月天帝這老傢伙對你動了什麼手腳？他有沒有對你施展過天魔眼？你被他迷失去了心怎嗎？這老傢伙好生歹毒，竟然對你也施這種下三濫手段！不過，你不用害怕，師父也練成了回魂大法，可以幫你解脫他的困制的！小子，你知道嗎？師父這些年來是多麼想念你！當年我做錯了，我對不起你！小子，現在師父知道悔改了，你原諒師父吧！我好想念你啊！你回到我身邊吧！」

說著，鬼影修羅伸出了枯竹般的手來，想抱住項思龍，項思龍驚覺的向後一退，心念電轉中有了主意，當即裝出一片迷惘而又憤怒神色的指著鬼影修羅顫聲道：「你……師父？教主……父親？這……不！我不是你口上所說的小子！我是教主座下的無常特使，專門負責我西方魔教的教務視察！我不是什麼小子！我……我沒有父親也沒有師父，只有教主……！他對我說我是一個棄嬰，是他撿來把我撫養長大的，我的武功是教主所傳授的！

「我只知道我應該忠心教主！我只知道在教主失蹤的一千多年來，我可以感應到他沒死！我在阿沙拉元首他們手下忍辱吞聲這麼多年，就是為了等待教主重出江湖的這一天！我……我的記憶就只這麼多！我並不認識你！你方才的話全都是胡說八道。哼，你是我教主的天敵，也就是我的敵人，不要再多說什麼了！我們手底下見個真章吧！看你有沒有資格見我教主！」

話音甫落，「鏘」的一聲撥出了腰間的鬼王劍，遙指鬼影修羅，雙目怒瞪著他，一副欲跟對方拚命的樣子。

項思龍的這番做作雖是精心思量設計的，但說到中途他的情緒卻非常投入，似是受到了一股外來情緒的影響。

項思龍瞪著鬼影修羅時，心下暗暗忖道：「看來是日月天帝的元神在自己體內作怪了！他奶奶的，這老鬼把他的元神融入自己體內，或許就是為了見見他的兒子，或想自己替他解決與鬼影修羅的恩怨吧！但不知他的兒子到底是誰！」

項思龍心下怪怪想著時，鬼影修羅對他的言態先是怔了怔，接著又是情緒激動的道：「沒錯！果然是你！小子！是你！你能感應到日月天帝沒死，這不是你與他存在著父子之情的心心相通麼？小子，我是你師父！你相信我吧！你現在的情形看來，你定是被日月天帝這老傢伙施展了天魔眼，才會變成這樣子的！不過小子你不用怕，老傢伙的天魔眼雖然厲害，但師父我的回魂大法卻是專破他的天魔眼的！你放心吧，我一定可以治好你，讓你認識我的！」

說到這裡，頓了頓接著又道：「小子，你現在的火氣我可以理解，想與我比劃兩招是不是？好，師父就陪你玩兩招吧！也想看看你這些年武功長進了多少！」

其實說來鬼影修羅誤把項思龍當成他口中所說的小子，乃是因為項思龍所練的鬼冥神功與他的鬼劫神功有著相同的一面，那就是均含有陰寒之氣，更何況日月天帝所轉輸到項思龍體內的真氣，因是從神女峰地底吸納的天地靈氣，其中也含有少量的屍毒，所以鬼影修羅感應到項思龍的真氣如自己的鬼劫神功差不多，而世上除了自己和「小子」練有鬼劫神功之外，再也無第三人。

還有就是他當年傳授鬼劫神功給「小子」時，方法與真正的修練方法不一樣，那就是「小子」並沒有進入地底腐爛吸納陰寒屍毒之氣，而是服食了兩枚「地穴寒陰曼里」和吸了一條千年道行的「寒陰千毒蟒」的血液和吃了牠的內丹。因得這種奇遇，才使他練成了鬼劫神功。

因為「地穴寒陰曼里」乃是地心的天然寒毒凝固於石上結出的果子，其性既陰且毒，甚合鬼劫神功的要理，「小子」服食此果本會中毒而死，不想又被他偶服了「寒陰千毒蟒」的血液和內丹，此毒物本也是劇毒之物，因「陰寒千毒蟒」就是靠吸納地底的屍毒和寒氣為生的，也甚合鬼劫神功的修練條件。

「小子」因禍得福，二者毒性相生相剋，不但未要了他的命，反使得他練成了鬼劫神功。鬼影修羅對「小子」的奇遇自是非常妒嫉和顧忌，於是給他服食了一種減功力的「化功丹」來抑制他的功力，以便控制「小子」。基於此，鬼影修羅對「小子」的功力自是非常熟悉，項思龍的功力如「小子」功力特性差不多，他就把項思龍當成「小子」了！

這其中的原因，項思龍自是並不知曉，聞得鬼影修羅的話，知道自己方才的一番做作，雖是沒有說自己就是「小子」，可讓得他更相信自己就是「小子」了，這可也正合了自己的心意，當下劍眉一聳道：「玩幾招？哼，可得拿出真本事來玩，在下手中的長劍可不會心慈手軟的！」

言罷，鬼王劍虛空一抖，幻出一片劍花，接著冷喝一聲道：「在下發招了！」

言語聲中，身形凌空而起，在空中一陣龍捲風般的旋轉，鬼王劍隨著身形幻出一片紅色劍影，把項思龍的身體裹在其中，其勢甚是威猛快捷，且有幾份毒辣，似想一劍就把對方給置於死地似的。

這一招「天網旋風」乃是項思龍學自「月氏光球」中美女的劍招，一發動就是氣勢萬千，大有狂風暴雨般的威勢，讓得鬼影修羅也喝了聲「好」道：「小子，果然武功大有長進！」

說著在項思龍長劍距他只有兩尺遠時，哈哈大笑聲中身形一閃，已是沖天而起，手中不知何時也拿了一把黑色長劍，劍體似是黯然無光，但轉瞬間卻是黑光大作，發出一陣龍吟，鬼修羅身形倒掛空中，手中黑劍則連抖，把項思龍的劍光悉數擊破，發出「嗤哦」之聲。

項思龍一出手就是狠招，本就是想看看鬼影修羅的武功到底有多高，想不到自己如此迅猛的劍招，竟被對方如此輕易就給破解了，且對方劍勢似還餘威不減的向自己擊來，這……

自己可也使出了十二層功力的鬼冥神功呢！對方竟然毫不費力就擊破了自己

的護體劍光，由此可見其功力之高了！

心下想來，項思龍心神一斂，知道自己必須嚴陣以待了！這鬼影修羅的武功確是高深得不同尋常！

想著時，當下意念一動，提起了十二層功力的北冥神功相輔，同時身形倏然一滯，停處轉動向左斜飛，避過對方的劍招餘勢，再次冷喝一聲道：「原來閣下果然有兩下子！在下差點失手了！」

冷喝聲中，施轉出了日月天帝傳授給自己的「天殺三式」中第一式——「天羅地網」。

卻見項思龍手中長劍快疾如電，上下翻飛，揮出一道道劍光，真的有若天羅地網般的向鬼影修羅落去。

鬼影修羅見此劍招，似被觸動往事，語氣倏地變冷的駭聲道：「天殺三式！日月天帝連他的保命絕招也傳給了你？小子，看來他是非常疼愛你的了！難怪你對他如此忠心耿耿的！」

話音一落，身形倏地縮成一團，手中長劍左右交遞施出，揮出一道劍光，把自己完全籠罩在劍光之中，猶如一個光團般在項思龍所擊出的劍光氣網中滾動著，又破了項思龍的攻擊，但這次卻顯得有些狼狽了。

待劍光一逝，鬼影修羅脫出網後，身形向後而飛退，甚是惱羞成怒的道：

「小子，想不到你真向師父下殺招！難道你忘了是誰把你撫養長大的了！你知不知道你娘自嫁給了日月天帝後，這沒良心的傢伙就因專心練功而把你娘給冷落了？他雖救過了你，可他卻又不認你作他的兒子，還不是因為怕你背叛他！小子，如此一個沒良心的傢伙，你幹嘛對他如此忠心呢？還是投向師父這邊吧！師父一定會為你解脫日月天帝對你心神的禁錮的！嘿，只要我們聯手，不要說日月天帝不足為患，就是阿沙拉元首他們也不用放在心下！到時我們或殺了他們或收降了他們，那時的天下還不是我們師徒二人的！師父並無心角逐江湖，到時的天下武林全是小子你的！」

項思龍聽鬼影修羅想破壞「小子」與日月天帝的感情，並且對之進行引誘的這番話，知他還是對日月天帝心存顧忌，想拉攏自己這冒牌小子為他所用，其實像他這等極端的魔頭，要想他忘掉仇恨卻是比登天還難的，他想引誘自己還不是為了他的復仇計畫或逐漸滋長的權勢心理？

想去誘惑別人還行，想騙老子啊，卻是門都沒有！告訴你，老子可也算得是日月天帝的化身，怎麼會上你的當，給自己添麻煩呢？

心下怪怪想著，項思龍冷喝一聲道：「哼！少廢話！打贏了我再說吧！」

說罷，劍勢再次一轉，施展開了「天殺三式」中的第二式——「天翻地動」，卻見項思龍整個身形連同他手中長劍，有若怒吼著的波濤般掀起一波一波的劍芒，帶著沉沉壓力和殺氣，向鬼影修羅排山倒海般的捲襲而去。

鬼影修羅駭得怒喝一聲道：「小子，你來真的啊！哼，以為我怕了你呀，這就讓你見識見識我十二層功力的鬼劫神功吧！」

怒喝聲一落，驀地雙目一凝，放射出兩束冰冷的寒芒，口上緩緩呼出一口冒著白煙的氣流，身上襤褸亦頓刻被氣流鼓氣，鬼影修羅本是乾枯的瘦弱身形亦也暴長三尺，軀體變得粗壯了許多，身上肌肉發出「啪啪」骨骼摩擦聲，猶如一頭駭人的野獸般，發出一聲震天怒吼，手中的黑劍一晃，呼呼的劍罡頓即漫天響起，有著一股地獄的旋風般向項思龍所釋發出的劍浪硬生生的擊來，完全是一副以硬拚硬的拚法。

項思龍只覺對方的劍罡有若無堅不摧的鐳射般硬擊碎了自己的護體罡氣，不但破解了自己的「天翻地動」，而且帶著一股魔王般的霸氣向自己的護體罡氣擊來，還有一絲淡淡的屍臭味。

項思龍心頭大駭，想不到鬼影修羅的鬼劫神功威力如此之大，當即意念一動運用了十層功力的「不死神功」與之相抗。

「轟！」的一聲震天巨響沖天響起，二者強厲無匹的罡氣相觸，頓刻發生了爆炸，且罡氣四濺的餘波，更將巴拉金、花仙仙、飛鷹四少幾人都給震昏了過去，至於那十幾名巴拉金的女奴被項思龍解開繩子後，早就溜到遠處躲在一旁觀看了，叫賣者也早見機收攤子，所以原本熱鬧的市集除了二人在打鬥外，再也見不著其他人影，也正因為如此，二人罡氣餘波雖是所濺的範圍足有三四百平方之大，卻只摧毀了一些建築，而並沒有什麼人員傷亡。

項思龍因防備遲了片刻，鬼影修羅的內勁擊破護體罡氣進入了內臟，身形向後暴飛，嘴角滲出一絲血絲，冷冷的瞪著比他好不到哪裡去的鬼影修羅，卻見他身上的衣物悉數破裂，幾乎成了一個裸身，身上如雞皮疙瘩的皮膚被項思龍劍氣劃傷了好幾處，正溢滲著紅黑色的血水，其中兩處傷勢較重，傷口足有四五寸長，且深可見肉，他的肉也不是血紅色而是黑色的，紅黑血在身上四處流著，那神情雖是可怕，面上的肌肉擰在一團，似痛苦的在抖動著，嘴角溢出紅黑色的血液，目光陰冷而驚駭的也正瞪著項思龍，似是想不到對方的武功達到如此境地，足可以與自己十二層功力的鬼劫神功相抗衡，且還略占上風。

這……眼前這日月天帝裝束的老者，到底是不是「小子」呢？如是他的話，他的武功怎麼會有這麼厲害？自己可是給他服食過「化功丹」的啊！這「化功丹」乃是自己師門獨有的奇毒，無色無味無影無蹤，可以與人的血液相融合，中者永遠不可能也無法解去此毒，除非進行換血，可此項手術當世之間還尚無人會得，任他日月天帝才智再高，也不會有如此高超的醫術，何況日月天帝一心癡迷於武學，對醫術並無多高造詣呢？

可如不是「小子」，那這人到底是誰呢？他裝扮日月天帝簡直一模一樣，如不是自己，他人當尚難瞧出其破綻之處，因為日月天帝見了自己決不會如此平靜且裝作不認識的樣子，這人與日月天帝的關係定然非常密切，不然不會如此熟悉日月天帝，且會日月天帝的「天殺三式」這等他從不外傳的高深武功，還有他身披日月天帝的變色龍披風和腰佩斷魂劍，這都是日月天帝從不離身之物，那這人不是「小子」還會是誰？

日月天帝會對誰如此寵愛呢？自然只能是對他的兒子了！自己當年沒殺日月天帝，且許他抱走「小子」的屍體，與他約法三章，其中一條就是如他治活「小子」，決不許相認他，決對不許！

其二就是如治好了「小子」，一定得用天魔眼迷失「小子」的心志，以免二人的恩恩怨怨，自己為了這約法三章，苦練了一千多年的鬼劫神功，且思出了破解天魔眼的回魂大法，這一切還不是為了殺日月天帝？還有，想奪回「小子」回到自己身邊？

一定是的！一定是的！眼前這老者一定就是「小子」！

鬼影修羅心下興奮和激動的想著，但同時也有一些不可抑制的仇恨和憤怒，這小子經日月天帝的改造，不但對他忠心耿耿，而且想不到武功竟也如此高絕！看來日月天帝經過這千多年的閉關修練，武功也定然大有提升了！自己連這小子都敵不過，那麼定也更是敵不過日月天帝這老傢伙了！這……

鬼影修羅想到這裡，心下有些失意和落寞，但同時又是一股妒嫉的仇恨之火熊熊燃起。

不！老子不認輸！對了，只要「小子」給勸降到自己這邊來，自己就有了勝過日月天帝的把握了！

如此想來，鬼影修羅強壓心中的怒火，霍然發出一陣爽然的哈哈大笑道：「好！好小子！好樣的，果然有狂傲的資本！師父欣賞你！」

項思龍見鬼影修羅臉色連變，目光閃爍不定，知他心中有想些什麼心下泛冷笑的忖道：「看來這鬼影修羅被自己給釣上鉤了！嘿，本公子就是要發狠一些！看來怪物挺喜歡自己凶一點的！」

心下怪怪想著，嘴上還是冷哼一聲道：「少跟在下套什麼交情！哼，跟我教主為敵的，就是我的敵人！咱們再打吧！」

項思龍言語間時提劍又欲擊向鬼影修羅，鬼影修羅見了心下駭然的思忖道：「看來小子是欲與自己拚命了！這個……自己即使打得過小子，可也得大費手腳！唉，還是緩一步再說吧，自己慢慢的來說服他！對了，聽他先前說是聽笑面書生說日月天帝出關了的，那麼他也沒有與日月天帝見面了！這……自己就跟蹤他，瞧準時機等日月天帝與他見面之際收服小子，這樣自己才有希望大仇得報！」

想到這裡，鬼影修羅大喝一聲道：「且慢！小子，你不認我也沒關係，但不知你有沒有膽量接受我對你施行回魂大法？如你有種的話，就答應我吧！這樣可以證實，我聽說的話到底有沒有假。」

項思龍火候差不多了，沉吟一下點了點頭冷冷道：「好！我答應你！不過現在我沒得時間，三天以後我們西域地冥鬼府見吧！」

項思龍說這話是有目的的，因為自己用話套引住鬼影修羅去地冥鬼府，待自己去見笑面書生時，就有一個高手相助，這樣自己救出盈盈她們的把握就大得多了！想這鬼影修羅的武功比之笑面書生可要高得多了吧！有他相助，可以說是等自己的武功未受禁制一個樣，只不知他會否依自己的話行事！

不過，橫豎都是賭，自己就把賭注再加大些吧！

項思龍決心豁出去了，所以不失時機的緩和與鬼影修羅的僵局。

鬼影修羅則認為項思龍被自己給激將住了，心下大喜的頓忙接口道：「成交！三天後咱們西域地冥鬼府見！不見不散！」

言罷，身形「嗖」的一閃，轉瞬間不見了蹤跡，只剩下項思龍有些怪怪然的情緒，舉目四下打量著市場的環境來。

此時天色已是漸漸暗下，夕陽的餘光斜射在冷清的市集上，顯出幾份肅殺的味道，再加上狼藉一片的建築廢墟和地上昏迷過去的巴拉金、花仙仙、飛鷹四少幾人，更是幾份淒哀寂寞的氣氛。

項思龍緩緩的吐了一口長氣，心中想到自己的諸多困煩，不覺有些悵然若失的孤寂感覺，有些酸酸的傷感味道。

唉，自己在這古代的困煩事情已經夠多了，想不到又冒出個鬼影修羅出來！只不知自己能不能度過笑面書生這一關？如度不過，那自己……就無事一身輕，再也不用心煩了，如度過了呢，可有得許多頭痛的事情等著自己呢！

西方魔教的事是刻不容緩要去解決的，地冥鬼府是要自己重建聲威的，劉邦與項羽的正面鬥爭也是時日無多了，還有天山龍女……等等一些事情都是自己脫不了身的，再有，自有父親項少龍……

項思龍愈想愈是心煩意亂，伸手抹了把臉面，望了地上躺著的巴拉金、花仙仙、四少等幾個一眼，斂了斂心神，蹲下身去，為他們一把過脈後，發覺巴拉金的傷勢最重，其次是飛鷹四少，花仙仙倒是傷勢較輕，想是功力愈強者傷勢就愈重吧！花仙仙只是石慧芳的一個婢女，會幾下子已是不錯，功力自是高不到哪裡去，這卻倒讓她成為幸運者呢！

項思龍對這花仙仙心下大存好感，再說又是如此一個嬌滴滴的大美人，而項思龍又是一個最喜憐香惜玉之人，她自也成為了項思龍第一個運功療傷的人。

不消盞茶工夫，花仙仙「嚶嚀」一聲悠悠醒轉了過來，見得項思龍的雙掌正壓在自己的胸脯上，俏臉禁不住一陣飛紅，快捷的低垂了秀目，輕輕的掙扎了一下身子，似想提醒望得自己出神的項思龍自己已經醒過來了！

項思龍本是望著花仙仙在怔怔的想著石慧芳，這也不知到底長得怎樣的大美女說此生非項少龍的後人不嫁，而自己正是合此條件，只不知正如此怪怪想著時，聽得花仙仙的嬌吟聲和嬌軀扭動的感覺，頓即斂神回來，見著自己雙掌還壓在人家胸前，臉上一紅，暗暗道：「姑娘……醒過來了！你沒事吧？嗯，在下……先前對姑娘多有得罪，倒是讓姑娘誤會了！我並不是什麼西方魔教的特使，只是偶經此地，見著巴拉金購賣女奴……這讓在下甚是看不過去，所以……不想卻讓巴拉金和飛鷹四少幾人誤解我為……於是靈機一動冒充西方魔教特使，想藉此方便懲罰這些惡徒，所以不得不出言卑俗，卻是教姑娘……嗯，還請姑娘多多見諒一下在下的冒犯吧！」

項思龍也不知道自己要向花仙仙如實的解釋事情的原委，並且說話吞吞吐吐的這麼沒水準，說完時已是一張老臉脹得通紅，但幸好有「日月天帝」給自己人皮面具帶著，外人看不出來，否則，自己可也出醜了！

花仙仙聽項思龍的這番解釋先是一愣，但接著卻是俏臉緋紅，低聲道：「小女子並未怪罪前輩呢！其實應該道歉的是我！方才小女子對前輩出言不遜，望前輩能多多見諒才是！」

說著欲掙扎起嬌軀來向項思龍行禮，但不想卻因身體沒有完全恢復知覺，部分還有些酸麻，不禁嬌軀一軟，就要向後倒去，項思龍見狀，頓忙伸出手來，一把抱住了花仙仙的嬌軀，軟柔無骨的軀體入懷，項思龍只覺心神一蕩，不由自主的緊緊抱住花仙仙嬌軀的手臂，柔聲問道：「姑娘，你……沒事吧？」

花仙仙也覺被項思龍抱著一陣心神搖動，不禁伸出纖纖玉手抱住了項思龍的虎腰，秀目半開半閉了起來，似正享受這偶然的一刻溫情，因為她心中確實是充滿了苦楚……正舒適的閉目享受著時，聽得項思龍這一問，頓即慌覺自己失意，手忙腳亂的欲站穩起來，脫出項思龍的懷抱，可又有些力不從心，一時給進退兩難起來。

二人正在這種尷尬境地中處於一種微妙的心態時，突然一陣冷呼聲傳來，打碎了二人心中沉迷的意境。

項思龍和花仙仙聞聲頓忙分了開來，前者心神倏地一震，放開懷中花仙仙柔軟的嬌軀後，轉首向發聲處望去，卻見一四十左右，體態龐大，滿身橫肉的中年老者，正瞪著一雙銅鈴般大的怒目橫視著自己，如他再長有滿面翳鬚的話，倒正有些現代裡四大古典名著《小遊傳》中李逵的模樣。

在他身後亦也跟著兩名體態肥大的中年漢子，一左一右的也目懷敵意的望著項思龍。花仙仙卻是突地湊到項思龍耳邊低聲道：「中間那牛高馬大的中年老者就是這烏牛鎮的惡霸神力王『烏牛天尊』。他與天都鎮『風雷堡』堡主荊無命、火山鎮火龍真人合稱西域三惡，把他們三人所處的鎮也美其名曰為西域三大名鎮，大有與西域地冥鬼府並雄而立之勢。

「當然對於西方魔教在西域的出現，乃是這近兩個月的事情，所以對於這勞什子教派，西域甚少有人知曉，只這兩個月盛傳著這西方魔教的事蹟吧！因為地冥鬼府自鬼血王西門無敵領了教中大批高手去了中原，後來傳出他的死訊後，他的二弟子就發動了政變，奪得了鬼王之位，並且傳出他乃是西方魔教中人的消息，同時出現了個武功高深莫測的高手笑面書生。噢，前輩，那烏牛天尊他們過來了！」

花仙仙也不知自己為何對這冷面老者如此熱情，她只覺得項思龍在向她作解釋時非常的誠實，讓她心中有一種覺得項思龍非常可信，可以依靠的感覺，並且還有著一絲莫名其妙的想躺在這老者懷中睡一覺的感覺。

所以當她看到兇神惡煞的烏牛天尊幾人時，心神不由自主的一緊，既是興奮又是緊張，於是向項思龍介紹起烏牛天尊的一些事情來，同時心念一動的向項思龍介紹了些西方魔教的概況，以便項思龍應付烏牛天尊。

項思龍雖對西方魔教的事可以說比任何人都知道得詳細些，但還是感激的望了花仙仙一眼，向她報以溫和一笑後，又轉目望向正漸漸逼進自己的烏牛天尊和他兩名貼身保鏢三人，斂了斂神，準備應付麻煩。

那烏牛天尊走到項思龍和花仙仙二人面前二三尺來遠處後，頓下了肥胖高大的軀體，先望了俏臉上毫無懼色的花仙仙一眼，臉上有些憤怒和驚異，又轉後面色平靜陰冷的項思龍，嗡聲嗡氣的冷冷道：「閣下是什麼人？在下的幾名手下怎麼昏迷了過去?是閣下做的嗎?」

說著指了指地上的斷繩和一片狼藉的市集,目光虎虎的盯著項思龍。

項思龍恢復冷傲神色,冷哼了一聲道:「閣下是誰?竟敢用這等語氣跟本座說話,是不是活得不耐煩了!」

言罷,意念一動,默提功力增強氣勢,渾身上下頓時釋發出一股讓人感覺不寒而慄的逼人氣勢,使得烏牛天尊更是不由自主的大退了兩步後,才在兩名保鏢的扶持下穩住了身形,臉上神色連變數次,最後是有些蒼白駭然。

烏牛天神的這副狼狽像讓得花仙仙不禁「撲嗤」一聲笑出來道:「哈哈,平時作威作福慣了的神力王怎麼這麼一副窩囊相了?是欺善怕惡懼了這特使大人嗎?真是個沒用的東西!」

烏牛天尊聞得花仙仙這冷勢譏諷,發覺自己的失態,雖是暗暗驚駭項思龍或許是難惹的大人物,但又倚仗自己還有兩大同盟兄弟,在這西域又怕什麼人來著?當下惱羞成怒,臉上變成了豬肝色的冷喝道:「誰怕了他了?只是……他口臭特別厲害,讓我受不了,所以才避開罷了!哼,閣下到底是誰?快些報上名來!本王倒是要看看你到底有多大來頭,竟然膽敢在我管轄的這烏牛鎮撒野?你知不知道,就是我們西域真主和地冥鬼府的權威人物,到了我這烏牛鎮也不敢……」

烏牛天尊的話還未說完，項思龍就已截口冷冷道：「本座不管什麼西域真主還是地冥鬼府的權威人物，亦或你這個勞什子的神力王，誰冒犯了本座，誰就得受到懲罰！你對本座出言不遜，自掌十下嘴巴！否則，可就別怪本座出手狠辣了！」

烏牛天尊見對方聽了自己的暗示，出言還是如此狂妄，氣得暴跳如雷的大吼道：「你……閣下可是太狂妄了！想來你是還沒有見過本王的厲害吧！想當年本王一拳擊死這烏牛鎮的一無人能馴服的烏牛，從而得了神力王『烏牛天尊』這個綽號，閣下既然想見識見識本王的神力，那我也就奉陪你兩招吧！」

說著，揮動了兩下健壯的手臂，在向項思龍示威。

項思龍聞言見狀，心下暗自失笑。

這烏牛天尊可真是四肢發達，頭腦簡單的笨牛。

心下不置可否的如此想著時，同時心神暗斂。

看這烏牛天尊手下的首席護院的武功不錯，而且能言善辯，又會見風使舵，察顏觀色，是個精明的傢伙，這烏牛天尊既能夠控制他，武功定是比巴拉金厲害多了，頭腦也不應該如此笨的啊！何況他還是一方惡霸，社交又廣，經營的財產也定不少！

這……憑他在自己面前所表露的言語神態，當不可能有如此大的本事啊！即使他有幾斤蠻力，可這社交、理財、管理等本事，可是需要腦子的啊！難道……眼前這烏牛天尊是個冒牌貨，還是這烏牛天尊的背後暗暗有人指使他，把他當個傀儡？

如是後者成為可能的話，那麼這控制天尊的又是什麼人呢？是笑面書生嗎？這……似乎不是，因為笑面書生一出江湖，就以地冥鬼府打出了西方魔教的牌子，他沒有必要還隱藏著烏牛天尊等這一批勢力，他大可把烏牛天尊等合併入地冥鬼府去，這樣一來便大增他的聲勢，同時也可以避免烏牛天尊等與地冥鬼府因誤會而發生衝突。如自己是笑面書生當不會還留什麼一手的，因為沒有必要嘛！

但是，依巴拉金聽得自己是西方魔教特使的反應，卻又似乎可以說烏牛天尊與西方魔教有什麼關係。

這……難道是西方魔教總壇的人隱藏在西域，控制了烏牛天尊等勢力，藉此來牽制笑面書生，以防備他作反？

項思龍想到這裡，心神倏地一震。

如自己推測沒錯的話，那麼西方魔教總壇的阿沙拉元首他們定也得到自己這冒牌「日月天帝」重出江湖的消息了！

這……中原武林乃至天下的危機是愈來愈濃重了！可自己……卻又是在將與笑面書生之約生死未卜……

項思龍心情倏地又沉重起來，完全忘卻了眼前正摩拳擦掌的要與自己見高下的烏牛天尊，和胸懷激奮心情等待著項思龍戲耍烏牛天尊的花仙仙，而心神沉浸在了焦慮的思潮中。

倒不知笑面書生是否知道總壇的阿沙拉元首等派人監視了他，如不知的話，自己就有了向他談條件的資本，但自己必須在這三天的時間裡證實自己的推測！可……依笑面書生的精明，當不會覺察不到這種危機啊！這……笑面書生意識自己是冒牌「日月天帝」，且在自己與父親項少龍相遇時，沒有揭穿自己的身分，並依了自己之命，退避開了沒有搞亂，或許也正是他想自己與他合作的原因吧！

他知道憑他一人之力不能敵過阿沙拉元首他們，而他又迫不及待的去實施他野心的計畫，所以不願與自己撕破臉。他之所以劫搶盈盈她們，讓自己交出「聖火令」讓出教主之位，乃是因為他想得到「聖火令」上的武功，想練成神功後稱霸武林。但他現在還不能與阿沙拉元首他們相抗，所以他要威脅自己，要自己作他的屬下，幫他打江山。

看來自己在笑面書生心目中是大有利用價值的了，尤其是在自己面前表露反叛他們的心意後，當會引得阿沙拉元首他們的攻擊，這樣自己就是他度過劫難的唯一救星了，他不會輕易放棄自己的，否則他將一敗塗地！

項思龍想到這裡，似看到了自己安然救出盈盈她們的希望，臉上繃緊的難看之色又倏地露出了笑意。

烏牛天尊見項思龍在自己剛一擺出架勢來，就「嚇」呆了，本是得意洋洋的向「不知所措」的花仙仙揚了揚眉，似是在說道：「呔，看到本神力王的厲害了吧！我只揮動了兩隻臂，你的護花使者就嚇呆了！」

正洋洋得意，突地覷得項思龍「害怕」的臉色又露出了笑意，先是心神一緊的凝神擺勢戒備，但見項思龍還是久久沒有反應，以為他被自己「嚇」傻了，當下聳了聳肩，拍了拍手道：「哈，這麼一個膿包！不用本王動手就嚇成這個樣子！方才還出口狂言，蔑視本王！大胖、二胖，你們給我把這老傢伙給老子揍成肉餅，以洩洩老子心中的怨氣！」

那兩名肥胖保鏢聞言同時應了聲是，當即左搖右晃，頗有幾分架勢的向還在怔愣沉思著的項思龍走去。

花仙仙見人家都欺負上門了，項思龍還無動於衷，不由心頭又氣又急的搖了他一把道：「前輩，你……他們向你攻來了，你快還手啊！」

項思龍被花仙仙這一推，頓即歛回了心神，見得氣勢洶洶的兩隻「胖豬」，淡然一笑道：「憑他們？還配本座動手！」

說著時，抬手拂了拂頭髮，順勢射出了兩束罡氣，向兩「胖豬」的膝部曲泉穴射去。只聽得「啊！啊！」的兩聲痛叫聲響起後，接著又是兩聲「撲通撲通」聲響起，卻見兩「胖豬」有若滾地葫蘆般倒在地上，卻是任怎樣掙扎也爬不起來了，只讓得花仙仙氣急全消，又是「咯咯咯」的脆聲笑了起來，俏臉有若綻開的三月桃花。

烏牛天尊大聲喝罵了聲「笨豬！」雙掌一揮也發出兩道罡氣在兩胖豬身上一陣「啪啪啪」的擊點，終於還是讓他解開了二人身上穴道，但那兩名胖保鏢卻是被他擊點得發出殺豬般的大叫。

花仙仙拍掌歡叫道：「活該！偷雞不著反蝕一把米！」

烏牛天尊狠狠的瞪了花仙仙一眼又轉向項思龍，粗聲粗氣的道：「想不到閣下果真有兩下子，難怪如此狂妄了！好，就讓本王來討教閣下的高招吧！」

見得項思龍露了這麼一手，烏牛天尊說話的語氣客氣了許多。

項思龍心下已有定奪，想從這烏牛天尊口中探知他是否是西方魔教總壇的人控制的勢力，已不想殺他了，但知自己還是得露出兩手來讓他見識一下自己的厲害，否則他是不會相信自己是西方魔教的「特使」的。

項思龍冷冷的抱怨道：「你既然敬酒不吃吃罰酒，那可就怪不得本座不給你改過自新的機會了！好，準備接招吧！」

言罷，身形倏地一閃，腳踩「百變迷蹤」步，身施「分身掠影」術，卻見項思龍身影如鬼娃般左跳右跳，教人看不見實體摸不著方位，又聽得「啪啪啪！」一陣巴掌聲響起後，項思龍的身形又落在了原位，像是他本身就一直站在那裡似的，根本沒有動過。

花仙仙在一旁看得目瞪口呆，方才她看過項思龍與鬼影修羅一場打鬥，只覺項思龍的劍法已到了匪夷所思的地步，有若夢幻般的不真實。但是現刻卻又是親眼看到了項思龍神乎奇技的輕功身法，這讓得她心中既是極度的興奮，又是非常的駭然，怪怪然的直盯著項思龍。

「這是什麼輕功嘛？簡直是教人連想像也想像不出來啊！眼前這前輩到底是什麼人呢？噢，好酷啊！快……迷死自己了！如果他不嫌棄自己的話，自己可真願意作他的女人，如此自己就有了一個安全的歸宿了！同時也可以報被荊無命欺辱的怨仇了！」

花仙仙心下怪怪想著時，那烏牛天尊卻是突地如瘋牛怒般的吼叫了起來，原來項思龍那十幾記巴掌悉數擊在他的臉上，使得他本是肥胖的臉面，更是如豬頭般的腫大，而他卻一時還未反應過來，是在他兩名貼身保鏢不禁失笑之下才醒覺過來，一時羞怒得大吼道：「你……你這老鬼在使什麼妖法？老子跟你拚了！」

話音一落，當即一個馬步沖拳向項思龍迎面擊來，拳頭所過之處竟也帶著破空的呼嘯之聲，倒也確有幾分蠻力威勢，教人不可太過大意。想來如被他擊中了一拳，任你護體神功怎樣厲害，那滋味可也定不大好受吧！

項思龍見得烏牛天尊快若閃電般擊來的拳頭，心神暗暗一斂，可卻也不想閃避，因為要降服像他這等蠻力的死腦筋人物，就只有與他比力，只有自己的「力氣」大過他的力氣，他才會服了你。否則，他即使服了，也定是口服心不服，這可不是自己所想要的理想結果。自己就是要他對自己口服心也服，如此自己問他什麼，他就會知無不言言無不盡的告訴你實情了，自己的目的也便達到了。

心念電轉的想來，項思龍頓即意念一動，提起了十二層功力的道魔神功把功力運注於雙拳，在烏牛天尊將擊時，也「呼」的一聲腰部一沉，盡全力發出了一拳，與烏牛天尊的拳頭硬接起來。

「蓬」的一聲扎實的拳頭相碰聲驀地響起，項思龍和烏牛天尊身形同時間往後暴飛，接著又是一陣「轟轟轟」的勁氣炸裂之聲。

項思龍只覺拳頭和擊在鋼板上般的疼痛，嘴角的肌肉暗暗抽動了一下，心下大呼「我的媽呀」的思忖道：「哇咔！這傢伙可不是蓋的呢！竟然接下自己十二層功力的道魔神功不說，還能把自己震退，打了個平手，可也真不虧是神力王呢！這綽號可沒有吹，看來這烏牛天尊確有一身蠻力！」

項思龍如此大呼著時，烏牛天尊卻也好不到哪裡去，他的五根手指都已痛得像斷裂般，額角上也冒出了汗珠來。

哇咔，對方的力氣竟也有這麼大！能硬接住自己十二層功力的「大力神功」發出的「百步神拳」而毫然無損，這……對方到底是什麼人嘛？

自己自出道以來還從來沒人敢硬接自己全力一拳，連「風雷堡」堡主荊無命和火龍真人也不敢接，還有自己的……他們都不敢硬接自己全力一擊。

自己也因此而揚威西域，在這烏牛鎮獲得了一霸之尊，可想不到眼前這冷面老者不但硬接了自己一記十二層功力的一拳，並且還顯得若無其事，西域是何時出了這麼個厲害的高手呢？

唉，也都怪自己火氣太大了點，沒問清對方的身分來歷就……其實自己應該知道對方是個高手中的高手的，但看躺在地下的巴拉金他們和飛鷹四少，以及這市集的一片遭勁氣破壞的場面，就已應該確定是個不簡單的人物所為，可自己卻衝動的向雙方挑戰，現在弄得下不了台了吧！方才一拳可已是盡了自己最大的能耐了，本想一擊震住對方，想不到卻是讓對方震住了自己！現在怎麼辦呢？輸了可就……太沒臉面了！這事要是傳了出去，自己的威望豈不完全掃地？唉，這個……

烏牛天尊被項思龍這一拳可給震醒了靈竅，心下唉聲歎氣的想著，裝作毫不在意的嘿嘿一笑道：「好！過癮！老子從來沒有如此暢快過！來，我們再來對接硬碰一拳吧！」

說著又擺開了架勢，準備迎接項思龍的還擊，肥胖的身軀卻是不自禁的微顫著，任他怎樣平靜心神也不能停止下來。

項思龍看得出烏牛天尊的外強中乾，心下暗自好笑，不過自己也確實是難以吃得消他方才那般的一擊了，手指現在還鑽心的痛著，當下見好就收的冷冷道：「嗯！不錯，能接下本座的一記八層功力的拳，的確是可以引以為傲了！這次就放過了你，但是下不為例了！」

言罷，蹬下身去，伸手出指在巴拉金身上一陣連點。把他點醒過來，因為現刻由得巴拉金來說明自己的身分，就可以起得很好的震懾烏牛天尊的效果了。試想誰見了項思龍與鬼影修羅的一戰，還敢懷疑項思龍的特使身分呢？這巴拉金又會拍馬屁，到時他自是會加油添醋的吹噓自己的武功了，那這已是被自己震懾下來的烏牛天尊也便會相信自己的身分了，如此自己的計畫也便得逞了，可以從烏牛天尊口中得知自己所需查證的內幕消息了……

項思龍在為巴拉金點穴活血療傷時，心下如此想著，那烏牛天尊卻是聽得項思龍說方才與自己所對的一拳只使出了八層功力而沒有盡全力暗暗咋舌，心下譁然，慶幸對方說放過了自己，要不對方再來更高層功力的一拳，自己不只會輸，說不一定會死翹翹了！心下已是認輸，但嘴上卻還是訕訕道：「嘿，閣下沒有吹牛吧？方才你只使了八層功力竟可以接下我十二層功力的『大力神功』配以我的獨門絕技『百步神拳』的全力一擊？未免有些太過誇張了吧！閣下功夫厲害是厲害，可也高不到那等地步啊！要知道我的「百步神拳」還從來沒有人能安然無傷的接下來呢！」

烏牛天尊這話尾音剛落，被項思龍拍點甦醒過來，一面正閉目慢慢恢復神智的巴拉金聽了他這話，「唰」的一聲爬坐了起來接口道：「老爺說錯了，特使大人絕對沒有吹牛！他要打敗老爺根本就不用費吹灰之力！八層功力對付老爺已是太說過了，我看特使只使五成功力就已可打敗老爺了！這……我可親眼見過他老人家的神功天賦，簡直是沒有什麼言語可以描述他老人家的神功……」

烏牛天尊聽得巴拉金這沒頭沒腦的話，自是丈二和尚摸不著頭腦，心下大是疑惑不解，但聽得他如此貶低自己的武功，不禁大為火大的衝他罵道：「你知道什麼啊你！見過我與人家方才對過一拳的情景嗎？連對方也說我讓他使了八層功力才打成了平手，你卻說什麼他只需五層功力就可以擊敗我了，你這話是什麼意思啊？瞧不起老子嗎？哼，要不是你是……別人介紹給我的護院，我就即刻把你給辭退了！」

巴拉金聽得烏牛天尊與項思龍這西方魔教總壇派來的特使動手已過了招，心下大是焦急，但聽得最後兩句，卻也不禁心頭火起的冷笑道：「辭就辭嘛，有什麼大不了的！若不是天風令主要我跟著你，你以為我稀罕啊！早就不幹了，說不定也早就飛黃騰達了呢！」

烏牛天尊想不到巴拉金竟然敢說出此等話來頂撞自己，氣得臉色沉沉的似是甚想發火卻又始終沒有發作出來，只狠瞪著巴拉金冷冷的道：「好！你記住你今天所說的話了！可不要後悔！我會找令主來評理的！」

巴拉金像是豁出去了般的嗤笑道：「評理就評理，有什麼了不起！嗯，我只要特使大人願意我跟了他，別說是你的首席護院，就是天風令主的首席護院，我也不稀罕呢！」

項思龍在一旁一直都默默無語而又全神貫注的聽著烏牛天尊和巴拉金的爭執對話，想從其中捕捉到什麼破綻來，當聽得巴拉金說出個什麼「天風令主」時，心神倏然一震，這什麼「天風令主」，是不是就是魔教總壇安插在西域，控制烏牛天尊他們的幕後主使呢？

心下正如此興奮想著時，聽得巴拉金此時的話，心念一動，因為聽巴拉金話音似乎那「天風令主」與他還要熟悉些，當下冷冷的接口道：「如果你是我西方魔教的教徒，本座自是可以收留你！」

項思龍這有兩種用意，一時引誘巴拉金，二是藉此把自己的冒牌身分提出來，而引起烏牛天尊的重視。

果然，烏牛天尊和巴拉金二人聞得這話，臉上神色均有變化，前者是一臉的緊張駭然，後者是一臉的欣然興奮。

巴拉金差點快要手足無措的忙向項思龍跪地行禮，恭聲道：「謝特使大人的收容！屬下自此誓死跟隨效忠特使！」

巴拉金巴是高興得頓忙忘卻了與烏牛天尊鬥嘴，但他卻也不知道他這話已告知了項思龍他本就是西方魔教的教徒。

烏牛天尊雙目怔然的直盯著項思龍，過得良久才唯唯諾諾的顫聲道：「閣下是……西方魔教總壇來西域的特使？這……屬下方才多有冒犯，還請特使能夠恕罪！」說著也朝項思龍下拜了下去。

項思龍正為自己從巴拉金口中套出了自己所推測的想法是屬正確而心下大喜時，聞得烏牛天尊這話，更是高興得都快大叫起來。

哈，果然不出自己所料，巴拉金、烏牛天尊等真是西方魔教的教徒！那麼那什麼「天風令主」也定然是西方魔教總壇安插在西域的臥底了！

心下如此怔怔的興奮想著時，巴拉金卻是一副冷傲模樣的朝烏牛天尊冷哼一聲道：「方才我想告誡你不要冒犯特使，可你卻把我臭罵了一頓，現下有苦頭吃了吧！罵老子，這就是報應！與特使動手，對他出言不遜，這犯了教中的以下犯上的重罪，依教規第二十七條規，犯此規者應當斬手去舌！哼，等著慢慢享受懲罰吧！」

烏牛天尊龐大的身軀被巴拉金的這番冷熱嘲諷說得不自禁的顫抖了一下，心中雖是憤怒異常，但卻絲毫不敢發作出來。

因為巴拉金現在已是投入眼前這特使的座下啊！自己即便再氣，可也不敢發作出來呢！

唉，現在老天保佑我能度過此劫難吧！

烏牛天尊垂頭喪氣的想著，同時也暗忖道：「難怪對方的武功如此高絕呢，原來卻是總壇派來的特使！要知道特使的身分等若代教主親臨，武功與教主相差不遠，自最厲害如斯了！」

正當烏牛天尊如此沮喪想著時，項思龍的話卻給他帶來了福音，只聽得項思龍冷冷道：「巴拉金，本座沒有叫你說話，你就給本座閉嘴！哼，你說神力王犯了教規應懲罰，那麼你呢？你剛才不也向神力王頂嘴犯了此教規嗎？如依規處置，你也應斬手去舌啊！告訴你，本座沒有定斷，你就給我少說話！」

說到這裡，項思龍斜視了一眼驚若寒蟬的巴拉金一眼，又轉向烏牛天尊，頓了頓接著又道：「神力王不知本座身分，不知者不罪，本座並不怪罪於你！不過以後可不要如此仗勢欺人了。」

烏牛天尊聞得此言，如逢大赦的臉上神色一鬆，忙向項思龍拜謝道：「屬下謹遵特使教誨，必當銘記在心！」

花仙仙自項思龍斂神後，就一直在旁靜靜的看著項思龍怎樣把烏牛天尊和巴拉金兩人玩弄於股掌之上，心下對項思龍的智謀不禁大是嘆服，如此應變神速的人真不知當世有得幾人！還好，他不是西方魔教中人，要不世人就多了一個勁敵了！但是他們到底是什麼人呢？自己在西域還算消息靈通，怎麼就從沒聽說過這麼一個老者呢？

范增的才識自己見識過，的確是智超常人，學富五車才高八斗，可比起眼前老者來想是還略遜了一等吧！

自己要是能從此跟著他服侍他，那會有多好啊！

花仙仙心下癡癡的想著時，項思龍突又道：「好了，不必如此客氣多禮了！大家都是我西方魔教的人，應該同心同德為我教的振興而努力奮鬥，而不是彼此間相互勾心鬥角，爾虞我詐！」

說到這裡，頓了片刻，接著又道：「本座此次前來西域，並未事前通知，乃是微服私察，所以你們令主和笑面書生他們都不知道！本座奉教主密令前來，是因為得到密報說，笑面書生欲謀作反，前教主『日月天帝』重出江湖，奉命前來查證這兩條事是否屬實，所以你們雖知道了本座身分，可也絕對不允許向他人洩露本座來至西域的機密，否則，被本座得知，一律格殺勿論！」

項思龍這話軟硬兼施，真假摻合的說來，讓得烏牛天尊和巴拉金對他的身分更是深信不疑，同時對他話中的厲語不寒而慄，均都沉聲應「是」後，靜站一旁，再也不敢多言了，不過心中卻還是覺得眼前這特使是有些冷漠嚴肅，但卻也不失親切。

項思龍說著時，看了看天色，已是傍晚時分，東方的天空中已是升起一輪半殘的明亮冷月。月光灑照在這冷靜的市集上，更是顯得幾分冷靜，市集這一帶的居民早就關門關窗睡覺了，連得一盞燈火也沒有，想是見得項思龍和鬼影修羅的打鬥，直到又出現了烏牛天尊這惡霸，磨得所有居民都怕殃及池魚，所以早早休息了。

項思龍心下有些淒然的苦然一笑。

自己到底是世人的災星還是福星呢？讓得他們如此恐懼？

唉，想不到做好事也會使人成為一個惡者形像，這到底是自己的悲哀？還是世人對自己失之交臂的一大損失？

項思龍心下感慨的想著時，烏牛天尊終於禁不住開口道：「特使大人，外面的夜風很冷，我們回到屬下的府上去休息一下吧！」

項思龍也正想從烏牛天尊和巴拉金口中多探知一些有關「天風令主」的消息，聞言當下點了點道：「那好，你們拍醒四名手下和飛鷹四少他們吧！我也不想再過多的暴露自己行蹤！」

烏牛天尊和巴拉金依命行事，點醒了四名肥胖手下和飛鷹四少後，醒來的幾人都目中驚駭的望著項思龍，飛鷹四少則是驚駭畏懼之餘，更多的是景仰和臣服。

項思龍見八人醒轉過來，也沒說什麼，只朝烏牛天尊揮了揮手沉聲道：「咱們上路吧！儘量避人耳目！」

烏牛天尊俯首應「是」，當即領頭縱身而馳。那四名巴拉金的手下和飛鷹四少見得這等情況卻是不明所以的面面相覷，雖有一肚子的疑問，卻是誰也不敢開口發問，只默然無語的跟著烏牛天尊和巴拉金身後，項思龍隨後而行。

一行人一路因項思龍沒有開口說話而均是靜靜行走，氣氛沉寂異常，在這靜冷的夜色中，只聞得各人的呼吸聲和輕輕的腳步聲。

過得半時辰，一座也算得比較豪華的府第終於落入了項思龍的眼中，說它只是算得比較豪華，乃是因為比起中原的那些官家華府來它確實是不那麼起眼，但就項思龍進入西域境內所見過的建築物來說，它又確實是算得最為豪華的了。

府第四周築有既高且厚的護府圍牆，大門是用厚實的紅木做成的，門項上寫有三個粗邁豪放的大字——烏牛府，門口站有四名健壯的護衛，見了烏牛天尊等過來，頓即神情一肅，開了大門，只目光有些詫異的望了望項思龍，不解自己的主人為何對這冷面老者如此恭敬拘束。

進得大門，是一座四分院式的建築落入眼簾。三面皆是廂房，中央是一個小校場，場內現刻已是冷冷靜靜，卻是停有一輛極是豪華的轎子，說這轎子豪華，乃是因為它的頂蓋是用純金打製的，四個轎角鑲著黃金，轎把手也全都是用黃金打製的，看這氣勢，這轎子的主人定是大富豪。

項思龍冷冷的望了望欣然之色的烏牛天尊一眼，從他的神色中可以看出這豪華金轎並不是他的，而是他的什麼大有來頭的朋友或上司的吧！只不知這轎主人到底是什麼來頭，但看這轎子的氣勢，就可知這轎子的主人是個極奢華的惡霸，而不是什麼好人了！來得正好，本少爺今天就把你也一併收拾了！

項思龍心下暢快的想著，面色陰沉沉的，巴拉金見了似猜出了項思龍的心思，頓忙見風使舵的討好道：「特使大人，這轎子是『風雷堡』荊無命的，看來是荊堡主來拜訪神力主了！只不知是為著什麼事情來的，竟然夜間造訪！」

項思龍聞言心中一定，巴拉金所說的不錯，荊無命為何深夜造訪烏牛天尊呢？難道是「天風令主」托荊無命傳令給烏牛天尊？這……到底又發生什麼變故了呢？

項思龍心下惴惴不安的想，但臉上卻還是不露聲色，冷冷的望了烏牛天尊一眼道：「巴拉金說的屬實嗎？這荊無命是否也是我西方魔教中人？」

烏牛天尊見狀聞言，頓忙上前俯身行禮恭道：「特使大人說的沒錯，荊堡主和屬下以及火龍真人皆是我西方魔教中人，屬天風令主統領。荊堡主連夜造訪屬下，定是令主著他傳什麼口信給屬下了！但不知什麼口信這麼著緊？待屬下去叫來見過特使大人吧！」言罷，靜靜躬身站著，等待項思龍的指示，對他確實是臣服非常。

項思龍沉吟片刻，淡淡道：「不用了！我們一起去見他吧！本座也想聽聽你們在天風令主領導下的發展情況，還有想瞭解一下西域近來局勢的發展概況！」

烏牛天尊恭聲應「是」，頓忙直了身子，在前領路。

穿過三面廂房的正中一面廂房中的一條廊道，眼前又豁然開朗起來，卻見裡面又是別有天地，三座花壇點綴裡面空地的全場，其間又佈置了假山瀑布，地面全是用白色大理石鋪成的，空地外面是一座宮殿式古色古香而又毫華非常的府第。

原來這裡面還別有天地啊！此等佈置中原裡的達官貴人府第莫過如此了！

項思龍心下有些莫名其妙的惱火，瞪了烏牛天尊一眼，讓得烏牛天尊見了心下忐忑不安怪怪然的，不知自己又有什麼地方得罪了眼前這惹不起的特使，讓得他突然也對自己怒目相向，一時神色一驚，步伐加快起來，以掩飾自己心中的不安，藉此來平靜忐忑的心倩。

走過一條兩旁林木陰陰的石板小路，來到了豪華府第門前，頓即有武士向前對烏牛天尊恭敬報導：「老爺，荊堡主來了！他在內廳等了你差不多快有兩個時辰了！」

烏牛天尊心神不寧地輕輕嗯了一聲，領了項思龍和花仙仙、巴拉金以及飛鷹四少幾人進了府內，至於巴拉金那四名手下早被巴拉金揮退了。

一陣混沉的說話聲傳來，烏牛天尊收拾了一下心神，端正了一下身體，舉步向傳來說話聲的大廳行去，項思龍緊隨其後。

一個身材適中，體格硬朗的中年老者落入項思龍眼中，卻見他濃眉寬耳，身著一身灰色長袍，一雙鷹目神光閃閃，予人一種高深莫測卻又較是嚴肅親切的感覺，目光與項思龍相觸，老者先是一怔，但只過得旋刻就頓即恢復平靜，發出一陣爽朗的大笑，從座上站了起來迎向烏牛天尊，率先發言道：「神力王老弟，真是忙得很啊！大哥我在這客廳裡坐等了你兩個多時辰了！對！是不是接待什麼貴客去了，向老哥也介紹一下嘛！」說著又把目光投向了項思龍，上上下下的打量著他。

確實，項思龍的這身裝束和他腰佩兩柄古劍以及他的冷傲神色，已是不言而威的釋發出了逼人氣勢，很易讓人刮目相看。

烏牛天尊強擠出一絲笑意來，但語氣卻還是嚴肅的道：「荊大哥來了，讓你久等可真是不好意思！不過因為……特使大駕光臨，所以……」

烏牛天尊的話還未說完，那中年老者就已臉色一變的脫口道：「特使大人？怎麼這麼快就來了！令主說還要過三天的啊！」

這話音剛落，頓覺自己失口，目光警惕的望了項思龍和他身邊的花仙仙、飛鷹四少幾人一眼，最後又定在了項思龍身上。

項思龍卻是聽得這中年老者脫口說出的話，心下狂喜之餘又感啼笑皆非。想不到自己誤打誤撞的還真冒充對了，西方魔教總壇還真有一名特使來西域，並且三天後將到，這……看來境況愈來愈是危急了！想不到自己這冒牌「日月天帝」才出江湖不到兩三天，就引起魔教總壇的關注，看來自己的份量還真不輕呢！只不知自己能否應付得來？三天？已經足夠了！自己再過兩天多時間就要與笑面書生談判，如果談判成功，有自己與他合作，對付魔教總壇的一些兔崽子也不必那麼擔憂了！自己現在是多爭取一個高手相助，就多一份抗敵力量，多一份獲勝機會！

項思龍心下如此想著時，烏牛天尊對老者道：「這……眼前這位就是特使大人！」

說著，指了指心不在焉思忖問題的項思龍，在烏牛天尊心目中，聞得老者的失言之語，不但未對項思龍起絲毫疑心，而是更加相信項思龍的身分了，因為世上不會有那麼巧的事情吧！總壇剛傳來消息說有特使要來西域，就真來了這麼一個武功高絕的特使！

憑他的武功和言行舉止，自己看不出一絲破綻！人家早來幾天，或許是因他加速了行程呢！眼前這冷面老者一定是總壇派來的特使！人家是微服私訪，總壇有可能使詐騙自己等特使三天，而事實上卻提前來暗察自己等的行為和調查他的任務呢！

烏牛天尊心下想著，對項思龍的態度愈發恭敬了，心中原本有著一點點的疑慮也頓刻煙消雲散，望了還在遲疑的中年老者一眼，沉聲喝道：「荊大哥……荊堡主還不快向特使大人行禮？」

中年老者聞喝心神一斂，但還是遲疑不決的問道：「他……真是特使大人？」

項思龍此刻收斂了心神，聞言本是冷冷的面色更是一沉，目光精芒暴長的望著中年老者，鼻中重重的發出一聲冷哼，一字一字的道：「你是誰！竟敢懷疑本座的身分？又用此等態度、此等言語氣對待本座，你是不是嫌活得不耐煩了！」

項思龍知道要使對方信了自己身分，不劃出兩手來對方是不會信服的，言詞甚厲，充滿了火藥味，意欲挑起對方憤怒來與自己過兩手。

不想中年老者聞得項思龍這話，只臉色微微變了變，但很快平靜下心緒，不溫不火的道：「在下荊無命！並不是懷疑閣下的身分，只是閣下要使我們相信你的特使身分，務必出示教主親筆文書，讓我們驗證過後，方可讓在下臣服！否則，在下就免不了心動疑念，還請閣下多多見諒一二！」

項思龍想不到這中年老者如此沉得住氣，並且對自己的態度不亢不卑，恰到好處，確實是塊在官場上混的好料，自己現在是進退兩難之局了，因為要出示什麼文書吧，自己沒有，如用強態壓制吧，又已是不合時宜，因為對方的話已是將把自己封死了，自己用強的話，只會讓得對方反抗，即便到時被自己壓制下來，可也只是口服心不服，沒有什麼利用價值，並且，如此一來，說不定還會讓得這已對自己臣服的烏牛天尊和巴拉金對自己產生反感而滋生懷疑，那可就得不償失了！這……自己現下該怎麼辦呢？

項思龍正在左右為難的不知怎麼是好時，急得如熱鍋上的螞蟻的烏牛天尊已是有些溫火的為項思龍解脫道：「這……荊大哥連我也信不過嗎？我說他是真特使就是真特使，絕對不會騙你的，你……你卻是用這等語氣對特使說出這等以下犯上的話，你不怕教規處罰嗎？」

中年老者身體微微顫了顫，卻還是堅決道：「我要求特使大人出示證明身分的文書並沒有過份，也沒有以下犯上啊！神力王老弟，謝謝你對我的提醒和勸解了！不過，我卻還是要堅持我的原則！」

項思龍聽得這話，對這老者生出一股敬意來，如此行事細心仔細有原則性，不畏權勢壓迫的人，可還真不多見，驀地發出一陣哈哈大道：「好！好樣的，我西方魔教出了閣下這樣一個人才，可真是我西方魔教之福！」

第二章　知悉陰謀

項思龍哈哈大笑聲中，目光一瞬不瞬的注視著臉上神色有著一絲不易覺察驚駭之色的荊無命，心念電轉之下，驀地從腰間革囊裡掏出一枚「日月天帝」遺留下的小「聖火令」，臉色倏地一沉，語氣轉冷的道：「對於這教主賜予的『聖火令』，閣下應該認識吧？見令如見教主，閣下還不跪地迎接本座？」

荊無命似也見過這種小「聖火令」牌，聞言臉色大變，身體有些輕微顫抖，但還是固執的道：「這……在未證實閣下身分之前，請恕在下行主屬之禮！」

烏牛天尊則是頓忙跪地高喊道：「教主神威，天下無敵！教主萬福，壽與天齊！」言語極是恭敬，神色卻是有些不安的望著荊無命，連連向他使眼色，示意他不要再懷疑對方的身分了，因為這種小「聖火令」牌，全教上下除了教主有限的幾名親信獲賜之外，其他人是絕對不會有的！對方既然有這種令牌，那他的身分是應毫無懷疑的了！

不想荊無命卻仍是不理烏牛天尊對他的示警，收拾了一下心神，語氣仍是不亢不卑的道：「證實閣下的身分可以說對我西方魔教在中原的存亡有著莫大的關係，所以請閣下寬恕在下的無理了！還請閣下出示文書，以證明你乃是我西方魔教總壇派來的特使！」

項思龍心下暗暗敬服這荊無命的英雄本色，但亦也為自己的處境傷透腦筋。現下該怎麼辦呢？用強是不大理想的，這樣會讓得自己先前的一番努力前功盡棄！雖說自己可以用「移魂轉意大法」征服這荊無命，使他聽命於自己，可這樣終會引起魔教高手的疑心，像那天風令主，如此一來，自己就無法打入魔教內部，探聽他們進犯中原的陰謀了！

可如不用強制手段呢，這荊無命又固執的要求自己出示什麼證明身分的文書，自己卻哪有這玩意兒呢！他奶奶個熊，狗急也會跳牆，如荊無命逼急了……

項思龍心下有些煩惱的想著，目光虎虎的逼視著荊無命，臉色甚是陰冷，但腦域卻是在飛快的尋思著對策，驀地想出一個以虛擊實的方法來，大喜之下，故作沉吟之態，眉頭緊鎖道：「教主給本座的文書乃是本教的高度機密，本座只能給令主過目，其他人一概不能觀看，否則洩露機密將被凌刑處死！這個……閣下既然要看，本座就滿足你的心願吧！但是在把文書給閣下過目之前，本座想與閣下過手幾招，看看閣下能否有防守文書機密不被洩露的能耐！」

言罷，也不給對方辯駁的機會，「鏘」的一聲撥出腰間的鬼王劍，手腕一抖，幻出一片劍影，冷冷的接著道：「閣下請出招吧！」

荊無命聞言見狀，臉色禁不住終是大變，項思龍隨手一劍抖出四五十個劍花，此等劍法已是世所罕見了，看來對方確是大有來頭的人物，可他已是成為騎虎難下之勢，當下也只得打了個哈哈道：「閣下以武相逼，這是什麼意思？難不成想威脅在下信任你的身分？」言語間緩緩撥出了腰間的佩劍。

大廳內頓時氣氛緊張，殺機漫空，教人心神禁不住為之一緊。

方才陪荊無命坐在一起的兩名三十上下的漢子和站在他身邊的四名劍手見狀都站了起來走向荊無命身邊，成弧狀保護著他，目光緊緊的盯著項思龍，神色間顯得有些憤怒又有些緊張。

眼看著一場大戰就要一觸即發，目射異彩的花仙仙和緊張萬分的飛鷹四少以及有些驚懼的巴拉金靜靜的退站一旁，花仙仙是相信項思龍有勝的把握，飛鷹四少忐忑緊張，巴拉金則是心下左右遲疑。

他們幾人都親眼目睹這項思龍與鬼影修羅的一戰，項思龍那神乎奇技的劍法他們一輩子都忘不了，並且他們聽過鬼影修羅的話，說項思龍是他的徒弟，是「日月天帝」的兒子，所以他們幾人除花仙仙外，都深信項思龍乃是西方魔教特使的。

至於飛鷹四少和巴拉金心懷忐忑的緣由，是因為荊無命這「風雷堡」堡主終究是西域中與地冥鬼府鬼王西門無敵齊名的人物，並在兩年來有隱隱超越西門無敵的勢頭，其武功實力自也是不容小視，如果項思龍萬一敗了，而又沒法證明他的身分，那他們這靠向項思龍的幾人可就慘了！但又知自己等插不上手幫不上忙，所以退站一旁，默默為項思龍祈禱祝福。

烏牛天尊在項思龍的示意下已早站起身來，聞言見狀頓是心急如焚，一方是自己生死與共的好兄弟，一方是自己得罪不起的特使大人，這……和他們動起手來，無論哪一方面出什麼差錯，自己都不好交代。更何況他試過項思龍的身手，人家只使出了八成功力就擋住了十二成「大力神功」的「百步神拳」重重一擊，那荊無命無論如何也不是他的對手了！

心下想來，頓忙出言勸解道：「特使大人息怒，荊堡主就是這麼一副僵脾氣，你老人家就大人有大量，不要與他一般見識了吧！嘿，其實特使大人的身分誰也不會懷疑的呢！」

言罷，又轉向有了幾個助手相護而已顯得氣定神閑的荊無命焦急道：「荊堡主，特使大人也說過了，他不拿出文書是有著不得已的苦衷，你也就不要固執己見了吧！大家都是一家人，何必動武呢？這樣會傷了和氣的呢！哪，我們發出緊急信號，把令主召來，不是可以和平解決這事了嗎？好了，荊大哥就依了小弟之言，不要與特使大人作對了吧！」

項思龍本就不想動用武力，聞得烏牛天尊這話，神色一緩，收了鬼王劍，冷冷的瞪著荊無命，靜待他的回答，如談判不成，那就需讓荊無命見識見識自己的厲害了！

荊無命聞得烏牛天尊此言，臉上神色又是連變，但只轉瞬間又平靜下來，淡淡的道：「令主已有事外出了，他把管轄西域分壇的權力全部交到了我手中，我已有權也有責任驗明特使的身分，烏牛老弟就不要再費心事為我們勸解了，既然對方出言向我挑戰，我自是不可以臨陣脫逃，這樣會辜負了令主對我的信任，也損傷了我們西方魔教的威嚴！」

說到這裡，與項思龍沉聲道：「閣下請吧！恕在下得罪了！」

話音一落，手中長劍亦也倏地一揮，幻出一片劍芒，就項思龍收劍無備之隙，長劍有若靈蛇吐信般向項思龍襲擊，竟也帶著幾份沉猛的罡氣。

項思龍見對方有若偷襲般的向自己出招，心下不怒反喜，既然談判不成，那就只有用武力來征服對方了，這是一個以武制武的時代，武力強大者自然會令對方臣服！荊無命不識好歹的率先發招，那麼自己說不得又要露上兩手了。

心念電轉間，對方的長劍已是快要出至面門，項思龍不慌不忙，展開「分身掠影」的身法，幻化出十多道身形虎影，同時發動手中的鬼王劍，當然自己的真實身分「項思龍」所會的為外人所熟知的諸如師父李牧的「雲龍八式」，地冥鬼府的「鬼王劍法」、「鬼王三絕斬」武功是不能使出的，所以他一出手就使出了「日月天帝」所授予自己的劍法，這樣既可以讓對方看不出自己的真實身分，又可以得對方如知悉「日月天帝」的劍法，就可以使之心下疑惑不定，反而會逐漸相信了自己的「特使」身分。

荊無命似想不到項思龍身法如此變幻莫測，且劍法是如此的精妙絕倫，自己驟然擊出的一式狠招，竟然被他如此輕而易舉就化解了，心神一涼之下，手下招式一轉，使出了他藉以威震西域的「風雷劍法」，把自身的「風雷神功」也提升至了極限。

這一來果然使得他氣勢大增，劍芒所過之處有若狂風乍起，並且雷聲轟轟，確有幾分駭人派頭，想來一般高手在他的這種氣勢之下不說心神俱亂，亦也會對武功大有影響吧！

圍觀眾人見得荊無命使出如此威猛劍法，均是心神為之一緊，尤其是花仙仙更是把一顆芳心提到了喉嚨口，真想驚叫出聲，烏牛天尊則是見荊無命動了真火，使出了他的成名絕招，亦也心神大震凝神靜氣的看了項思龍怎樣應付，飛鷹四少和巴拉金也是一臉吃緊之色，為項思龍擔憂不已，只有荊無命的幾名手下則是得意洋洋，一副傲然之色，似是已認定了項思龍會敗在他們主人手下，總之是場中諸人各懷心緒，靜看局勢發展。

項思龍見對方有些道行，心神一斂，卻是冷笑一聲，學自「月氏光珠」美女傳授的精妙劍法也頓時應手而出，並把道魔神功提升至了十二層功力，與對方來個以硬打硬，只有這樣才可以征服對方，使他對自己臣服。

卻見項思龍手中的鬼王劍驀地發出一陣「嗡嗡」的龍吟之聲，繼而紅光大作，廳內燈火之光與之比來，剎時如螢火與日月爭輝，並且紅光如一條紅龍般在項思龍身周循環飛舞著，再突地如狂龍噴水般往荊無命擊去。

「噹！噹！噹！噹！」一陣劍擊之聲驀地震徹整個大廳，發出一陣讓人神為之動，魂為之驚的回聲，項荊二人劍光相擊，亦也隨之發出一陣「轟！轟！」的炸裂聲，更是讓得全場中人無一不心神大震之餘又是凝神關注戰況。

項思龍和荊無命二人的身形全給包圍在了各自的劍光之中，根本看不清了他們的身形，只見一紅一白兩團劍芒在大廳內上下翻飛滾來滾去。

荊無命與項思龍一陣硬打硬拚，心下的驚駭真是無法用筆來形容出，因為他所擊出的劍中罡氣有如石沉大海般，悉數被項思龍吸化破去，而對方的強毒罡氣卻是讓他喘不過氣來，想來要不是對方不想殺自己，自己就算有一百條命也沒了。

心下大駭之下，荊無命已沒有了多少鬥志，對方那神乎其技的劍法和浩深如海的內力已是逐步的在消解他對項思龍身分的懷疑，想眼前這冷面老者如不是總壇派來的特使，那西域何時冒出了這麼一個超強高手來呢？據自己所知，西域乃至中原還沒有這等高手的傳聞，那他就只有是總壇派來的高手了！再說，聽他語氣和話意，似對自己西方魔教的事情十分清楚，那更是沒有多大假冒的可能了！

荊無命心下想著，既是進退兩難，又是後悔不迭。

唉，都怪自己太過魯莽，也怪自己受了令主的授權之後，虛榮心在作怪，才弄至這等局面！要是聽了神力王的勸戒，自己暫時軟下來認了眼前這特使，再暗地裡去調查他的來歷身分，那就不會弄至目前這等僵局了！

眼下該怎麼辦呢？自己如弄惱了眼前這煞星，可說不定會招來殺身之禍了！自己的「風雷劍法」在對方眼中猶如兒戲，想來天風令主傳予自己的「波羅神功」，也定不是對方的敵手吧！再說自己這功夫還未練純熟，還是不要現出來丟醜了！可如何才能和平化解眼前的這次劫難呢？

荊無命心下驚駭不安的想法，項思龍通過氣機感應猜測了出來，知道自己應該見好就收，給對方一個下台的機會，不過荊無命竟然能在自己十二層功力的道魔神功之下，配合以「月氏劍法」支持一百多招還強撐住，確實不虧是能與西門無敵爭雄的人物了，但不知他為何卻要投靠西方魔教？其實憑他的心機武功大可以與西門無敵聯手，稱雄西域，西門無敵死後，他也可以獨樹一幟，想來西方魔教一時也無法動得他分毫！

還有，看這荊無命只有四五十歲許，何以能練成如此一身駭人武功呢？他又是什麼來歷出身的人呢？是魔教之後藏在西域的臥底嗎？但魔教為何又要派出個令主來管束他？

項思龍心下一肚子的疑問，手上的攻勢已是緩了下來，二人也頓刻露出身形。

項思龍身形向後疾飛，「鏘」的一聲收回鬼王劍，又是一陣哈哈大笑，猜準了荊無命不敢與自己再作對的心思，以退為進的道：「荊堡主武功卑然不俗！好，本座就給你看看文書吧！但願你能守住機密！」說著伸手往腰間革囊掏去。

荊無命在項思龍撤退之時，有些驚詫莫名，但亦也全身一陣輕鬆，雖是渾身有些酸軟，心神卻是大為舒暢，但對項思龍給足自己面子，不讓自己丟醜大為感激，聞言見狀頓忙開口止住項思龍，單腿跪地恭聲道：「特使大人不用出示文書了，屬下信得過你的身分！嘿，屬下方才多有冒犯之處，還望特使大人見諒一二！」說罷一臉羞窘緊張之色的低垂下頭去，有若一隻鬥敗了的公雞。

項思龍也只是裝腔作勢拿文書而已，要是荊無命不出言阻制，可真不知如何是好，但他已測準了荊無命的心態，所以決定賭它一把，聞得荊無命之言，當下放作遲疑的沉吟道：「這個……為了釋解荊堡主心中的疑團，我看還是……」

怔站一旁的烏牛天尊這時驚醒過來，忙打圓場道：「為了機密起見，我看特使還是不用出示什麼文書！嘿，大家可真都是不打不相識，剛開始屬下也是不知特使身分，與特使大人……哎，特使大人神功可真是世所罕有了，不但能硬接住屬下十二層功力的大力神功輔百步神拳重重一擊，且只使出了八成功力，就把屬下擊個落花流水，觀下與荊堡主一戰又是讓屬下對特使的絕世劍術歎為觀止，特使大人可真是了不起啊！」

項思龍想不到這看似四肢發達頭腦簡單的烏牛天尊，竟然還如此的會拍馬屁，看來他也並不純是靠別人撐腰而爬上今天的地位了，也是有著兩手的人物。

心下怪怪的想著，雖是對烏牛天尊拍自己馬屁的話不以為然，不過想來他這一記馬屁可也真給他拍對了，因為他的話為自己解了困嘛！

荊無命對烏牛天尊的話有另一番想，既是為他給自己解圍的話感覺他真夠義氣，同時也責怨他為何不早告訴自己他與項思龍打過一場的事來，要是他得知項思龍能輕輕鬆鬆的接下他全力一擊的「百步神拳」，自己是怎也不會與眼前這特使打上一場的了，害得自己丟了一次大醜，因為烏牛天尊的神力和「百步神拳」的威力自己是知道的，想來就連天風令主也不敢接烏牛天掌全力一擊，要不是這傢伙有些豬頭笨腦的，自己的一切地位可全都是他的！

唉，也怪自己沉不住氣的吧！現下得罪了眼前這特使，看他對自己和和氣氣的，可自己日後別想再往上爬了！因為這世上有幾人能做到虛懷若谷的人？西方魔教中人更是無法做到的了，那麼自己的心願也就難以達成了！

荊無命心下有些氣餒的如此想著，不知不覺的歎了一口長氣，臉上閃過一絲哀然之色，但轉瞬間即平靜過來，附和烏牛天尊的話道：「特使大人，如果你諒解屬下方才的魯莽之舉的話，就不要再談什麼文書之事吧！屬下剛才已是錯了，但請特使責罰諒是！」

荊無命的幾名手下現刻已是一點狐假虎威的餘勢也沒有了，都嚇得一聲不吭的靜站著，不過每人臉上除驚懼之色外，更多的卻是失望悲哀之色。

花仙仙、飛鷹四少和巴拉金見項思龍大獲全勝威震全場，都是喜形於色，不過前者卻是對項思龍的敬仰之喜，後幾者則是對自己幾人有了強大靠山而心下大喜。

項思龍聞得荊無命的話，知道自己已經控制了局勢，計畫得逞，心下既是輕鬆又是欣喜，只要荊無命和烏牛天尊信服了自己，自己就可以從他們口中探知四方魔教在西域的陰謀了，尤其是荊無命，他似乎是魔教總壇安插在西域天風令主外權力最高的人，收服了他，可說等若控制了天風令主在西域的勢力，還有聽荊無命說那天風令主有事暫離西域，看樣子還似離開時日尚久，要不然不會把掌管西域勢力的權力交給荊無命，倒不知這天風令主有何急事離開西域？

因為他明知總壇派來了特使來他這裡啊！是什麼原因使他竟然敢放棄迎接特使而離開呢？再有，荊無命說證明自己這冒牌特使的身分，有關西方魔教的存亡又是什麼意思呢？難道這裡面隱藏有什麼天大機密不成？

項思龍心下滿是疑惑與不解，但表面上卻還是不動聲色的冰冷中顯出點溫和道：「荊堡主哪裡話來？像你這等有原則、有立場、做事認真的人，真是我們西方魔教之福呢！只要你忠心於我西方魔教，忠心於我們的阿沙拉元首，你會大有前途的！」

項思龍知道荊無命此刻敗在自己手下，又怕得罪了自己這虛實未知，而又讓他信了八九層的特使，心情正是沮喪之時，極需安慰，所以說出這幾句話來。

項思龍話音剛落，猶如被注射了一針強心劑的荊無命頓即臉色大喜，有著在沙漠裡發現綠州般的歡顏逐展，先前的哀傷之色一掃而光，向項思龍跪地行禮時語氣興奮而有些震顫的道：「謝特使大人的恕罪之恩！屬下日後的前途還全仗特使大人提攜，屬下今後為特使大人赴湯蹈火、在所不辭！」

項思龍見自己計畫得逞，看荊無命對自己的恭敬之態，但至少信了自己十有八九，且看樣子似乎很想爬升，想巴結自己這冒牌特使，心下頓然有了控制他的辦法，微微點了點頭道：「只要你盡忠我教，盡忠教主，本座會向教主提拔你的！像你這等人才埋沒在這西域，只作個堡主實在可惜！這樣吧，待本座與天風令主見面時，我向他要了你作本座屬下，不知荊堡主可願意呢？」

荊無命聞得這話，激動得連連應「好」，心下對項思龍本還有的一點疑慮悉數盡去，恭聲道：「屬下能為特使效力，是屬下的殊榮，高興還來不及，怎會不願意呢，不過，令主他……有要事外出，需較長一段時間回來呢！」

項思龍心下一緊，對這天風令主的行蹤更是不解起來。

有什麼緊張之事竟教他要離開西域較長一段時間呢？難道是去了苗疆亦或南沙群島聯合飛天銀狐和四大邪神來準備對付笑面書生和自己這冒牌「日月天帝」了！這……大有可能！

但也不能排除他受阿沙拉元首之命，安排進犯中原的陰謀去了！

項思龍心下如此想著，嘴上卻是淡淡的故作失望著：「那真是有點遺憾了！不過，本座此次前來乃是受教主之命來調查笑面書生和那重出江湖的日月天帝前任教主事情的，想是也需多花一些時間吧！那就等他些時日，待他回來後再說此事吧！」

項思龍如此說來本是想從他口中套出有關天風令主的消息來，不想他也中計的頓忙接口道：「如此就太好了！令主此次混入中原義軍中勢力最為強大的前秦上將軍項少龍的陣營中，想設法控制住項少龍和他們的主帥，以為我們西方魔教入侵中原打下基礎，想來以令主的本事，應是不費多少時日的吧！特使到時可定要……」

項思龍已是聽不清了荊無命後面所說的話，他在為荊無命所說的話而帶來的震驚而怔愣的沉思著，渾然忘卻了其他的一切。

「這……天風令主混入了父親的陣營中？父親他們豈不是危險了？會是誰呢？自己在到這烏牛鎮前往沼亡谷龍捲風未至之前還與父親他們相遇過，眾人之中最讓人起疑的會是誰呢？難道是他？」

項思龍心下猛的一突，他想到了父親新收的范增，想到了范增望向自己時的異樣目光。

難道范增是天風令主？這……自己當時是一身「日月天帝」的裝扮，且自報了身分，為何他卻像是不認識自己呢！如認識自己的話，那他豈不識破了自己這冒牌貨？因自己並不認識他啊！這可是一個大破綻！可看他樣子看他神色卻又像並未識破自己身分，會不會是他並不認識「日月天帝」呢？但他似又對「日月天帝」比較熟悉！

這……他奶奶的，管他有沒有識破自己身分呢！他混了父親陣營中，如真被他施法控制了父親和項羽以及他的一眾得力手下，那可就大是不妙了！

項思龍心下可真有些焦急如焚，因為這可是大有可能的啊！父親因從歷史中得知范增是項羽的左膀右臂，對他也就會完全信任而毫無防範之心，范增也即天風令主就會大有機會控制父親他們……若真如此，那可真要陷入萬劫不復之境了！不行，自己一定得阻止事情的發生。

項思龍也知道自己為何如此關心父親，或者也可說是關心他自己的歷史使命吧！

現在自己該怎麼辦呢？盈盈她們的性命給握在笑面書生手中！父親和項羽他們危機迫在眉睫！還有，也不知父親他們避過龍捲風的劫難沒有？如是自己推測不錯的話，寧可父親……他們死在龍捲風下也不能讓天風令主的奸計得逞。

項思龍心下烈痛焦灼的想著，對笑面書生是極度的惱恨。都是這該死的傢伙！要是盈盈她們和父親無論哪一方有什麼閃失，我項思龍都不會放過你的！

心下如此發狠發恨的想著時，又是怪怪想道：「不過可是幸得笑面書生這一攪和呢？要不自己怎會得知父親身邊竟混入了魔教中的人！」

見得項思龍的怔愣模樣，荊無命以為自己說錯了什麼話，頓忙焦惶道：「特使大人，屬下方才所說句句都是大實話，可沒有欺瞞你什麼啊！」

項思龍被他這話給驚覺過來，為了掩飾自己的失態，頓忙淡淡一笑道：「噢，沒什麼，本座是在想一些事情，並未責怪你什麼！嗯，對了，天風令主混入中原項少龍隊伍中有多少天了？他怎麼沒有向總壇通知這個消息？」

項思龍竟如此大膽向荊無命詢問這等敏感的問題，乃是因為荊無命既然主動向他提出有關天風令主的行蹤這等機密之事，並且對自己的異態沒有產生什麼懷疑，所以單刀直入的問起天風令主的事來，這樣反可顯出他做事果斷的處事作風和他超然的身分地位，迎合了荊無命的脾性，使他不致生疑。

項思龍這著險棋果然又是沒有失誤，荊無命聞問臉色一緩的恭聲答道：「令主混入那項少龍陣營中還不到三天！因得事情來得突然，那項少龍招了他的人馬前幾天來到我們西域，四下打聽范增的下落，被我們的人察知，於是追蹤下去，不想令主卻對此事重視起來，親自去追蹤項少龍等，得知項少龍來我們西域的目的後，想出一計，就是施展移魂轉身大法，元神出竅進入那項少龍等在西域找尋的尋龍真人范增身上，以便實施他的計畫，所以並未來得及上報總壇，他只在施法之前將掌管西域分壇的權力交給了屬下，並且告知屬下幾天後總壇會派下來一名特使，到時可向他彙報此事，其他之人一概不能告知，否則就會嚴懲屬下，因得如此，屬下冒犯了特使，還請特使大人見諒！」

說到這裡向項思龍施了一禮後，接著主動詳細報告道：「至於屬下來這烏牛鎮找神力王，乃是因為屬下想把他調到『風雷堡』去保護令主的軀體！令主施展『移魂轉身大法』把他的六神轉入那范增的體內控制他的心神後，令主自身的軀體就成一軀沒有生命的空殼子，需要嚴加保護，所以屬下……」

雖項思龍早就猜測到范增可能就是那天風令主的化身，認為天風令主是個冒牌范增，是他使手段欺瞞了父親他們，而真正的范增則可能並未找到，可想不到父親身邊的是真正的范增，只是天風令主使了什麼妖法控制了范增心神，這……

天風令主的身體還在「風雷堡」裡，是否可以想法使他元神歸體呢？這樣他就不會危害到父親他們了！心下如此想來，嘴上自是不會說出，只有在證實推測的煩燥，打斷了荊無命的話道：「那范增到底是什麼來頭的人物？中原的項少龍為何如此重視他！千里迢迢來西域尋他？天風令主有把握控制項少龍他們嗎？」

荊無命沉吟了片刻道：「這人……據屬下所得的消息說，那范增乃是一有七十多歲的垂垂遲暮老翁，因他懂得養生之道，所以人還顯得比較健朗，乃是楚國的遺民，因躲避戰亂，來到了西域，隱居在西域北面的一叫作『尋龍谷』的地方。

「這范增學識豐富，上知天文地理，下通兵法治國之方，曾預言中原最大的農民起義領袖陳勝、吳廣他們會遭失敗，因此而在我們西域聲名鵲起。中原的項少龍他們來我們西域想收羅范增，定是看中了他的學識才富吧！天風令主藉此人身分混入項少龍陣營中，只要先真心誠意的助他們打幾次大勝仗，獲得了那項少龍的信任，再憑他的奇技『魔意迷魂大法』和他一身高絕的使毒功夫，定可以控制項少龍他們的！」

荊無命說這話時是一臉的自信，像是堅信天風令主不會失手似的。

項思龍則是心下在大罵，臉上還是不動聲色的道：「嗯，他有把握自是最好！我們西方魔教如能控制那項少龍的隊伍，對我們魔教此番進犯吞併中原可就大有益處了！」說到這裡，話題一轉道：「荊堡主對笑面書生和日月天帝教主有什麼消息沒有？」

荊無命躬身行禮道：「回特使大人，笑面書生前些時大張旗鼓打出了我們西方魔教的牌子，而我們天風令主則沒有得此總壇的什麼消息，由此可見此人野心不小，想來特使大人也知道笑面書生乃是日月天帝教主的死黨，一身武功高測莫測，且心機深沉。自日月天帝教主失蹤後，笑面書生也從此低調起來，他不理總壇新任教主枯木真師的調令，固執的要坐鎮西域，並且向來不理教務，不服從任何人的命令，教主和元首他們因此而惱恨起來，派了天風令主來西域暗中發展勢力，進行監控牽制笑面書生，以防有什麼異變，當然這是近十來年的事情。

「屬下聽天風令主說，之所以監視笑面書生，一是因總壇已經蓄勢待發，準備瞧準時機大舉進犯中原了，二是因在這千多年的修養以後，一面向總壇傳報，一面嚴密監視笑面書生的行蹤，不想笑面書生武功太高也太過狡詐，他似已隱隱察覺出我們在監視他，所以行事十分小心，並沒有讓我們抓著他的什麼把柄，只是在幾日前笑面書生突然撒播出日月天帝教主重出江湖的消息，使我們覺察出了危機，所以令主飛鴿傳書通報了西域的緊急情況給總壇，希望總壇增派人手。

「總壇對此亦十分重視，回覆說幾天後當會有特使駕臨西域，幫助令主協查共處此事，但不想卻又冒出個項少龍找尋范增的事來，令主權衡利益之下，決定以身犯險，混入項少龍陣營，吩附屬下打理西域教務。」

項思龍見荊無命講述如此詳盡，連監視笑面書生叛亂的秘密也告訴自己，看來他確實完全信任自己的身分了，證明這消息對自己到時與笑面書生的談判也大有好處，自己就可以掌握一點談判的主動權了。

心下想來，當下又問道：「那笑面書生近來有什麼行動沒有？日月天帝教主呢，他有沒有來到西域？有沒有將要施行什麼計畫的意向沒有？」

言罷目光炯炯的盯著荊無命，他這些問話是故意問的，為的就是解釋他對自己的疑心，讓他知道自己對魔教的事情還是非常瞭解的，其實項思龍也確實非常瞭解魔教，因為他體內融入了魔教首任教主日月天帝的元神嘛！

荊無命搖了搖頭道：「這個嘛……屬下並不太清楚！因為屬下等的武功比起那笑面書生來可是差遠了，根本追蹤不著他，除了天風令主可能知曉一些外，我們都不知道笑面書生近來在做些什麼，至於日月天帝教主麼，我們都只是耳聞他已重出江湖，根本就沒見過他，自是更加不知道他的下落和行蹤了，不過對於笑面書生的屬下鬼靈王他們，我們倒是監視嚴密，但除了有些驕橫得意之外，卻是看不出他們有什麼異樣，想來是笑面書生所使的障眼法吧！他暗下裡是一定在搞什麼玄虛的！」

項思龍面色沉沉的點了點頭，「嗯」了一聲，掃視全廳眾人，沉聲道：「好！大家就連夜趕去風雷堡！本座想親自去視察一下笑面書生的動靜，沒有本座的命令，任何人不得擅自去做什麼事情！荊堡主和神力王的任務就是保護天風令主的身體，以防遭人破壞。還有，荊堡主派兩名屬下火速趕去火龍鎮叫火龍真人帶領他的手下精銳全部趕往風雷堡待命！本座要集中人手，隨時與笑面書生硬拚一場！」

待荊無命和烏牛天尊沉聲應命退下後，項思龍又向飛鷹四少道：「你們幾個給本座領路，即刻準備上地冥鬼府！不要給本座耍什麼花招，否則有你們好看的！」飛鷹四少已被項思龍嚇破了膽，哪敢有什麼違抗，連應「是」。

花仙仙卻是一雙美目熱情如火的望著項思龍，像在祈求他把她帶在一起。

項思龍這刻心急如火的欲去與笑面書生作談判了，哪會有得心情理會她，不過看著熱切而又有些憐意的目光，心下一軟，又冷冷的對巴拉金道：「仙仙姑娘已經被本座看中了，從今以後她就是本座的人，你看我好好的守護住她，要是她少了一根汗毛，本座就唯你是問！」

巴拉金一臉媚笑的點頭道：「特使大人放心就是，屬下定看護好她的！」

項思龍也知道自己這一開口，已是沒有人敢再動花仙仙的鬼主意了，在自己身分未被揭穿之前，她都是安全的，大是放下些心來，再也不理花仙仙失望而又氣憐的目光，轉首對荊無命和烏牛天尊道：「事情就這麼定下來了，本座今晚去打探笑面書生行蹤，你們趕回風雷堡！我們明天再見吧！」

道完，望了已在驚畏之餘而又有些神氣的飛鷹四少一眼，那傷重的鷹少已是基本上完全好了過來，冷冷道：「咱們走吧！」

言罷，領了飛鷹四少幾人在眾各懷心思的注目禮下，出了烏牛天尊的府第，邁出了西域冬夜的濃濃夜色之中，心緒又是蕩漾起來。

自己怎麼會突然決定提前去見笑面書生呢？此番去見他，自己有全身而退的把握嗎？

唉，事情是發展得愈來愈複雜了！自己從以前的終日尋思著怎樣與父親項少龍的鬥爭，已是不知不覺的轉化成了自己與西方魔教的鬥爭，如果父親和項羽他們真被那控制了范增的天風令主給施法施毒控制住了，那麼自己肩上的歷史使命的任務可就更加重了！

也真不知自己此番西域之行是禍是福！要是自己沒來西域，也就不會受這西方魔教的困擾之苦了！可要是自己沒來西域，也就不會知曉西方魔教的陰謀了！

俗話說：「知己知彼，方能百戰百勝。」還有「防患於未然」什麼的，要是自己不來西域，不知西方魔教意圖入侵中原的危面，到時他們攻入中原，就會殺自己一個措手不及，那時自己就算是知曉歷史，知道劉邦是歷史的主宰者也是回天乏術了，因為有關西方魔教的事情就如自己和父親項少龍一樣在歷史上是沒有記載的啊！或許歷史的改變就因自己父子二人來到這古代的改變而改變了呢！這可是說不清楚的事情！又或歷史之所以沒有被改變，就是因為自己先一步知道了西方魔教的圖謀而早一步把他們消滅了而沒有被改變！

這可也是大有可能的事情！所以自己此次西域之行是來對了，消滅西方魔教也就是自己來到這古代的維護歷史不被改變的使命之一，其責任的重要性甚至超過父親項少龍給自己帶來的苦恨！這……對，自己應振作起來，一心一意的事先驅除西方魔教！

項思龍想到這裡，只覺一陣氣血往上湧，連得冬夜的寒意也忘卻了。

第三章　變形神劍

項思龍一行人來到地冥鬼府外，先安置好飛鷹四少後，項思龍身形當即沖天而起，飛降在一層屋簷上，把功力運注聲帶，用日月天帝的聲音冷聲大喝道：「笑面書生！本座已經來了！你出來吧！」

聲音的餘波響徹整個地冥鬼府上空，在這靜夜下顯得分外的清脆響亮刺耳。本是平靜祥和的地冥鬼府被項思龍這突如其來的一聲大喝，頓刻給攪得沸沸揚揚起來。

卻見項思龍喝聲剛落不多時，四處燈火即亮，人聲亦是雜吵一片。

項思龍站在屋簷上，對於地冥鬼府的混亂景象盡收眼底，心下冷笑道：「想不到自己這冒牌『日月天帝』只一聲大喝，就嚇得他們屁滾尿流的，看來『日月天帝』的名頭確是夠響的！」

心下如此想著時，卻又是對久久不見笑面書生的蹤影而心下大生疑念，這傢伙現刻上哪去了呢？他理應是待在地冥鬼府裡靜待自己的到來啊！

難道是又發生了什麼異變的事情，讓得笑面書生如此吃緊的去趕辦了！這……到底是什麼事情讓他如此著緊呢？難道是……難道是笑面書生知曉了自己把兩枚聖火令交給了韓信，而去奪取去了？那韓信他們豈不有危險了？

想到這裡，項思龍心下一陣驚怒，一股無名火熊熊燒起。

如真是這樣，那可也就別怪自己心狠手辣了！是你背信棄義在前，老子也就對你守信，先殺光了你苦心培訓出的一眾「無敵衛士」，撥掉了你的爪牙再說！

項思龍心中殺機一起，目光有若閃電般狠狠的一掃視線可及的紛亂敵陣，搜尋笑面書生的「紅毛」爪牙，卻是尋視了半天，不見半個「紅毛鬼」的影子。

這……難道笑面書生防備了自己襲他的這一手？那這傢伙的心機可真是深厚之極了！竟然能把一切安排得井然有序！看這些敵蹤似是一群烏合之眾，連有身分地位的一個高手也見不著，自己可真是失算了！現下該怎麼辦呢？

項思龍心下氣怒焦急交錯的想來，又大喝一聲道：「你們都不要再動了！否則本座可就要大開殺戒了！快告訴本座，鬼靈王和笑面書生他們躲到哪兒去了！」

項思龍這一聲大喝語氣甚是陰冷，殺機濃烈，使人不寒而慄，那些慌亂一團的鬼府教徒具都止步，目光驚駭的仰望著項思龍，連大氣也不敢喘一下。

項思龍心下的著急，讓他恨不得把這裡所有的人都給殺光，但也知道自己絕不能如此作來，看這一眾鬼府教徒都是一些無能之輩，都是笑面書生安置在這裡掩人耳目的一些窩囊廢，自己殺了他們，徒增殺孽，教人笑話自己而已。

強壓心中各種情緒，項思龍提氣縱下身形，落到一看起來是這眾無能教徒的領頭漢子面前，目光虎虎的逼視了他一眼，冷冷的道：「你是這裡的頭領吧？那就由你來回答本座的問題！可別怪本座不告訴你，若是你所說的話有一句謊言，可別怪本座手段殘忍！」

那漢子聞言高大的身形一陣震顫，但顯是不知他的身分，只是被他氣勢所懾，過得片刻就漸漸回復平靜，強打精神沉聲喝道：「閣下是誰？竟敢來我地冥鬼府撒野？」

其他的鬼府教徒見得守了這半天，也只項思龍一人出現，雖然知曉對方大有來頭，且武功也是不弱，但自己這方可是有上百人在場，當下膽子一壯，圍了上來，氣勢洶洶的衝項思龍七嘴八舌罵起來。

又聽一人喝道：「你這老頭是不是活膩了？單槍匹馬的來闖我地冥鬼府？」另有一個接口道：「兄弟們，咱們把這狂妄的傢伙給擒下來生撕了吧！」

轟笑喝罵之聲此起彼落，項思龍強壓心中怒氣，逼視著那領頭漢子道：「你們頭領鬼靈王和笑面書生他們逃避的是誰，想來你也知道，本座就是那人，快給本座道出鬼靈王和笑面書生他們的行蹤，否則……哼，想來不用本座說出你也應該知道會是什麼結局！」言罷，目光掃視了一下包圍住自己狂態洶洶的眾人。

那頭領聞得項思龍這話，臉色青得煞白，身軀劇抖，情緒異常波動的呼吸加劇，額上也冒出汗珠來，嘴角哆嗦著想說出話來，而又因過度激動而發不出聲音，只喉嚨裡發出清晰的「咕噥」異響，顯是他知道項思龍的身分了，但卻又因什麼威脅顧忌似的而沒有癱軟下去，強行支撐著。

那幫氣勢洶洶的教徒，從這大漢的神態中看出了什麼不對勁來，吵雜的人聲漸漸平息了下來，目光驚駭而又詫然的望了望那大漢又轉望了望項思龍，不知項思龍到底是何方神聖。

場中氣氛一時顯出一種異常緊張的氛圍，所有人的目光都落在了項思龍身上，沒有一個人敢發出聲音來打破這種僵局，只有周圍地冥鬼府不少教徒手中大把發出「啪哩叭拉」的異響。

還待在鬼王宮後花園的飛鷹四少早就覺察了事情有變，但不知到底發生了什麼變故，心下一直思慮著，這時聽原本吵雜的地冥鬼府突地顯得異常寂靜，再也忍耐不住了，四人對望一眼，展開身法亦也飛上屋簷，見得不遠處在一小型練武校場中的項思龍和圍著項思龍的地冥鬼府教徒，心下詫然不解，雙方為何只是對視著而不動手，當下在滿心疑惑之下悄然降落身形，來到項思龍身邊，四人目光都投在他身上，似在詢問現下該怎麼做似的。

項思龍望了飛鷹四少一眼，目光有些責備之意，似在問他們為何冒然現身。教徒見得突然出現的飛鷹四少，又是一陣騷動。

那頭領漢子避過項思龍的話不答，轉向飛鷹四少道：「你們四人鬼鬼祟祟的幹什麼？不是說你們四人背叛我們地冥鬼府了麼？竟然還有膽子回府？你們……」

不待他把話說完，項思龍也已發話截口道：「不要偏離本座問你的話題而言其他！快說，鬼靈王和笑面書生到哪兒去了？再拖延時間本座可就沒有耐性了！」

那頭領這次只微微顫抖了一下，很快平靜過來，似決定豁出去了似的強硬道：「閣下的話問得好奇怪，鬼王和教主的行蹤，我們這些小人物怎麼會知道呢？你要問的話，還不如問飛鷹四少呢，他們可曾經是鬼血王的貼身走狗，或許能夠猜出來吧！」

項思龍把目光投向飛鷹四少，輕輕的點了點頭，示意他們可以說話。

飛鷹四少顯是被那頭領罵得怒火狂燒，目光厲芒灼灼，額上青筋凸起，因得項思龍在場而沒有發作出來，盡力忍耐著，這下得到了項思龍的示意，四人心中怒火頓刻始發洩出來，鷹老大急不可耐的率先破口大罵道：「易凡，你這狐假虎威的傢伙，仗著鬼血王寵你而不可一世，經常在我四兄弟面前作威作福。但是我告訴你，今天不同了，老子四個已經脫離了地冥鬼府投入了正宗的西方魔教門下，現在再也不用看你的臉色低聲下氣了，並且要跟你老帳新帳一塊算，哼，不要以為我們四兄弟不知道，當年我家的滅門之禍，就是你作的劊子手頭領！」

這叫易凡的漢子只懼項思龍，對飛鷹四少可沒放在心上，冷冷一笑道：「你父母是我殺的，又怎麼樣，有本事就來找老子拚命好了！不過可不要依仗他人，那可就沒得面子了！」說著，望了項思龍一眼。

飛鷹四少牙齒都給恨得「咯咯」作響，目光熱切的望了項思龍一眼，似在請求他讓自己四人出戰這易凡，哪怕是戰死，也要給九泉之下的父母報仇血恨，不再作孬種。

項思龍想不到眼前這狂妄漢子就是飛鷹四少的殺家仇人，心下本是看他不順眼，同時也想教四人日後更加忠心於自己，讓四人揚名立威，當下滿足了他們的要求道：「既然有人向本座的座前四使叫陣，那你們就去陪他過兩招了，了結了你們的恩怨吧！

「嘿，本座就不相信沒有你的招供，就找不著鬼靈王和笑面書生他們！惹火了本座，老子就一把火燒了這地冥鬼府，看他們還做不做縮頭烏龜。飛鷹四少，你們給本座聽著，報殺家之仇麼，不能一下子就了結對方，一定要慢慢的折磨他，讓他嘗盡人間各種酷刑悲慘而死！

「哪，待你們擒下這傢伙，本座就教給你們懲罰人的手段，一定很是過癮的！不要讓本座失望了，十招之內擒下這傢伙。」

項思龍說出這番話乃是大有用意，一是給那易凡施加心理壓力，在與四少過招時武功不能發揮得淋漓盡致；二是給四少打氣，讓他們知道自己到時會暗中對他們施以援手的，不必怕那易凡，放開手腳與他對打就是了，這樣飛鷹四少信心一增，武功就可大大發揮威能。

飛鷹四少聞得項思龍這等理解他們的話，真是感激涕零，把心中對易凡的仇恨和對項思龍的感激全部化為了鬥志，四人目中神光閃閃，面上神色冷靜沉著，對視一眼後，分站四人不同方位，圍著顯得外強中甘有些膽怯的易凡，果是氣勢不同凡響，讓得項思龍含笑點頭，那易凡心中更懷不安，以為項思龍傳了他們什麼厲害武功，才使他們比之以前判若兩人。

飛鷹四少同時緩緩握向劍柄，有力的「鏘」的一聲同時撥出了腰間佩劍，似很有默契的再同時手腕一盪，「唰！唰！唰！」的揮出一片劍法，目光一瞬不眨的盯著易凡，讓他人可以感覺到他們將同時發招的沉重壓力不可小視。

易凡顯是在氣勢上已是處於下風，但他在與飛鷹四少共處時，卻是從沒把四人放在眼裡，因為四人即使聯手也不是他百招之敵，這讓得他恢復了些信心，亦也「唰」的一聲撥出佩劍，把功力注於劍身，手中長劍頓刻劍芒暴長，把飛鷹四少的氣勢給強行壓了下去。

雙方雖是沒有過招，但項思龍已看出飛鷹四少的精妙劍法輕巧快捷，比那易凡高出不止一籌，只是四人功力都比他遜了許多，這亦成了他們以往敗在易凡手上的主要原因。

看出玄虛所在，項思龍當即凝功傳音給已有些怯意的飛鷹四少道：「你們不要怕那易凡！本座已看出了你們雙方的實力懸殊，你們輸在功力不敵易凡，但是你們劍法比他快捷精妙，只要你們振作起信心，一定可以在十招之內打敗易凡的！呃，你們不要東張西望的，本座現在使『隔空傳功』的密技，輸注功力到你們身上，那麼你們就不用有這層顧忌了！好，凝神戒備吧！不要給本座丟臉了！」

言罷，當即意念一動，凝起功力，手指暗彈，釋發出四股無形罡氣向飛鷹四少背後的身軀穴射去，把功力緩緩注入四人體內。

飛鷹四少正被易凡強大的勁氣壓力而又再次心虛起來，聞得項思龍的話心下大喜若狂，一時禁不住有些忘形的差點露出破綻，幸得項思龍提醒，才鎮住心神，不動聲色的提劍嚴密與易凡對視。

這種氣勢上的較量比之雙方過招更能震人心弦，因為往往氣勢上的誰強誰弱，差不多已可分出雙方將是誰勝誰負來。眾地冥鬼府的鬼徒都凝心靜氣的注視著場中飛鷹四少與易凡的一舉一動，倒是暫時忘卻了項思龍這大人物給帶來的危機。

易凡見自己蓋過了飛鷹四少的氣勢，壓力頓減，面上不禁露出了得意之色，但見對方對自己卻是一點懼意也沒有，心神又是一緊，當下抓住自己勢強的優勢，突地大喝一聲，身形驟然縱起，手中長劍勁氣漫空向飛鷹四少硬擊過去，一派橫硬打法，倒也確有幾份震人心弦的威勢，劍招做實似虛而又有若長江大河，教人不可小視。飛鷹四少已是凝神戒備，得到項思龍輸來的功力援助之後，讓得他們信心倍增，對易凡已是沒有一丁點的怯虛之意，見對方長劍向自己四人行擊過來，頓忙毫不慌亂的施展出他們的優勢輕靈的輕功，避開了易凡的凶猛攻勢，同時亦也在身形閃退之際，展開了他們的「飛鷹劍法」，卻見四柄長劍劍光幻化出一隻隻雄鷹，上下翻飛，快捷的向易凡反擊過去。

易凡見自己的攻勢被對方如此輕而易舉的避開，且對方向自己發動反攻，心下大驚，頓忙再吸一口長氣，把功力提到極限，手中長劍倏地變形，成了一個「十」字形，長劍變形之後似在他功力的貫注之下產生了強大的吸力，近處眾地冥鬼府教徒的腰間佩劍「唰！唰！唰！」聲不絕於耳的被他「十」字形怪劍吸撥出來，黏沾在了他的怪劍之上，飛快的旋轉著，發出一陣陣劍嘯破空之聲，四鷹本是快捷的劍勢也突在似長劍受到什麼阻力似的而緩慢下來。

項思龍看得心中一震，想不到這易凡還有這麼一招，看來都是他手中的怪劍在作怪。

心下正想著時，易凡突地把手中的怪劍一抖，頓即有十幾柄被他怪劍吸來的長劍如離弦之箭般向飛鷹四少飛擊過去，其勢甚是快猛絕倫。

飛鷹四少此時已成進退兩難之狀，任他們怎樣施為，手中長劍被一股強大的吸力給絞黏住似的，讓他們想發招也不行，想避開也不行。

項思龍見狀暗道：「要糟！」

眼看著飛鷹四少就要非命於易凡射出的飛劍之下，項思龍再也忍耐不住「鏘」的一聲撥出鬼王劍，身形快捷縱起，施展開李牧傳授的「雲龍八式」中的「破劍式」，只聽得「噹！噹！噹！噹！」一陣劍擊之聲響起，射擊向飛鷹四少的十多把長劍被項思龍悉數擊落地上，但只聽得易凡叫了一聲：「起！」

那十多把長劍又被他手中怪劍給吸了去，呼呼旋轉著，可隨時再次地動突襲。

飛鷹四少垂頭喪氣的退下，對於易凡這突出其來的怪招他們似乎也未想到。

項思龍冷冷的看著像是變了一個人似的易凡：「想不到本座低估了你，看來你不只是鬼血王的手下，而是笑面書生的貼身護衛！好，飛鷹四少算是敗了！本座來陪你過兩招吧！可別說本座以勢壓力，我先讓你三招不還手，再在三招之內將你擒下，如做不到，就算本座敗了！」

易凡對項思龍還是有些顧忌，聞言臉色變了數次，似做了決定的道：「好！本護法就依了閣下之言，如你敗了，就得即刻自封功力，隨我去見軍師！」

說到這裡，頓了頓，望著手中的怪劍自語道：「哈，軍師送與這柄變形劍威力的確不同凡響，有了它，本護法可以威震武林了！」

項思龍聽這易凡之言，見他果真如自己所猜，與笑面書生有著較深的關係，聽他自稱護法，那他一身武功自也不俗了，現下又有這「變形劍」相助。威力更是大增，自己倒是不可太過大意了。這傢伙演戲的功夫可也真是不賴，起先假裝很怕自己的樣子想蒙混過關，幸得有飛鷹四少出面試出了他的底細，要不然自己可真走眼了，說不定會放過了他！

只看他的這份演技，就知他是個狡猾奸詐之徒，學足了笑面書生！能聽笑面書生之命一直裝作一個下人，這份耐性也是不可小視！不過，看笑面書生把這易凡安插到鬼血王身邊，難道是對鬼血王不信任，派來監視他的？還是派去輔助鬼血王的？嗯，後者較有可能吧！因為鬼血王是鬼青王的師弟，武功連鬼青王也不及，對笑面書生來說一點威脅也沒有，只這鬼血王被笑面書生看重，想來也是一個機謀出眾的深沉人物，自己日後遇上他，倒也不可小視了這傢伙！

項思龍心下心念電轉的想著，易凡又轉向他道：「閣下能從我的變形劍中猜出我的身分，難怪軍師如此看重你，叫本護法要小心應付，儘量避免跟你動武，看出閣下果然有點道行，對了，閣下到底是何來歷的人！你的身分卻是沒有告訴本護法呢！」

易凡這話讓得項思龍心下大是安然，他可正擔心著對方知道自己的身分呢！想不到笑面書生卻沒有告訴他，定是為了使這易凡不致對自己膽怯，至於自己的真實身分想笑面書生不會洩露，因為這樣對他來說是有百害而無一利，會大大消弱他方的士氣，易凡問自己來歷，可見這傢伙好奇心極重，自己倒是編個身分來迷惑他一下！嗯，就西方魔教總壇特使的身分吧！這樣可讓易凡對自己心懷顧忌，不知虛實，又可讓笑面書生知道後知曉自己打入了阿沙拉元首的內部，使自己在他心目中利用價值的份量加重，這樣一舉兩得，何樂不為！還有三得呢，也可使自己身分暫時不會揭穿，方便行事！

心下想來，當下朝飛鷹四少使眼色，示意叫他們來說自己身分，這樣可以增加自己的神秘色彩，使易凡更是對自己捉摸不定。

飛鷹四少見得項思龍使來的眼色，頓然明白了他的意思，老三在敗陣的氣餒之下來了精神的站了出來，態度傲慢的道：「易凡，你給老子聽清楚了，我們主人乃是——嘿，聽了後可不要屁滾尿流啊！我們主人乃是西方魔教總壇派來的特使！」

老三吊足易凡的胃口，對他語氣戲耍，說到項思龍冒牌身分時，卻是聲音抑揚頓挫，語氣神氣十足，教人聽了加深幾分震撼。

包括易凡在內的所有地冥鬼府教徒聽得這話，均是臉色大變，驚駭慌亂程度不亞於項思龍剛出場時那般的場面。易凡這次的驚駭倒不是假裝出來的，目光直勾勾的望著項思龍，呆愣了好一陣，才不自然的嘿嘿大笑道：「什麼總壇特使？你們飛鷹四少老子又不是不知道，喜歡吹牛皮！嘿嘿，你們倒是什麼時候成了總壇特使的座前四使了！憑你們這幾塊料？座前四使，真是教人笑掉大牙了！」

易凡這幾句話語氣像似輕鬆的說來，但虛怯之意卻是溢於言表。

鷹老三聽得這話，氣的大喝一聲道：「易凡，你膽敢污蔑特使？肯定是活得不耐煩了！我們兄弟以前是不屑一顧，但是我們現在投在了特使座下，也由不得你出言污辱！」

說著，提劍又欲向易凡撲去，被項思龍喝住道：「不要輕舉妄動！人家既然不信本座身分，待本座出手教訓教訓他，他就不會這麼目中無人了！」

言罷，目光冷冷的轉向易凡，一字一字的冷聲道：「知道了本座身分竟然還敢如此口出狂言！哼，就是笑面書生也不敢用這等語氣跟本座說話！」

說到這裡頓了頓接著又道：「本座要你對方才所說的話付出代價！好了，你出招吧！」

易凡心下虛怯，卻是憑著有「變形劍」在手，決定豁出去了的冷笑道：「閣下的話可說得太滿了，付出代價的你還是我，要待動手過招分出勝負後才能知曉啊！」

話音甫落，大喝一聲，手中「變形劍」周圍旋轉的長劍在他手腕一抖之下，頓即如幾十把有人駕馭的長劍，在空中旋轉翻飛，繞在易凡身圍，把他守得密不透風，並且隨時向項思龍發動攻擊。

項思龍把「道魔神功」提升至了十二層功力的至高境界，並且輔以十二層功力的「北冥神功」，使精神氣勢處於高度戒備狀態之中，絲毫不遜易凡的氣勢。

易凡只覺得項思龍雖是靜站著一動不動，但他全身上下都有一股氣機守備著，猶如與天地渾然成為了一體，無論自己從哪個角度向對方攻擊，對方都能把自己攻勢化之於無形。

看來這勞什子的總壇特使倒大有可能是個真貨！但看他這份泰山壓頂而不色變的氣度，就是非一般常人所能及的，自己倒是不可太過粗心大意了，得打起十足的精神來應付！

心下想著，易凡緩緩移動身表，等待時機向項思龍發動進攻。

讓自己三招，再三招擒下自己？喂，以為老子是紙糊的啊！就是軍師也不敢如此托大！

易凡凝神不攻，讓得項思龍也不禁對他刮目相看起來：「這傢伙確實是有幾分道行，自己這『以靜制動』的招術看來也被他看破了！好，就露出點破綻來讓你早點發動攻擊，把你解決掉吧！本少爺可沒得時間陪你耗著！」

意念一動，項思龍把功力收斂了些許，凝注隱藏於掌心的勞宮穴中，氣勢頓即為之一減。

項思龍意識到，當這些飛劍與自己罡氣相觸時，反震之力強大，似乎隱隱之中這些長劍似連為一體的，它們可以相互傳遞功力，就如十幾個人把功力輸注到一人身上一樣，這一人的功力比他自身的功力就增強了十幾倍。

果然是座劍陣！這易凡能利用「變形劍」的異能創出此等絕招，確實是個不簡單的厲害人物！只不知是劍陣發揮的威力，還是那「變形劍」具有凝合功力的奇異功能？易凡有了這等絕招，他就可以使他一人的功力通過這些飛劍而變成等若他十幾個人乃至幾十個人的內力總和，難怪他如此狂傲！

心念電轉之下，項思龍意念一動，把「不死神功」功力升至八層左右，在四身周圍形成一道護罡氣網，同時施展「縮地成寸」的地行之術，把身形實體隱入地底，只留下一個身形在與易凡周旋，這下任他劍招再厲害也傷害不到項思龍了！

項思龍用功力凝成的虛影在易凡的狂猛攻勢下顯得手忙腳亂險象環生，易凡見了哈哈大笑道：「原來也如此不堪一擊！哈，『變形劍』的這招『飛劍九九歸天』確是妙用無窮，只可惜我的功力不能同時發出八十一把利劍，要是達到那種境界，我就可天下無敵了！」

說到這裡，眼中現出傲慢神色道：「我這是第一次動用變形劍施展『飛劍九九歸元』，軍師卻是可以同時動用『變形劍』和『無影刀』，那等威力山搖地動了！」

地底下的項思龍聞得這話，心神一凜的忖道：「聽易凡這言，他的這等威勢全是『變形劍』的奇異特能所啟動的了！想不到笑面書生竟然會有這等巧奪天工的兵刃！好了，還有個不知威能怎樣的『無影刀』！如他能發揮出這兩個神兵利刀全部威力，那將是何等的威猛之勢啊！」

不說什麼「無影刀」，單是這變形劍，如能同時發出八十一把利劍，等若有八十一個可分身的笑面書生，普天下之間還有誰能是他之敵？不行，自己得從這易凡手上奪下這「變形劍」來！如此自己才可以去應付笑面書生那還不知什麼樣的「無影刀」！還要從這易凡口中得知這「變形劍」、「無影刀」的秘密，否則自己到時與笑面書生真打起來，自己可說不一定會敗給他了！

嘿，這也就叫作「智者千慮，必有一失」吧！笑面書生把「變形劍」交給易凡，想教他用「變形劍」來阻止自己找他，以便他去實施什麼陰謀，想不到卻教自己知道了他還有一手而可以先防備上他，奪得了他心愛的「變形劍」！

心下想著，思忖讓易凡的三招已過，自己已可出手了，當下從地底鑽出身形，卻見自己用功造成用意念控制的虛影已成黔驢技窮的末路之境，被易凡的飛劍攻得手忙腳亂，當即身形一閃與虛影合而為一，大笑聲中鬼王劍已是脫鞘而出，「天殺三式」中的第一式「天羅地網」，如若長江大河般鋪天蓋地的向易凡所發的飛劍擊去，同時已是使上十層功力的「不死神功」，先用「吸」字訣把對方飛劍的功力吸入自己體內備用，「摧」字訣把那些可惡的飛劍用功力震碎，同時劍勢不減的向得意未消、驚駭乍來的易凡攻擊，不過卻已使上了「柔」字訣，只點對方穴道不傷對方的人。

項思龍一出手就用此絕招，想速戰速決不讓易凡再使什麼花樣，以便從他口中得知笑面書生和鬼靈王他們的下落，儘快與他們見面談判。因為時間已經是不能再拖了，自己還有著許多的事情要辦呢！談得攏也好談不攏也罷，都不能拖拖拉拉的，這樣太痛苦了！

「轟轟轟」、「噹噹噹」一陣勁氣四道的炸裂之聲過後，又是一陣斷劍落地之聲。

易凡用「變形劍」發出的二三十把長劍悉被項思龍擊斷落地，同時易凡也是呆若木雞般一動不動的呆站著，雙目圓睜，一張大嘴也張得大大的，神情驚駭萬分，那樣兒滑稽極了。

哇咔，這是什麼武功？一招之下就反敗為勝，不但破了易凡的攻勢，且制住了他的穴道！

包括飛鷹四少在內的全場眾人都鴉雀無聲的呆望著項思龍，飛鷹四少是極度欣喜，地冥鬼府眾鬼則是極度恐懼的駭然。

說來飛鷹四飛本是見得項思龍的虛影處在劣勢之下，一顆心都給擔心得提到了喉嚨口，而眾地冥鬼府的教徒則是喜形於色的為之哄然喝彩，易凡也是得意洋洋，信心在握的以為勝利在望，誰也想不到事情會有這等突如其來，教人意想不到的變故，太不可思議了！對方竟然能破自己用「變形劍」使用的「飛劍九九歸元！」這可是等於攻破了自己二三十倍功力啊！

就是軍師笑面書生也沒有這麼高深的內力！

易凡雖是被項思龍用劍氣制住了穴道，但是思想還可以運轉，因為項思龍並沒點他的睡穴。

這冷面老者到底是什麼人呢？總壇裡這樣功力的高手聽笑面書生說也只有阿沙拉元首、枯木真師和骷髏魔尊幾人，可這冷面老者都不像軍師所說幾人的模樣啊！

難道……難道他是軍師所說的重出江湖的「日月天帝」教主？

這念頭在易凡腦中一閃，讓得他全身一陣震顫，面上的驚懼之色變得煞白，要不是啞穴被項思龍給制住，驚呼之聲就要發出，雙目是一片死灰，整個人都欲癱軟下去。

天啊！自己要是得罪了「日月天帝」教主這煞星，那可定是活不成了！唉，軍師怎麼不告訴自己「日月天帝」教主的模樣呢？這……現下怎麼辦？告不告訴「日月天帝」教主軍師的下落呢？看情形軍師定是惹怒了教主，才致教主找上門來興師問罪！對了，軍師不是說他已經得著了本教鎮教之寶「聖火令」，要閉關修練上面的幾項絕學嗎？難道是軍師偷了教主的「聖火令」才使他要找軍師算帳的？這……那自己豈不成了軍師的代罪羔羊了？難怪軍師捨得把他的心愛神器「變形劍」送給我，且封我個「變形劍」護法的頭銜呢！

原來卻是為了利用我來擋住教主！哼，是你不仁在前，可別怪我不義了，說不得為了保命，我也只得背叛軍師你了！想我對你忠心耿耿的效忠了一百多年，自鬼靈王投入西門無敵之下，我也就開始過著忍氣吞聲的監控鬼靈王他們的任務，到頭來卻還是落得這等被你利用的下場！

易凡愈想愈氣，愈想愈覺自己猜測是不錯的，只憤怒得雙目通紅，喉嚨是「咕噥咕噥」的拚命想叫出聲來。

項思龍見得易凡面上神情，知道自己的震懾起了效用，他向自己妥協了！但卻也隱隱覺得他似預感知了自己「日月天帝」的身分，當下忙運功凝音對易凡沉聲冷喝道：「知道了本座的身分，可絕對不要說出來！否則本座定饒不了你！好，本座現在解去你的穴道，你給本座如實詳盡的說出笑面書生他們的下落，否則，你就人頭落地！」

項思龍邊說著邊抬頭射出幾道罡氣解去了易凡被制的穴道，當然他手中的「變形劍」已是被項思龍「沒收充公」了，使易凡更是沒了什麼憑仗，項思龍則是得了件異寶。

穴道一解，易凡連連做了幾下深呼吸，平靜了一下心緒，神態極是恭敬的垂首屈膝向項思龍恭聲道：「教……教使大人在上，小的易凡見過特使大人！」

易凡聽得項思龍對自己的傳音，證實了心中的猜想，大是驚駭和欣慰之下，頓忙向項思龍跪地行禮，再也沒有了一丁點的傲態，加得教主二字剛欲脫口叫出，頓想起項思龍的告誡頓忙縮了回去，為了保命嘛，還是討得教主高興是好！

飛鷹四少見得易凡終於信了項思龍的身分，一副奴顏婢膝的醜模樣，頓時又給神氣起來，心下道：「有個強硬的靠山是好！這下，剛才這耀武揚威的易凡，被特使大人的神功震壓下來，就如一隻狗般的乖巧了！唉，武功高真好！在這以武稱雄的時代，武功高就不會有人敢欺到頭上來了！自己四人做特使座前四使，可也不要盡是依賴特使大人罩著，那樣太沒面子了！自己四人也要勤練武功，做特使大人名副其實的座前四使，如此才算是堂堂正正的男子漢大丈夫英雄！」

飛鷹四少後來就因他們這時的這種想法而功成名就，成為江湖中赫赫有名的四位大俠，當然，還是後話，咱們暫且不提，卻說那些地冥鬼府教徒見得易凡向項思龍屈服了，頓即「撲通」、「撲通」之聲響聲一片，幾百鬼冥教徒全部向項思龍跪了下去。

嘿，為了保命嘛！誰還敢逞什英雄充什麼好漢！更何況項思龍擊敗易凡的那身高深武功也把他們全都給震服了！沒有人還敢與項思龍作對的了！

項思龍見得自己一招之擊所獲的奇效，心下大是暢然，知道自己控制住了包括易凡在內的全場所有人，當下面色一沉，冷冷的對易凡道：「好了，本特使沒得時間與你耗著，快告知我笑面書生他們的下落吧！說得好，本座或許會饒你一命，也可叫飛鷹四少暫時放過你！說得不好呢，哼，你也知道本座會叫你生不如死的淒慘死去！」

易凡身軀一顫，聲音發澀的道：「小的定會如實稟告特使大人的！」說到這裡頓了頓，收拾整理了一下心緒接著又道：「軍師因得著了本教鎮教之寶聖火令，而領了地冥鬼府和他屬下眾高手去了他的秘密隱居之地『伏龍谷』去了，說是要進谷閉關修練聖火令上的幾項絕世神功，小的則被軍師命令留下坐鎮地冥鬼府，說是要我等候一個人，只想不到卻是特使大人！這……小的有眼不識泰山得罪了特使，還請特使網開一面，多多開恩，饒過小的一命！」

項思龍聽得這話，心中如浪濤翻湧，臉上神色禁不住連連數變。

這……果如自己所料，笑面書生這傢伙暗中跟蹤韓信，奪去了「聖火令」！他奶奶個熊，這傢伙太過陰險了！自己一定不可饒過他！也不知韓信他們有沒有受到傷害？唉，不是有八大護毒教女相護的麼？難道她們中了笑面書生的什麼暗算？可自己怎麼沒有收到她們遇到危險的信號呢？一定是笑面書生使詐用毒或用其他手段軟制住了八大護毒女而讓自己沒有覺察！

得到「聖火令」就趕忙去閉關參修？據「日月天帝」說，「聖火令」上的武學高深難解，他窮畢一生心血，也只略略破解出了內中的幾項絕學，笑面書生現在正緊鑼密鼓的欲大展手腳稱雄武林，他憑什麼本事能在短時間內學會內中的絕學呢？笑面書生曾說他與「日月天帝」是至交好友，這……笑面書生到底在搞什麼鬼？難道他不想現刻與武林爭雄與阿沙拉元首他們一較長短了？那盈盈她們呢？他把她們怎麼樣了？還有韓信他們，如他擒下他們的，又把他們怎麼樣了？

想來笑面書生還是忌憚自己的！他不會做什麼傻事的吧？還有阿沙拉元首他們，他笑面書生失蹤，怎會不引起他們的關注？如笑面書生想能夠靜心練功。他就必須除去自己和阿沙拉元首和心腹大患！這……以笑面書生的深沉機智，當不會想不到這點的啊！那麼他急著閉關修「聖火令」上的武功幹什麼呢？這裡面到底有什麼玄虛呢？

項思龍在心急火燎之下又是詫然的尋思著，試探的問易凡道：「那麼笑面書生他們擄帶了什麼俘虜沒有？」

想來以易凡受笑面書生如此器重，贈送「變形劍」，托以守衛地冥鬼府等要責，當不會不知曉他搞了些什麼俘虜吧！

易凡聞言，果然恭敬的作答道：「據屬下所知，軍師攜帶的俘虜之中只有前些天擒下的幾個女犯，他們就是中原新起的一位武林高手項思龍的幾個妻妾和親人，其他的犯人都還關押在地冥鬼府中！」

說到這裡，頓停了片刻，接著補充道：「據聞那項思龍乃是鬼府的叛黨，鬼靈雙怪的後人，打著收復地冥鬼府的旗號，自稱鬼府新少主，這小子一身武功高深莫測，殺死了鬼血王西門無敵，手下有一些高手相助，實力頗為雄厚，前不久在雲中郡城收服了二十幾萬匈奴武士，打敗了達多、童千斤、諸葛長風等一眾西域高手，勢力紅極非常。不過卻被重出江湖的日月天帝教主收服，作了他老的左使童子。軍師為了討教主歡心，所以擒下了項思龍的妻室和他姥姥！這些都是軍師親口對小的所說的！」

項思龍聽得盈盈她們沒事，韓信他們也似沒有什麼不測，心下大是放鬆了下來，也覺這易凡甚是乖巧，自己只隨便問他一句，他即作如此詳盡的回答，對自己的介紹，也比較真實詳細，看來他不會說什麼假話！但是那「伏龍谷」在哪裡呢？心下想來，當即又問道：「你知不知道『伏龍谷』在什麼地方？」

易凡點點頭道：「小的是被軍師撿去收養，自小在『伏龍谷』裡長大的。」

這話已是對項思龍的問話做了回答了，項思龍心念一動的望了易凡一眼，沉吟片刻道：「這裡鬼府還有沒有其他身分較高的人？」

易凡對項思龍這問話略感詫異，但還是恭聲作答道：「我們現在所處的是地冥鬼府的中心鬼王宮。地冥鬼府還有東南西北四大行宮，以前是西門無敵座下四大弟子一人鎮守一方的，現下歸小的統領的四個軍師手下的武士坐鎮，小的乃是坐鎮這鬼王宮。他們四方每人統屬有四百地冥鬼府教徒防守，小的這裡約有六百人左右，在每一宮包括這裡都分派有武功較高的人相助，其他的人則全被軍師調佐『伏龍谷』了，連軍師座下的和鬼血王座下的合起來共有四千人左右吧！」

項思龍對易凡的答話真是大為滿意，輕輕點了點頭道：「本座想讓你帶我去『伏龍谷』見笑面書生你可願意嗎？地冥鬼府這裡的指揮大權你就交給飛鷹四少好了！」

易凡聞言先是怔了怔，接著大喜下拜道：「謝特使大人的恕罪之恩！小的願為特使大人領路！但聽特使大人吩咐就是！並且小的還有一個不請之求，就是求特使帶著小的為你效力！」

項思龍知易凡要跟著自己乃是為了保命，這可是他的明智之舉，跟著自己雖是隨時有殺身之禍，但跟著笑面書生能好到哪裡去呢？還不是被他利用做為代罪羔羊嗎？

心下雖對這易凡不存好感，且又擔心著飛鷹四少與他的恩怨，不知會鬧出什麼事來，但卻也不能拒絕易凡，因為現下自己有事要求他幫忙啊！為了讓他對自己忠心些，還是勉強答應他吧！反正自己也正是極需用人的時候！像他這等高手，多一個就多一份抵抗阿沙拉元首他們的力量！再說到了自己手下的人，無論他怎樣劣性難改，自己也會有辦法收服的！天絕、地滅不就是嗎？

如此想來，有些歉意的望了對易凡一臉仇恨之色的飛鷹四少幾人一眼，朝易凡點了點頭，冷冷道：「只要你日後不再作惡，絕對服從本座的命令，本座就收留下你！但是現在，你只是跟著本座，不算我的親衛屬下，考查你幾個月後，本座再作定論吧！」

項思龍如此說來一是為了顧及飛鷹四少的情緒；二呢則是為了約束易凡，如他不聽自己之言的話，自己也好找藉口找理由殺了他，反正像他這等人渣，死一個世上多一份清靜！如他依了自己之言，重新洗心革面做人呢，那也就算自己給他一個改過自新的機會，為世上做下一件喜事吧！

對於項思龍的話，易凡雖不盡滿意，但項思龍既答應暫且收留自己在身邊，那自己一來可暫時保佐性命，連笑面書生也不用怕了；二來呢，自己如讓教主滿意的話，可就說不定有飛黃騰達的機會了！嘿，人家可是讓笑面書生也聞之色變的「日月天帝」教主！

易凡心下美美的想著，頓忙又對項思龍下拜謝恩，同時心下納悶項思龍為何冒充總壇特使來了呢？當然心下雖有諸多疑惑，卻也不敢問出。

項思龍見解決了易凡的事情，心下大是暢然，招過顯得有些悶悶不樂的飛鷹四少，語氣溫和的道：「你們四人就暫時留在這地冥鬼府吧！待本座了結了『伏龍谷』之行的事情後，當會回轉來帶上你們的！」

飛鷹四少雖是對項思龍收下易凡感到些心裡不痛快，但在項思龍面前不敢完全表露出來，聞言當下躬身道：「屬下等一切依特使大人安排就是！我們兄弟四人跟了特使，就是把命也交給特使了！只要特使不拋下我們，我們四人就對特使大人感激不盡了。」

項思龍看得出飛鷹四少對自己的真摯感情，也看得出他們對易凡的憤恨絲毫不消，只是礙於自己的面子而不好發作，心下也只得無可奈何的苦笑，自己也只能為他們做這麼多了！

強行放下各種心情，看易凡下令下去安排好地冥鬼府的一切，天色已是漸明，想著自己已不能與荊無命他們會合了，也不知自己來不來得及在他們見著真正的總壇特使之前趕回去，心下又不覺是一陣焦然，因為花仙仙還與荊無命他們在一起呢！

再次收拾心情，項思龍與易凡踏上了去「伏龍谷」見笑面書生的征程。一路項思龍甚少言語，易凡自是不敢主動與他搭話。

自己此次去見笑面書生的結局到底是凶是吉呢？擔負在自己肩上的任務實在是太重了，許多緊要的事情迫在眉睫的等著自己去做呢！死對自己來說並不感到可怕，可是自己死了，歷史怎麼辦呢？

難道就任其陷入萬劫不復之境嗎？這……自己可是一名軍人啊！怎能辜負國家對自己的重托？可是自己是一個有血有肉有感情的活生生的人啊！真能做到那種使命超然一切的境界嗎？

這……似乎……不，是肯定不能做到啊！沒有了親情愛情對自己的支持，自己絕對無法順利做成功任何一件事情，自己在感情這方面太過豐富而脆弱了！

項思龍心中矛盾而又痛苦的尋思著，只顧埋頭跟著易凡走路，對其他的一切都混然忘卻了。

西方魔教、劉邦、項羽、韓信、曾盈……許多項思龍在這古代熟悉的人面孔在他眼前跳躍著。

該死的歷史！該死的西方魔教！該死的笑面書生……

項思龍心下煩亂而惱恨的詛咒著，此時天色已是大明，東方的天幕上浮現出了一片朝霞，映得大地呈現出一片祥和的淺淡金黃色。二人所處的地方是一片農田茅屋的鄉下，在這大清早田野上已是有了勤勞的人開始在地裡進行勞作了，那種田園的無爭無憂的氣息使得項思龍一陣心曠神怡。

自己要是能跟著自己的一眾親人和朋友覓一處與世無爭的世外桃源生活，那將會有多好啊！

項思龍不禁想起了現代裡學過的陶淵明的《桃花源記》。

在這古代是否有《桃花源記》中所寫的那等無憂無慮的生活畫面呢？

這……即使有，自己也是無法享受的！自己在這歷史已是泥足深陷了！

這世上為何會有歷史這門子最為複雜的紛爭呢？它讓得多少志士為之失去了許多生命中的享受啊！包括自己這古代的劇外人也是為之終日勞心勞力！

要是這世上真的沒有了戰爭，沒有了貴賤之分，沒有了金錢的銅臭帶來的煩惱，沒有了……實行了民主，實現了自由，實現了法律面前人人平等……那會有多好啊！那麼人們就不用再活得這麼累了！

但是這可能嗎？歷史到了現代，還是沒有達到人類所構想的真善美的完美境界！

項思龍心下感慨萬千的想著：「唉，不要再去想這麼多了吧！目前自己首先就是應付笑面書生！只有自己存活了下來，只有自己拯救了歷史，才可以使人們過上和平的幸福生活！

「自己來到這古代，註定了將是受苦受難的！只是自己一向福大命大，沒有被這些苦難奪去小命罷了！但願與笑面書生的這次交鋒能夠逢凶化吉，安然救出盈盈和姥姥她們，自己就真要燒燒香紙，拜拜老天對自己的恩賜了！」

項思龍心下怪怪然的想著，再次望向前面時，所見的卻是一片奇峰異石羅列的山谷了，當下心神一斂，問在前方不多遠的易凡道：「是否快到伏龍谷了？」

易凡正一心運功飛行著，久久未聽項思龍說話了，這刻突地聞得他的問話，大是嚇了一跳，身形放慢下來，道：「我們已是到了伏龍谷的地段了！再過得盞茶工夫，就可以抵達軍師的隱居之地吧！對了，特使，我們在空中運功飛行的目標太大，是不是降到地面上去好？」

項思龍微微沉吟了片刻，心想先視察一下笑面書生到底有多少實力也好！當下點了點頭道：「好吧！找偏僻的地方著地！儘量避免不必要的麻煩！」

易凡見項思龍接受自己的提議，心下大喜忖道：「只要自己努力討好教主，一定可以得他信任的！」

沉聲應「是」後地密林著陸，低聲問道：「特使，我們是先視察一下這伏龍谷的情況，還是直接闖去軍師的練功密室？對這裡的情勢，屬下還是比較清楚的！當年我深得軍師的寵愛，所以能夠自由出入伏龍谷任何一地！」

項思龍真是愈來愈喜歡易凡能洞察自己心事般的說話了，有些警覺的怪怪想道：「這傢伙是不是有什麼特異功能？竟能知道自己的心事？如不是的話，那麼他的觸覺也太敏感，或太會拍馬屁了！自己倒是不要被他的『糖衣炮彈』給迷惑了！」

心下如此想著，卻還是點了點頭，只是沒有說什麼，臉色仍是冷冷的。

二人當下在這伏龍谷展開身法，察視起敵情來。

第四章　深入虎穴

伏龍谷山勢險竣，四面都陡岩環抱，且每一山崖足有四五十丈之高，沒有任何一條正常通道可進入，想來能入這伏龍谷的都是高手中的高手了！

谷內並不陰森，反是別有洞天，雖然是在這已入冬的寒冷之天，谷內仍是溫暖如春，綠意盎然，且盛開有許多不知名的奇花異草，鳥蟲的鳴叫也是時時入耳。

倒也確是一處世外桃源式的閉關練功的好地方呢！氣溫適宜，環境清靜，空氣清新，一般常人本進不了谷內，再加上谷內高手如雲，即使人偶而闖了進來，也是進得來出不去吧！笑面書生可也真會選隱居的地方！

要是自己能帶著自己的一眾嬌妻愛妾和親人朋友來到這裡隱居，避離世外勾心鬥角的生活，那會是一種怎樣寫意的享受啊！

那時管他什麼歷史、什麼政治、什麼戰爭、什麼苦難的煩惱呢！

人生苦短，及時的盡情的享受生命才是真理！

項思龍跟在易凡身後輕易的就避開了谷中的各道關卡，一路視察著環境，心下邊怪怪的感慨想著，一直沒有吱聲。

易凡忽低聲道：「特使大人，距離軍師練功的伏龍洞已是不遠了，我們現在該怎麼辦？看谷中的森嚴警戒，似是早就知曉會有人來侵犯似的！難道……軍師早就預知特使大人會找來這伏龍谷了？」

項思龍心下也想過這個問題，聞言心神一斂，也低聲道：「且不管這麼多，找到笑面書生再說！儘量不驚動谷中的衛兵，那樣或許會讓笑面書生給溜掉的！」

易凡低聲應了聲「是」後，卻突地臉色一變道：「糟了，特使大人！以前供高級武士出入的各個地段這次也有人防守！這……我們無法再前進了！」

項思龍心下一沉，卻是倏地冷笑一聲道：「看來來軟的不行，說不得本座又要大開殺戒了！」

說到這裡，卻又似想到了什麼似的，轉過話題道：「你知不知道這裡囚禁犯人的密室?本座想先去那裡看看!」

易凡卻是搖了搖頭道:「這伏龍谷乃是軍師秘密訓練死士和他閉關練功的地方,據屬下所知並沒有什麼秘室囚室之類的,因為這裡沒有犯人,觸犯了軍師所規定的條律和一些不合格的死士全被處死,投入食人池中去了。至於其他的一些外力犯人和一些對本教有利用價值的叛徒,軍師都把他們囚禁在了地冥鬼府的秘密地牢裡,除了軍師和鬼靈王以及他手下的四大親信護法外,沒有人知道秘密地牢的所在,看守地牢的人是永遠不能出地面的!」

項思龍想不到笑面書生手段這麼殘忍毒辣,有些氣恨,但聽易凡之言沒有什麼囚室,心下又不禁有些失望,只是淡淡地問道:「那『食人池』是什麼地方?」

易凡臉色有些發白的答道:「那是由讓人聞之色變的食人樹圍建成的一個專供銷毀屍體的地方!食人樹根非常的長,並且可伸出地面,它不是靠吸取地底養分和陽光生長的,而是靠吸食人肉生長的。食人樹可以把一個活人活生生的給一點一點包括骨頭都吃得化之於無形,那種場面甚是恐怖,一個人給食人樹根吃得血肉模糊最終無影無蹤而亡,沒有一個人看了後不做惡夢的。軍師就是經常叫他所訓練的死士看那種慘無人道的情景,逼迫每一個人練功,讓每一個死士都變得冷酷無情，並且每個月舉行一次比武較技，最後一人將會給拋入『食人池』中供食人樹作美餐，在這等恐怖死亡的威逼之下沒有哪一個人不勤練武功的，生怕自己會成為下一個樣品。

「要知道是把一個活人給拋入『食人池』中，並且任你武功怎樣高強，也逃脫不了被食人樹吃掉的劫運，因為那些食人樹就是根被砍斷了，它也會很快的生長出來，可謂是『死不了的食人樹』！但是軍師並不怕食人樹，他的練功密室就在那『食人池』的地底下，沒有人去過那裡！

「連我這軍師的親信四大護法之一，從六百個被食人樹吃掉的死士中挑選出來的精銳中的精銳也沒有去過軍師的練功密室。所以可以說整個伏龍谷中還沒有人去過他的練功密室吧！

「但有可能鬼靈王是個例外，這傢伙深得軍師寵信，與軍師關係最好了！要不也不會被軍師委以潛伏到西門無敵身邊去作臥底的重任！鬼靈王這傢伙武功不高，但是心智卻非常的高，真有點像軍師一樣讓人感覺高深莫測，所以屬下才會信服他的！嘿，不是屬下瞎猜，我真懷疑鬼靈王是不是軍師的……什麼什麼呢！」

項思龍聞得食人樹的恐怖和笑面書生訓練死士的狠毒方法時，已是心中很不舒服起來，同時也心下暗暗對笑面書生手下的實力進行了再次評估；又聞得笑面書生的練功秘室就在那「食人池」中，為不知怎樣過得此關去見笑面書生而又感頭痛，又聽說鬼靈王乃是笑面書生心腹的心腹，對他甚是器重，心念倏然一動，想出了去找笑面書生的方法，對鬼靈王也重視起來；最後聽得易凡的猜測，既感啼笑皆非，又感或許也大有可能。

對易凡的詳盡解答大為滿意，項思龍心下有了計議道：「好！那我們就先去找那鬼靈王吧！把他擒下來再找笑面書生談判，或許會有意想不到的奇效呢！」

易凡聽了臉色也是一喜道：「這倒也是！如鬼靈王真是軍師的什麼兒子之類的，那我們就可以立於不敗之地了！想來軍師不會對兒子的性命也不顧吧！」

項思龍心下雖是贊同易凡這話，當然用意卻不是用來保命而是用來救人了。但想起自己的身分，不由臉色一沉的冷聲道：「你這是什麼話？怎麼？沒有鬼靈王作人質，我們就會敗了嗎？這麼膽小還想作我的下屬？」

易凡受斥，頓忙神色一急的恭聲道：「這個……是屬下說錯話了！但屬下也不是膽小怕事，只是為了使教主可以兵不血刃的折服笑面書生嘛！這……也是屬下多慮，其實以教主的神威，又豈會收服不了一個笑面書生呢？」

項思龍也不想太過為難易凡，因為自己此番伏龍谷之行，他的利用價值還大著呢！易凡被自己略一斥責，就嚇成這麼個模樣，連對笑面書生也不再稱呼什麼軍師而直呼其號了，對自己也是恭稱起「教主」來，看來他已確是臣服了自己，自己倒是不可激怒他，而得好好的籠絡他了！

想到這裡，當下臉色又放鬆下來，放緩語氣道：「本座也知道你忠心一片，但今後絕不可再說這等沒骨氣沒信心的話知道嗎？本座不喜歡軟骨頭而喜歡硬漢子，希望你能不負本座厚望就是了！」

易凡緊張的心神聽得這話，大是放鬆了些，神態畢恭的行禮道：「多謝教主教誨！屬下會對你的話永遠銘記在心的！」

項思龍對這易凡鏗鏘有力的回答，心下大為欣賞，輕輕點了點頭道：「那我們現在就去找鬼靈王吧！」

易凡恭聲應「是」後，也不敢再多說什麼，望著項思龍，靜待他的行動指示。

項思龍主要是為曾盈她們的安危擔心，要不早就豁出去與笑面書生這方硬拚了，但有了顧慮，就是不能魯莽行事，沉吟了片刻接著道：「這裡防衛太過森嚴，我們不可以硬闖，但可以去搞下這裡的防衛頭目來，逼問出鬼靈王的下落。只要找著了鬼靈王，笑面書生也應該可以找著了。還有本座座下的左使童子項少龍的幾個老婆和他姥姥，既然已被笑面書生拎來了這伏龍谷，如笑面書生真進密室閉關練功去了的話，那麼他定會把這幾人交給鬼靈王。拎著鬼靈王，也可順便把左使童子的幾個親人救下來，他也就會對本座更加忠心了！」

說到這裡，頓了頓接著又道：「你察看一下，有什麼身分較高的人物沒有！」

易凡得令依命行事，身形飛落至一地勢較高的峰頂，舉目四下探察了好一陣後才又飛落到項思龍身邊，恭聲道：「稟教主，在北面的關隘處有一身分為伏龍谷巡主的老者，我們就從他開始開刀問斬吧！那巡主武功不俗，與鬼靈王關係不錯，鬼靈王以前每次進谷時，都是這傢伙為他引路的，想來他現下也知道鬼靈王在哪裡！嗯，北面那關隘也比較隱密，待屬下去引他來讓教主擒下問話吧！」

項思龍點了點頭，面色一沉道：「就這麼辦吧！想來利用你的身分或許可以起到些奇效的！知道我這話的意思吧！」

說罷，忽地又想起什麼的接著道：「不要再稱呼本座為教主了，要知道本座的身分是總壇特使！嗯，我易容一下，你去辦事吧！」

易凡領命而去後，項思龍因不想讓太多的人知道自己是冒牌「日月天帝」，當下取出鬼谷子遺下的易容藥物，把自己改裝成了一個濃眉、高鼻、大眼、卷髮的「紅毛鬼」老者模樣後，凝功展開視聽之術，查探起周圍的情況來。

其中兩人的話引起了項思龍的關注，只聽得一人聲音尖細的道：「聽說軍師此次得著了『日月天帝』教主的『聖火令』，看來我們的出頭之日不遠了，只要軍師此次閉關練成了『聖火令』上的神功，我們西域分壇就可稱雄中原乃至總壇都要向我們臣服了！那時要說有多神氣威風就有多神氣多威風！」

另一個聲音粗啞的道：「我們忍聲吞氣了一千多年，也該揚眉吐氣了！但不知軍師是怎麼得到教主『聖火令』的呢？教主對『聖火令』可是視若至寶，從不輕易讓人觀看的，更別說會給他人了！軍師在教主未閉關時與教主關係雖好，可也不會好至教主會把『聖火令』送給軍師啊？難道教主此次出關把教主之位傳給了軍師？軍師這些天行事為何又神神秘秘的呢？還有他為何要摘下教主座下左使童子項思龍的親人呢？他為何行事不要我們這些心腹手下幫忙而一個人單獨行事呢？這……高進，我心下可真想不明白！」

那被喚作高進的尖細聲音道：「想不明白就不要去想了！跟了軍師這麼多年，你我還不清楚軍師的野心嗎？他自教主失蹤後，就全力培訓死士，一心想坐上教主之位！才剛剛有了點實力，軍師就公開了想跟總壇作對的意圖，再自『日月天帝』教主重出江湖，軍師野心熱情再漲，已經打出重振我西方魔教的旗號了！軍師能得『聖火令』，或許是因教主看他一片忠心才賜予他，有意讓軍師成為他的接班人也說不定呢！好了，龍武，我們還是一心一意的跟著軍師吧！無論他做什麼，我們不要也不必去過問！」

粗啞聲音的龍武還是不能釋懷的道：「可我總覺得這裡面有什麼不對勁的地方呢！軍師為何這麼急回伏龍谷閉關呢？他理應助教主重振我西方魔教，然後再閉關的啊！這不像軍師的一貫冷靜作風！不會……是出了什麼變故吧？軍師還要易凡留守地冥鬼府，並把他心愛的兩件神兵之一『變形劍』賜給了易凡，說是叫他應付來侵犯的人，這……我總覺心下怪怪的！」

高進也歎了氣道：「我們做屬下的主要任務就是奉命行事，不要去猜度軍師身上有什麼秘密！龍武，我們是教主分派給軍師的兩名貼身護衛，教主當年叮囑我們要絕對聽命軍師，不能有絲毫異心，你難道忘記了嗎？不要去想那麼多了吧！軍師這一千多年來也待我們不錯，對我們禮讓有加，我們兩人以前只是教主手下的兩名親衛武士，身分不讓人注目，跟了軍師後呢，一下子被提升為他的親衛教頭，讓他人對我們既羨慕又恭敬且嫉妒，這可是軍師對我們的恩賜，我們對軍師不應為什麼猜忌的，知道嗎？」

龍武卻是苦笑了一聲道：「與其說是軍師對我們有恩賜，還不如說教主對我們寵信。軍師本乃是教主從鬼影修羅手中救下的一個無名小子，並且那時軍師夥同鬼影修羅欲殺教主，是教主網開一面放過了他。可也真不知教主為何對軍師那麼好，重傷之下仍為軍師療傷，並且收留他為他的頭號接班人，又連番提拔軍師，還傳授他高深武功，才使軍師有了今日的地位。軍師的一切全是教主所賜，我們的一切也是教主所賜。教主在把我們分派給軍師作貼身護衛前，既傳授了我們每人一項絕世神功，且貫輸內力給我們，這難道不是恩賜我們嗎？要知道教主是在重傷時造化我們的啊！」

項思龍聽到這裡，心頭大震，也不知是驚訝還是震駭，一時整個人都給呆住了。

什麼？笑面書生就是鬼影修羅口中所說的「小子」？這……那他不就是「日月天帝」與「百合仙子」的親生兒子嗎？難怪他能在自己剛出神女石像後不久就找著了自己，也難怪他一直不肯屈服阿沙拉元首他們，一心要重振魔教，原來……

項思龍心潮翻湧的想著。

不知笑面書生知不知道他與「日月天帝」的血親關係？但看他見著自己在神女峰出現時的恭敬態度，似是並不知曉；鬼影修羅也對自己說過，他與「日月天帝」當年有約在先，不允許「日月天帝」告知笑面書生的真實身世，那麼想來笑面書生也並不知情吧！但是他為何對「日月天帝」如此忠心耿耿呢？難道是為了報答「日月天帝」當年對他的栽培之恩？可據鬼影修羅所言，「日月天帝」當年如守諾的話，應該是對笑面書生施展了天魔眼迷魂大法，攝去笑面書生的記憶。那麼笑面書生應該是成了一個神智被攝，腦筋不大靈活的人啊！笑面書生為何現在看上去還是那麼精明，那麼清醒呢？

還有，笑面書生見了鬼影修羅的話，到底還認不認識他呢？

項思龍心下心念電轉的想著，似乎捕到了笑面書生的些許破綻，但又顯得比較模糊，怔怔的沉思著。

自己知道了笑面書生的真實身分，是否可以利用來跟他作談判的條件呢？並且「日月天帝」的元神已融入了自己體內，那麼自己……嘿，還可以說是笑面書生的長輩呢，也是個可以利用的條件啊！

項思龍心下如此想著時，那龍武的聲音又引起了他的關注，只聽得龍武道：「不管怎麼說，軍師如做出了什麼對不起教主的事情，我是不會原諒他的；對了，也不知軍師擒了幾個婦人來幹什麼？並且還把她們帶進了我們這秘密居住地，又要我們對她們嚴加看管。軍師到底是弄什麼玄虛呢？難道她們幾個婦道人家對我們還有什麼利用價值嗎？」

高進接口道：「管他那麼多呢！龍武，我們不要再猜忌軍師了，我們方才所說的一番話如落入他人耳中稟告了軍師，那我們可就慘了。嗯，鬼靈王被軍師招進了他的練功密室，我們可要謹慎防衛！出了差錯，我們可擔負不起！」

接著又是一陣龍武的牢騷聲，可項思龍已再也聽不到他們說些什麼了，因為他已經得知了他最想知道的消息——曾盈她們的下落了！

易凡不到半盞熱茶工夫就已回了來，卻見他衣衫凌亂，滿身是土，口中喘著粗氣，顯然剛剛經過了一場劇鬥。

項思龍見了心下想斥罵他的話又給咽了回去。

嗯，這傢伙對自己倒確是忠心的呢！

心下想著，臉上神色卻還是冷冰冰的道：「怎麼去了這麼長的時間？探著什麼消息沒有？」

易凡舒緩了一口氣，走到項思龍面前躬身行了一禮後道：「那巡主武功不俗，且他身邊有不少衛士相護，所以屬下……請教……特使大人恕罪！」

說到這裡，待項思龍不以為意的說了聲「接著說下去」後，又道：「屬下解決了那幫死命相抗的衛士，擒下了那巡主後，用嚴刑逼供出了鬼靈王的下落，原來鬼靈王卻是已被招進了他的練功密室內……左使童子的一眾親人現由軍師的兩名叫作龍武、高進的親衛教頭看守著，這兩人武功厲害非常，屬下當年也是他們訓練出來的！」

項思龍聽得易凡這話，既是為證實了曾盈她們的下落而興奮。又是為易凡不聽自己之命與那巡主和他手下護衛打了起來而有些惱怒，眉頭一皺的加重語氣道：「不是說去把那巡主引來讓本座打發的麼?你怎麼自作主張與他們動起手來了？」

易凡面顯惶色的道：「這……稟特使，那巡主見了屬下，卻是不肯上當，說他不能離開，反而對屬下突然返谷生出疑心，因為軍師已把屬下留守地冥鬼府的消息散佈了出來，於是那巡主著他手下衛士擒下屬下，屬下著急之下所以……請特使責罰！」

項思龍這刻卻又是淡淡的安慰易凡道：「事情既然已經發生了，責怪你也沒什麼用！嗯，對了，那巡主他們的後事你安排好了吧？」

易凡見項思龍再次寬恕了自己，心下思忖道：「看『日月天帝』教主外表雖冷漠，據聞他以前對屬下也極其嚴厲，但事實上卻不是這樣的嘛!就是外冷內熱，比軍師和氣多了呢，日後真要鐵了心跟著教主了！」

項思龍見著易凡臉上神色，知自己時厲時和的手段已漸漸改化了他，心下對自己的成績大為滿意，這時易凡已恭敬的答話道：「那巡主和他的十幾個衛士都已被屬下點了穴道，移到秘密地藏了起來，一時半刻間應該不會有人發現的！」

項思龍點了點頭，心下想著自己來這伏龍谷找笑面書生談判，本是欲大鬧一場的，就是被人覺察了自己二人來犯，也沒什麼畏懼的，不過最好是能在不驚動笑面書生的情況下先一步救得曾盈她們，那自己就再也無所顧忌的可以放開手腳大幹一場了！即便是驚動了笑面書生，憑自己手中掌握的資料和實力與他談談判，也應該有十成九的把握吧！自己對他來說利用價值是越來越大了，還怕他個鳥蛋呢！大不了同歸於盡！反正自己也是做好了心理準備的！

如此想來，項思龍勇氣和鬥志倏地進發出來，目中精光一閃的朝對自己易容的面目詫異偷偷注視著的易凡道：「走！咱們去大鬧他一場去！」

項思龍還是第一次用如此激昂和氣的語氣對易凡說話，讓得易凡也是氣血直往上湧的應聲道：「那讓屬下在前為特使開路吧！」說罷雄糾糾氣昂昂地闊步朝大道走去。

像易凡這等笑面書生訓練出來的死士，可以說骨子裡流的全是打打殺殺的血液，所以對項思龍有魄力的話深是心服。

項思龍喝止住了易凡道：「不要在那些小角色上浪費時間！施展輕功，快速直接衝過伏龍洞去與龍武、高過那等有頭有臉的人正面交鋒！只有身分地位高的人，才對我們有價值，可以用他們引出笑面書生，或從他們口中逼問出什麼秘密來！嗯，還有，我們得先救了左使童子的親人再說！」

易凡聞聲止步應「是」，也不敢再多嘴什麼，頓即運氣縱身展開身法向這伏龍谷內一隱約可見的最高峰掠去，項思龍隨後緊跟。

二人這下一露蹤跡，頓即有人驚呼示警起來，頓時本是戒備森嚴的伏龍谷喝喊聲震天而起，但只混亂片刻就又恢復鎮定，大隊的人馬隨項易二人之後拚命窮追，並且暴喝連連，可又並未驚慌失措，也仍安排了人手留守原關。

可項易二人都是高手中的高手，身形快捷至極。後面追緊的人都被他們甩在了身後，前頭阻止的人也不是二人敵手，在二人指中釋發出的罡氣一陣亂點之下，均都不是應指倒下就是只得閃避，所以被二人一番疾衝，已是掠至了距離伏龍谷內最高山峰不到四十丈遠處，這時突地傳來一聲雄沉的冷喝道：「二位是什麼？竟然膽敢闖我伏龍谷？」

易凡已經項思龍易容，所以谷中之人也認不出他來。

喝聲剛落，卻見峰頂突地飛竄出三條人影來，身法也是快捷非常，不消片刻，雙方已是相距不到五丈的雙雙停落了下來。

雙方三人都是中原人士面孔，其中兩個老者面容較是正直嚴肅冷漠，讓人油然而生一股戒意外又會生出幾份好感來，另一個老者則是雙目陰冷，讓人一看就可知道這人除了一身武功高強之外，也定是個工於心計之人。

易凡這時傳音對項思龍道：「那兩個老者就是高進和龍武了，另一人是有吸血鬼之稱的謝東！他們三人和屬下都是軍師的得力四護法！現在他們三人一同出面阻止我們，看來是……受了什麼命令似的！因為一般情況下幾大護法是從不輕易同時出面的，總有一人或兩人留守伏龍洞守護軍師練功密室！」

易見這提點讓得項思龍仔細的邊打量著那高進和龍武時，心下也邊思忖道：「依易凡這麼推測，難道是這三長老受笑面書生來阻止自己的？那麼笑面書生是知道自己來到伏龍谷了？可他為何不出來與自己見面呢？他也知道這三人還不是自己的敵手的！這……笑面書生又是在搞什麼鬼啊？」

心下心念電轉的想著時，對面那叫謝東的老者已目光猜疑不定的打量著項易二人，冷冷的道：「閣下二人到底是什麼人？你們怎麼知道我伏龍谷的？」

項思龍聞言心下一動的道：「我們是你們軍師要等的人派來的手下！快叫他出來！要不然老子今天就要鏟平你們這伏龍谷！」

謝東聞言臉色微微一變，但繼而目露精光的冷哼一聲道：「閣下好大的口氣！鏟平我們伏龍谷？憑你們二人？簡直是不知死活！」

言罷，身形倏地縱起，雙掌一錯已是向項思龍迅猛擊來，氣勢逼人。

項思龍亦也冷笑一聲，提起十二層功力的北冥神功，縱身揮掌與對方硬接。

「砰！」的一聲巨響，二人身形在空中剛合即分，雙雙向後倒退。

謝東面色有些蒼白，嘴角亦也溢出一絲血絲，沉氣穩住身形後，目光駭然而又憤怒且陰冷的逼視著項思龍，長舒一口氣定下了內臟的湧動，語氣已是傲慢之態消了許多的冷冷道：「閣下武功果然高強！進我伏龍谷到底有什麼圖謀？是不是天風令主派來刺探我們的？」

項思龍與這謝東硬對一掌，血氣也是一陣翻湧，心下不禁暗忖，這謝東倒還有點狂傲的資本，能硬接自己十二成功力的北冥神功而不敗，看來能榮任笑面書生身邊護法之職的也確是高手中的高手了！笑面書生手下還有他所親自秘密訓練的兩百死士，再加上他用「食人樹」逼訓出來的這些能手，實力確是不容小視！嗯，他急著閉關是不是他的練功密室就是他訓練「無敵衛士」的場所！而他的訓練還未成功，需要從「聖火令」上尋找什麼訓練密法呢？這……可是大有可能！

心下想著，有了定計，冷傲的回答謝東的話道：「憑閣下還不配跟本座談什麼？快去叫你們軍師出來！在下的耐性可是有限度的！」

這時那粗啞聲音的龍武道：「閣下到底是何方神聖呢？我們軍師現在外出有事，不在谷中，閣下如欲見我軍師的話，請下次再來說！」

項思龍瞧了龍武一眼，但他因心存好感，語氣溫和了些道：「我們主人著我們來這伏龍谷向軍師要人的，因為軍師擒下了他的妻妾和姥姥！」

高進聞得這話「噢」了一聲似放下心來道：「閣下原來是我日月天帝教主座下左使童子項思龍的手下，那我們就是一家人了！有什麼事可以坐下來好好商量的嘛，何必動武傷了和氣呢？」

那謝東這時也臉色一緩道：「閣下既然是教主座下左使童子的屬下，那就早報身分嘛，害得我們虛驚一場！」

龍武卻是警覺的道：「閣下自說是左使童子手下，但不知有何憑證沒有？」

項思龍早就知對方會有此問，已想好了對策，冷冷道：「當然有了，這還用問哪，教主賜給我們主人的兩枚『聖火令』，已著我們帶來了一枚，你們可以拿去驗收一下的！」說著已自革囊中掏出一枚小「聖火令」，拋給了聞之色變的龍武，因為他既然是「日月天帝」手下當年的親衛武士，那他自也見過這極是權威的「聖火令」了！

龍武接過項思龍拋過來的小「聖火令」，神情激動而又恭敬的端詳著。

啊！真是「日月天帝」教主所賜的「聖火令」！

這什麼左使童子項思龍，聽軍師說才剛被「日月天帝」教主收羅，想不到卻這麼受教主恩寵！難怪連他的屬下也這麼囂張了！

對了，軍師抓的幾個婦人原來卻是左使童子的妻妾和姥姥，看軍師此舉可能是因在教主面前失寵而跟左使童子爭寵，想用他的親人來進行威脅了！

那軍師叫易凡所對付的人就是左使童子了！自己方才倒是太過多心了，竟然懷疑這人是教主！不過，軍師如此慎重的懼怕這左使童子似的，看來這左使童子武功必然是高深駭人之極了！嗯，看這左使童子的屬下武功也如此高絕，那他武功自是更加高明多了！但他也夠狂夠傲的，竟然派兩個屬下來要人！地冥鬼府的易凡定是輸了，自己等倒也得小心應付！

如此想來，龍武的心下舒坦了許多，對笑面書生也恢復了幾許信任，只是對他得來「聖火令」牌仍是有些猜疑。當下審視過項思龍拋來的小「聖火令」後，神色恭敬的把它送還了項思龍，語氣溫和地道：「閣下二人真是自家人！恕龍某方才失禮了！」

說著向項思龍和易凡抱拳禮了一禮後，接著又道：「二位既是遠方來客，那就隨我等進伏龍洞稍息片刻，待我等向軍師稟報過情況後，看他的意思怎麼樣吧！」

項思龍就是要用這無意中營造的身分來嚇唬龍武等人，讓他們對自己的虛實半信半疑，哪容得他們去稟報笑面書生？那樣自己的西洋鏡不全都穿幫了？聞得龍武此言，頓即喊道：「爾等方才不是說軍師不在谷中了嗎？現在又怎麼在谷中了呢，我們不信你的話，還是給我放人吧！否則別怪我二人翻臉無情！」

龍武想不到自己的一番和氣之話，竟得到的是對方這等禮遇，臉上神色變了數變，甚想發作心中怒火，但還是強抑下來了的鎮定道：「方才我們不知二位虛實，所以才欺瞞了閣下，方請擔待一二。但是閣下也無須說出這等狠話來！」說到這裡，頓了頓接著又道：「想二位也知我教教規森嚴，以下犯上可是需受嚴懲的。閣下如此強人所難，這不是讓我們為難麼？」

龍武這一番話說得不卑不亢又甚是委婉，可項思龍把狂傲凶蠻之態放了出去，為了不讓對方驚動笑面書生早作防範，哪會管他那麼多，當下還是冷冷的道：「誰知道閣下這話是不是在拖延時間，暗地裡佈置什麼陷阱算計我們？哼，待我們見到我們主人幾位夫人再說，否則一切都是免談！我們主人可告誡過我們，小心才可行得萬年船！」

那謝東又被項思龍這話給激起心中怒火，沉聲道：「閣下這話是什麼意思？以為我們是好欺負的嗎？要救人是吧？儘管有本事放馬過來就是了！」

這話又使雙方陷入了緊張之局，項思龍就正愁火藥導火線沒找藉口點燃，這下可有了出氣桶了，哈哈一陣大笑後冷哼道：「手下敗將也敢逞勇！好，據聞軍師手下高手如雲，今日倒要領教領教了！」

說完「鏘」的一聲拔出鬼王劍，飛快的與易凡使了一個眼色，不待對方再有出言機會，已是提劍縱身向謝東攻擊，口中同時大喝一聲道：「剛才我們比試過了拳腳和內力功夫，這下就來比一比真兵刃上的功夫吧！」

言語間，項思龍的長劍已是鋪天蓋地的攻到了謝東身前三四尺來遠的地方，只驚慌得謝東脫口罵了聲道：「想偷襲！」

喝罵聲中卻也反應甚是快捷，身形一晃閃避項思龍擊來長劍的同時，腰間佩劍也已拔出，整個動作在電光火石間一氣呵成，倒也確有幾份真，但可惜他遇上的是項思龍這等項尖級的高手，雖是險險閃開了項思龍襲來的致命一劍，可身上衣服卻還是被項思龍劍式餘勢挑破了十多道口子。

包括謝東在內的龍武、高進幾大高手臉上神色同時大變，項思龍這一劍本是完全可以殺死謝東，但是對方卻沒有痛下殺手，想是不敢真正弄僵雙方關係。可對方那神乎奇神的劍法，想是連軍師也不一定能接下，這等高手，怎麼可能是左使童子的一個手下呢？

對方到底是什麼來歷？難道是……「日月天帝」教主新培訓出的得力手下？可如是這樣的話，他又為何自稱是左使童子的手下呢？那左使童子到底是怎樣的一個人，教主對他如此寵信，竟然派他的手下來向軍師要人？這……軍師與教主是不是鬧了什麼矛盾！要不軍師為何近來行蹤神神秘秘，連自己這個心腹手下也不讓知道？還有，要不教主怎會派人來伏龍谷搗亂？軍師到底是不是因「聖火令」而得罪了教主呢？

幾人怔怔的望著項思龍，心下如大海浪濤翻湧般的尋思著。

項思龍再次一創立威，神態更是冷傲的道：「在下再說一遍，你們到底是放人還是不放人？要是不放的話，在下可就要大開殺戒了！」

項思龍這刻說出這等狠話，讓得龍武、高進、謝東幾人心下均是一震，但三人也不是省油的燈，怎會被他這三言兩語威脅住呢？何況項思龍這方只有兩個人，而自己這伏龍谷中可是有高手幾千之眾，又怎麼會怕了人家呢？最多只是來個同歸於盡，己方的人馬傷亡慘重一點罷了！可……如此一來，軍師定會責罪下來！

現下該怎麼辦呢？還是得稟報軍師！可與軍師通聯的方式只有自己三人知道，對方又把自己三人給纏住了！真是急煞人了！

龍武、高進、謝東三人都如此心急火燎的思忖著，倒是一時之間疏忽了已衝進了伏龍洞去的易凡，因為三人都很放心，關押曾盈等的機關密室，只有自己這內大護法可以破解開啟，任對方武功怎樣高強，不知情硬闖的話，只會死於機關之下。

但是三人卻是做夢也想不到易凡正是知曉他們伏龍谷中一切秘密的護法，並且已經投靠了項思龍這冒牌「日月天帝」！

龍武強壓心中震驚，舒了一口氣道：「閣下真要如此不講情面，那我等也只有捨命相陪了！看閣下一身武功超凡入聖，在我教裡不知是任何職？」

龍武對項思龍的身分仍存結蒂，因為他想知道項思龍是不是與「日月天帝」教主有牽連。

項思龍更是要讓對方對自己心存疑忌，好讓對方不至徹底翻臉，想如是他們發狠起來，這伏龍谷內高手雖說沒有一萬，也有個四五千的，自己武功即便再高，要想安然救人出谷，卻也是比登天還難的事情。真是這樣讓對方對自己捉摸不定，不會下令全力進攻自己，自己方有機會救人出谷。

聞得龍武這話，項思龍自是不會回答，只是淡淡道：「在下身分閣下等已經知曉了，何必再婆婆媽媽的問個不休呢？對了，你們既然要阻止我救人又不肯放人，那我們就只好以武決斷了！」

說到這裡頓了頓又道：「這樣吧，你們三人同時向在下進攻，如果我輸了，那就任由你等處置；但如果你們輸了呢，就得給我放人。至於見軍師麼，待我們定出勝負，履行賭約以後，再作商討，不知你們可應允這賭約？」

項思龍這狂傲的話，讓得龍武三人心下既是怒火中燒，因三人可也是高手中的高手，就是笑面書生也不敢同時向他們叫陣；但又因方才親自領教或親眼目睹過項思龍的絕世功力和神妙劍法，對方確實是有些真功夫，也有引以為傲的資本；同時又因項思龍身分讓他們感覺神神秘秘的，不知是敵是友，所以還是強忍了下來。

三人對望了一眼，似是有了什麼默契似的，由龍武代表出言道：「好！我們接受閣下的賭約！不過，還有一個條件就是無論誰勝誰負，閣下得留下來見見我們軍師，要待他作定議是否放閣下等出谷。當然如你勝了，你所要求的人，可以恢復自由回到閣下身邊！」

說到這裡，不給項思龍任何反駁的機會，接著又道：「閣下同意這條件，我們就依約而行，否則，就只有一切免談！閣下要強行闖關的話，想來也要付出很大的代價吧！」

項思龍想不到這龍武心思這麼縝密周全，看來他比外表看來陰險奸詐的謝東更心機深沉了，難怪「日月天帝」當年把他派到笑面書生身邊，可確是有眼光的選擇了！

心下如此想著，面上略一沉吟道：「好吧！就依閣下之言！但在下也有個條件，就是只等到日落之前，如笑面書生還不出來相見，那我也就告辭了！」

項思龍說這話乃是因為想著自己說過今天要趕去「風雷堡」與荊無命他們會合的，如自己失約，可不知會發生什麼情況；還有心下也擔心著花仙仙，如魔教總壇派來的特使提前趕至，那花仙仙可就危險非常了。

龍武聽了項思龍提出的這條件，沉思了片刻道：「在下等也同意閣下之言！好，我們就去本谷練武校場一較長短吧！這裡地方太小，不方便大施手腳！」

項思龍心道：「正合我意！拖住你們，讓易凡好有充足的時間救人，只要盈盈、姥姥她們一經救出，自己就不必再顧忌什麼的了，也不再怕你們要什麼陰謀詭計的了！哼，就是到時硬拚起來，與你們戰死，也沒什麼大不了的！再說，想自己與笑面書生見面後，自己提出與其合作的條件，他也不會不作考慮的嗎？至於那什麼『聖火令』麼，笑面書生想要就拿去好了，反正自己也不想練那上面的神功做什麼教主，並且那兩枚『聖火令』也是他父親給他的遺物，就是他不搶奪，自己交還給他也是應該的，自己之所以不願給他，乃是因為怕這魔頭練成什麼高深神功禍害人世。不過他就算得到了『聖火令』，是『日月天帝』的親生兒子，如他為非作歹，擾亂中原，自己也還是不會放過他的！

想到這裡，項思龍慨然應了聲道：「好！在下也嫌這地方小了點呢！」

龍武見項思龍點頭同意，當即與高進、謝東二人對望一眼，三人同時縱身而起，朝伏龍洞相反方向飛去，項思龍緊跟提氣縱身，心下卻又在惦記起易凡不知怎麼樣，這龍武幾人對自己同伴闖進了伏龍洞竟是不聞不問的，難不成洞內還有什麼高手把關，對應付易凡成竹在胸？還是有機關把守，自信易凡救不出人來？

如是前者可能的話，那洞內到底是什麼高手呢？笑面書生和鬼靈王二人在練功密室，這三大護法又被自己拖住，據易凡說這伏龍谷內，高手就這麼幾人了！噢，還有西門無敵的另外兩個徒弟鬼哭王、鬼笑王。但想這些角色易凡還應付得了吧！如是後者，那可更好說了，因為易凡本為這伏龍谷中身分較高的護法，那些機關自是難不倒他。便願易凡馬到功成！

思忖間，幾人已來到了一個足有二三千平方之大的練武校場，校場中有不少武士還有練習對比或自行練功。校場地勢平坦，整塊地面都是一大石坪，上面的凹凸不平都經打掃，甚是光亮，倒也真有點像現代鋪了大理石的地面；校場四面都是小山丘，搭有涼亭數個，風景倒也頗是優美；兵器架場中擺有十多個，確有些練武場所味道。

見得幾人到來，場中眾人都停了練功，齊都向龍武、高進、謝東幾人行禮問安，目光卻滿是疑惑的投向了項思龍這不速之客，不知他是什麼來頭，竟然勞駕三位護法同時相伴。

龍武這時向眾武士沉聲道：「你們都退下去吧！我們現在要與這位左使童子手下的高手來一場比鬥，所有人都退遠一點，免得受到罡氣餘波震擊！」

眾武士聞得龍武這話，都目光駭異的望向項思龍，心下嘀咕道：「這傢伙是不是找死啊？竟然膽敢向三位護法挑戰？簡直是不知死活嘛！」

項思龍冷眼傲視了眾武士一眼，目中的殺氣讓得眾武士齊皆心驚，知這膽敢向三位護法挑戰的人物乃是有些名堂的，俗話說「沒有三兩三，怎敢上梁山」嘛！

眾武士在忐忑的心情下都退離了校場，站到邊圍默然準備觀看。

龍武這刻又對視著項思龍，目中精光閃閃的對項思龍抱拳道：「在下三人向閣下討教了！」

話音剛落，龍武、高進、謝東三人像有默契似的同時撥劍，閃身揮劍向項思龍攻來；配合得極是嚴密，像是早就訓練過似的，或早就約定好了似的，分上中下三路直攻項思龍的上盤和下盤，並且每一人劍勢相輔相配，有若天羅地網。

項思龍見三人一出手就是如此狠殺之招，知三人心下對自己氣極忍極。這刻剛一動手，就把心中對自己的怨氣都給發洩了出來，但三人劍招並不顯得心浮氣燥，而顯沉穩威猛非常，心神暗斂，想這三人果然不愧是笑面書生的得力助手，有些道行修養。

心念電閃間，鬼王劍也「嗆」的一聲龍吟拔出，隨手一抖，成圓弧狀揮出十幾道劍花。身形當即也展開「分身掠影」之術，卻見項思龍身形變分出十幾道虛影，幾道虛影都揮劍向三人分格開去，這讓得幾人心神一亂，都擔心自己對上的是項思龍的真身，所以當即中途變招，或三角方位包圍狀向項思龍再度攻去，因為他們看出項思龍身法雖詭異，但那些虛影卻無法靈活應變，除非項思龍身形轉動，否則他就無法施展這怪異身法，所以項思龍的「分身掠身」法是被他們破解了。

項思龍見三人反應如此快捷，心神更是暗暗驚凜，但卻還是夷然不懼，再說破解了他們開始威猛絕倫的一劍，自己的目的也就達到了，當下冷喝一聲，手中鬼王劍把「月氏光球」裡被自己命名為「月氏劍法」的招式一招一式的給施了出來。

一時間項思龍天馬行空般的神劍法與龍武、高進、謝東三人的嚴密攻勢鬥得難分難解起來，就在這緊要關頭時，項思龍耳中突地傳來了易凡喘著粗氣的喜悅之聲道：「特使大人，諸女已經救出來了！」

第五章　枯木死士

易凡的話使得項思龍心下大喜，疏神之下，劍招一挫，對方三人的攻勢頓即穿透他的防線，如鬼影附體般的向項思龍攻來，一時之間使得項思龍被包裹在三人的重重劍光之中，給弄得手忙腳亂險境重重起來。

幸得他的「百變迷蹤步」和「分身掠影」身法詭異快捷異常，雖處逆勢，卻還是能應付對方三人有若水銀洩地般的攻勢，立於不敗之地，同時也傳音給易凡道：「好！好樣的！易凡，你此次立了大功，本座定會對你重重有賞的！現在你就帶著諸女趕來這伏龍谷西北面的校場！我現在正與三位護法對鬥，不能分身！你還能應付得來吧！」

易凡聽得項思龍的誇讚，樂得外婆家姓什麼都給忘掉了，頓忙回聲道：「能為教……特使大人效力，屬下就是拚死拚活也是心甘情願的！我這裡還能應付得來，特使放心吧！嘿，諸女之中似有一女會使蠱毒，那些抵抗的武士都給痛得哭爹喊娘呢！沒有幾個有能力可以向我們攻擊的了！對了特使，我們現在可不可以大施殺手啊？」

項思龍聽得這話，知諸女果是自己的妻妾和姥姥上官蓮她們，心下大喜又是大定，手中劍招突地一轉，「天殺三式」應手而出，因為項思龍已被三人壓迫得喘不過氣來了，不施殺招根本不能在片刻間緩鬆過來。再說項思龍已急不可耐的欲與諸女相見，也想來個速戰速決，不想再拖延時間了，

「天殺三式」一出招，卻見項思龍身周劍芒倏地暴長三尺，身形亦也有若龍捲風似地沖天而起，劍中罡氣有若一枚枚炸彈似的擊到任何一處頓即「轟」的炸爆起來，校場中一時是石塊紛飛，塵煙滾滾，正有若現代裡兩軍作戰的戰場。

龍武、高進、謝東三人正見己方處在優勢而心下大定，劍勢配合也愈加嚴密。想不到對方卻突然使出此等神妙劍法來，不但瞬間把自己三人攻勢全然擊破，且反擊之威如此驚魂，己方給陷入全然挨打的被動劣勢之中，一時之間又驚又急，發出絕招反擊，意圖突圍，怎奈他們遇上的是項思龍這等內力既是曠古絕今，劍法也是當世無敵的高手，項思龍劍中所釋發出的罡氣炸彈，已是把他們陷

入只有架招而無還手之力的狼狽之境，三人哪還有什麼機會出手反擊嘛！能夠安然脫身已是謝天謝地了！

項思龍見得三人的狼狽模樣，知道嚇得他們也夠了，當即劍便一緩，左手中食二指一併，射出幾道罡氣點了三人穴道，讓得他們三人動彈不得後，在哈哈大笑聲中飛身降落地面，邊笑意吟吟的望著均是一臉驚駭而又憤怒且羞愧之色的龍武等三人，邊傳音給易凡道：「記著，不可施展殺手！無論怎麼樣笑面書生也是我魔教中人，他的手下自也是我魔教中人了，到底是一家人，不能互相殘殺！再說本座此次剛出江湖，笑面書生可是一著幫本座打江山的重要棋子，雙方可不能把關係弄得太僵了！對了，左童子的諸位夫人和他姥姥都還安然無慈吧！告訴她們，是本座親自來救她們了，叫她們不要驚慌！」

話音剛落，卻突聽得伏龍洞方向傳來了急促的號角示警聲，顯示易凡她們與對方給交上硬手了，並且是對方處於劣勢之中，心下更是大定，走到龍武三人身前四五尺來遠處，目光威嚴而冷冷的掃視了三人一眼，淡淡道：「三位現已輸了，應該不會失言吧！」

龍武淒然歎了聲道：「願賭服輸，方才是男兒本色！閣下武功高強，在下等敗得心服口服！你放心吧，我們會遵守賭約的！」

說到這裡，又歎了一口氣道：「閣下朋友看來也似武功機智都是一流的呢！竟然破得了我們伏龍洞內的重重機關把人給救了出來。但不知閣下二人到底是什麼人？」

項思龍對這龍武本存好感，也不知是敬服他對「日月天帝」的忠心，還是因自己體內融入了「日月天帝」的元神，聞言淡然一笑道：「待我見著軍師，你們就可以知道了！」

言罷出指解了三人所制穴道，邊說道：「在下信得過你們，說來我們是同一教派的人，本不應該出手相鬥，但在下救人心切，所以……尚請諸位見諒一二！現在人救出了，我們就冰釋前嫌了，彼此應該親近親近呢！」

龍武幾人獲得自由，都是眼神臉色複雜的望著項思龍，好一片刻，龍武才起先向項思龍抱拳道：「謝閣下不辱之恩了！我們還是去制止了雙方的打鬥，免得增加傷亡吧！在下等會去請示軍師出關，與你見面的！」

項思龍此刻心下大悅，點了點頭道：「好吧！閣下是條好漢子！」

龍武聽得項思龍突地說出的後面一句話，臉上神色怪怪的笑笑，也不再多說什麼，深深的盯了項思龍一眼後，忽地提氣縱身向伏龍洞方向飛去，項思龍第二個起身飛出，高進、謝東緊隨其後，眾人飛離校場時，那些圍觀的武士目光都緊盯著項思龍的身影，臉上是一片驚駭之餘的敬服之色，不消片刻，已是隱約可見清晰可聞打鬥場中情景和聲音，龍武運氣沉聲大喝了一聲道：「大家住手！」

話音剛落，身形已是飛至了眾人上空。

正在打得難分難解的場中眾人聞得喝聲，果都一驚之下停下了手腳，待得項思龍飛至時，卻見姥姥和曾盈諸女熟悉的面容頓然落入眼中，心中一陣激情直往上湧，要不是記起自己現在偽裝的身分，幾欲脫口向她們打招呼。

上官蓮和曾盈諸女也是目不轉睛地盯著項思龍的身影，臉上神色激動之極，卻也還是都竭力壓抑著心中的情緒，沒有道破項思龍身分。

伏龍谷中的武士見得是總護法龍武到來，都單膝跪地恭聲向他行禮，目光卻是不由自主的望向了項思龍，地上被石青青用蠱毒毒倒的人足有一百好幾十人，正都厲叫連連，被點了穴道和打成重傷的武士也有百人之多。易凡和石青青、傅雪君幾女渾身是血，玉貞和朱玲玲、舒蘭英、上官蓮幾人則圍護在已有身孕的曾盈和張碧瑩身邊。

項思龍目光充滿溫情的望著諸女欣然一笑，向她們點了點頭，眨了眨眼，以暗示自己的真實身分，同時走到易凡身邊，欣賞的看一眼這身上受傷的易凡一眼，伸手拍了拍他的肩頭道：「表現不錯，見著左使童子或教主時，本座會向他們舉薦你的！前途無量啊！」

易凡不顧性命的拚死拚活，本也就是為了獲得他的信任，以圖既能保住性命，又能升官發財。聞得項思龍這話，渾身像充了能量一般，精神在疲累中倏然一震的躬身朗聲道：「效忠特使，是屬下的職責！謝特使誇讚！」

龍武這時走到項思龍身前，目光疑惑的打量了易凡一陣才轉向項思龍道：「現在我們馬上就去請示軍師出關，還請諸位隨我們先去休息片刻吧！」

項思龍心下可正有許多的話要向上官蓮她們說呢，怎會接受他的邀請給束手束腳的呢？

再說也不知他們到底可靠不可靠？會不會耍什麼花樣？聞言當下婉轉拒絕道：「不勞閣下等費心了，我們隨便找個地方休息一下就是！軍師如出關了，大叫三聲以作示意，待時我自會出來與軍師見面的！」

龍武知道對方對自己等懷有戒意，也不好意思再過請求，因為就是自己如處在對方境勢之下也會如此說的，當下向項思龍抱拳道：「那請恕我等對閣下怠慢了！」

項思龍連說「哪裡哪裡」，與龍武再彼此客套幾句後，見著地上翻滾慘叫的眾武士，想起什麼似的，著石青青為眾人解去蠱毒，同時自己也出手解了被制武士的穴道。

龍武目中露出一絲敬服的感激神色，道了聲「謝謝」後，領了眾人告辭而去，不多時，所有伏龍谷人馬就退得乾乾淨淨，只剩下項思龍、易凡、上官蓮和曾盈諸女留在這空蕩蕩的山谷裡了，溫暖的陽光灑照在眾人身上，只覺渾身都暖洋洋的。

上官蓮和諸女眼中都露出了懇切的神色，但因為易凡在場，不敢把情緒表露出來。項思龍也是心情激蕩，望了易凡一眼道：「好了，我和她們有些話要說，易凡，你先退避一下吧！隨便察看一下有沒有人在監視我們？」

易凡恭聲應「是」，身形一起，轉瞬消逝不見。上官蓮和諸女這下再也控制不住激動，上官蓮率先衝上前來，端視了項思龍好一陣，才喉嚨哽咽的道：「龍兒，真的是你麼？你怎麼……怎麼知道我們被笑面書生這狗賊抓到這裡來了的？」

項思龍為防有人偷聽自己等談話，所以運起「不死神功」在眾人周圍築起了道罡氣牆，聽得上官蓮這話，激聲道：「姥姥，我是龍兒啊！唉，都怪我粗心大意，被笑面書生這傢伙打回馬槍，才致……讓得你們受苦了！」

說到這裡頓了頓又道：「這兒說話不方便，我們覓個隱蔽處再說吧！」

上官蓮等也知道項思龍是不願洩露身分，當下也壓下心中各種情緒，隨項思龍在這伏龍谷中左轉右轉了好一陣子，才找到一個天然石洞，洞內甚是寬敞乾淨，顯是有人居住過。眾人進洞後，曾盈和張碧瑩二女已是不顧一切的撲入了他的懷中，低聲啜泣起來道：「項郎，我們都以為這輩子再也見不到你了呢！」

項思龍輕輕的拍了拍她們的酥肩，柔聲道：「怎麼會呢？你們夫君乃是個受天命來懲罰這些魔頭，拯救世人的吉祥之人，如若連自己心愛的人也保護不了，那還算什麼大英雄男子漢嘛！好了，不要哭了！現在大家不都沒事了嗎？」

上官蓮這時轉過話題道：「龍兒，你怎麼又變成什麼特使了？」

項思龍聞言心神一斂，當下把自己自與她們分手後的種種發生事情說了遍，只聽得眾女均是臉色陰沉沉的，上官蓮更是狠聲罵道：「該死的笑面書生！想不到他這麼奸詐！龍兒，待會見著他，你把他一劍給殺了算了！我們不與他合作也可以對付西方魔教的！與他合作倒有如在身邊安置了一個心腹大患，讓得我們終日提心吊膽的！」

項思龍心下雖也有這種感覺，卻還是搖了搖頭道，「笑面書生也只是為了恢復他的霸業，企圖控制利用我而已，說來他還是知道我們不是他的真正敵人，所以他對你們也沒有施殺手。他還是有利用價值的，我們不能輕易放棄他！」

說到這裡，當下把自己對笑面書生的身分推測以及天風令主他們的企圖說了一遍，頓了頓，接著又道：「西方魔教已開始準備進犯我中原，他們武功詭異高深，憑我之力甚難與他們抗衡，笑面書生則正好可以利用來對付西方魔教，因為無論怎麼說，他和我們有著共同的敵人，只要我們痛陳利害，想笑面書生也會與我們合作的。

「在我們與阿沙拉元首之間，阿沙拉元首可以說是與笑面書生對立的，可我們呢，雖是道不同不相為謀，但對笑面書生來說，危險性卻是小得多了！種種考慮權衡之下，他笑面書生要想重振他父親創立的西方魔教，也就唯有與我們合作了。至於彼此的隔閡糾紛，那就以後再說吧！笑面書生對我們來說，危險性比起阿沙拉元首他們也小多了，所以我們為了大局著想，有時得容忍他一些！」

上官蓮等聽得項思龍此番解說，訝異之中心下雖釋然了些，但還是不能完全消氣，舒蘭英噘起櫻桃小嘴道：「這次就便宜笑面書生這傢伙了！不過像他這等陰險狡詐的卑鄙小人，我以後是再也不願與他照面了，省得見了他心中就氣惱！」

張碧瑩卻是還有心情吃那花仙仙莫須有的飛醋，質問項思龍道：「那花仙仙長得怎麼樣？你這大色鬼可不要色心再起了，我們這許多姐妹你應該知足了吧！」

項思龍笑道：「這個……為夫怎還敢再動色心呢？有你們這許多如狼似虎的娘子，我已是快要應付不過來了，哪還再會碰別的女人？就是美若天仙啊，為夫也不會再指染的了，娘子你大可放心就是了！我搭理這花仙仙一是看她可憐起了側隱之心，二是想通過她找到孟姐姐的女兒孟無痕，就如此而已，娘子可不要胡亂猜測！」

張碧瑩聞言臉上神色緩舒了些，嫣然一笑道：「你知道就好了！不過要是被我知道你再有什麼越軌之類，可……別怪我無理取鬧！」

項思龍嘎然一笑，轉頭望向上官蓮，神色一斂道：「姥姥，你們是怎麼被笑面書生擒住的呢？不是有八大護毒素女相護嗎？難道笑面書生能打敵她們八人合擊之力？」

石青青這時搶先接口道：「才不是呢！笑面書生這傢伙甚是狡詐，也不知他的易容術怎地那麼高明，竟然能裝扮得跟你裝扮的『日月天帝』一模一樣！我們疏神之下才著了他的當，八大護毒素女被他偷襲之下全點了穴道，待我們發覺時，已是晚了！我們又不是他的敵手，所以就……被他使詐擒下了。」

上官蓮點了點頭道：「笑面書生確是狡詐非常，我們與你中途分手回返雲中城，剛走了不到三個時辰，突地收到一封飛劍傳書，說你們遭到敵人伏擊，情況危險非常，心下大急之下也不辨情報虛實，當即派了韓信領了大批高手趕回增援，不想這卻是笑面書生所使的奸計，待我們發覺時已是來不及反悔了！」

說到這裡，老臉上顯出憤怒之色，頓了頓接著又道：「笑面書生也並沒有大開殺戒，擒下我們後就當即把我們押回了地冥鬼府，只是嚴加看守著，並不傷害我們，想不到他卻是為了奪『聖火令』和教主之位！唉，其實他只要說出他是『日月天帝』的兒子，並且保證不侵犯我們中原，什麼『聖火令』什麼魔教教主又有什麼好稀罕的呢？我們只要求井水不犯河水，自得其樂，無憂無慮也就夠了！」

項思龍心下一陣默然，卻是長歎一聲道：「但是我們與魔教的鬥爭才只剛剛開始呢！天風令主現在混入了我們中原義軍項少龍的陣營中，如被他控制了項少龍，那我們中原可就真要陷入萬劫不復之境的邊緣了！」

眾人聞言心下均沉重起來，就在這時，伏龍谷中突地迴盪起三聲清厲的嘯叫聲，項思龍心神一震，肅容道：「笑面書生出關了！我們可要小心應付！」

上官蓮等聽了點了點頭，項思龍當下領著諸女出了山洞，此時正是太陽西下，快要黃昏時分了，項思龍運氣沉聲道，「笑面書生，我來了！」

聲音凝氣而發，也在這伏龍谷上空迴盪不止，再加上項思龍語氣狂傲，所以顯得頗有氣勢，大有一副居高臨下，君臨天下的威嚴味道。

項思龍話音剛落不久，笑面書生的聲音當即答道：「閣下果然有膽有色，並且遵守承諾，真一個人闖來了我這伏龍谷！在下佩服佩服啊！」

說到這裡，笑面書生的聲音已是距離項思龍等所在處越來越近，卻見一道隱約可見的身影，幾個起落間已飛至了眾人身前，冷冷的掃視了眾女一眼，最後落到了項思龍身上，淡淡道：「閣下能打敗持有『變形劍』的易凡，已是令我佩服非常了，想不到卻還能收服他，讓他甘願為你而用，確實是有著一代霸雄的能力！想來這天下間如有你這麼一個人意欲爭霸江湖，那這天下就定是你的囊中之物了！」

言語間，笑面書生已是飛掠至了項思龍等身前，目光如電的冷冷緊盯著他，氣勢與前兩次見著他時確實是大有長進，倒不知是前時在項思龍面前佯裝出的軟弱，還是他得了「聖火令」練成了上面的什麼高深功夫，總之是武功定大不同從前般低了！

項思龍見了笑面書生的氣勢，心神一凜，因為他的氣機感應到對方的功力似已與自己十二層功力的道魔神功加十二層功力的冰魄神功功力也相差無幾了，甚至笑面書生還藏了拙，面色陰沉中，卻還是打了個哈哈道：「軍師真是太抬舉在下了！想我幾次栽在軍師的算計之下，卻何談敢獨霸江湖呢？就是軍師一人已是讓我心下折服了！」

二人表面上雖是客客氣氣，暗地裡卻是在笑面書生的主動攻擊下，已是較上了用內勁凝發出的氣勢，使得上官蓮和曾盈諸女均都不由自主的打了個寒顫，身形向後退離項思龍足有四五丈之遙，才能平穩下心緒。

笑面書生突地語氣轉冷的道：「閣下一個人前來伏龍谷，不怕我把你強行留住嗎？」

項思龍鎮靜的道：「在下從不打無把握的仗，如果沒有點籌碼，怎敢單槍匹馬的闖軍師這藏龍臥虎的伏龍谷呢！更何況我相信軍師的為人，知道你一定會同意與我合作的！所以我是有備而來，又有什麼好擔心的呢！」

笑面書生皮笑肉不笑的道：「你就不怕你這賭注下錯了，全賠了進去？」

項思龍輕描淡寫的道：「不！我相信我的直覺！倘如真賭輸了，那也只能是天命所定，而並非人力之過吧！嘿，在下就先提出籌碼，讓軍師思量一下，看看我們有沒有談判合作的價值吧！」

說到這裡，突地改為用「傳音入密」的功夫對笑面書生道：「想來軍師對天風令主和鬼影修羅以及日月天帝的消息都非常感興趣吧！這些就是我此番敢來伏龍谷與你談判的籌碼了，不知有沒有份量呢？」

項思龍的話只說了一半時，已是讓笑面書生臉上神色大變了，但他終究乃一代梟雄，待項思龍的話說完後，臉色又恢復平靜，緊緊的逼視著項思龍，一字一字的道：「的確是有些份量！好，我們去我的練功密室裡談吧！」

項思龍見笑面書生果然被自己引誘住了，心下大是鬆了一口氣，因為只要他同意與自己談判，那自己這場賭局就已有八成勝算了，再加上他說要與自己進他的練功密室裡密談，可見他對自己的看重程度。可一想起易凡對自己所說過的笑面書生的練功室有那些恐怖的食人樹，也不知對方會不會使什麼陰謀詭計，再說放下姥姥她們在這伏龍谷內，自己也放心不下，一時沉吟難決起來，

笑面書生見了項思龍的神態，知他心中疑慮擔憂，冷笑了一聲道：「閣下是不是怕了？憑你一身曠古絕今的武功，我可不是你的對手，又有什麼好怕的呢！至於你的朋友和親人麼，在我們談判未成之前，我可保證她們是絕對安全的！閣下呢，也是一樣，我決不會使什麼詐的，這不是自毀城牆麼？結交像閣下這樣的一個朋友，可是比樹立閣下這樣的一個敵人好多了！要不你也應該知道，我對你和你的屬下及親人也就不會那麼客氣了！閣下大可放心就是！」

項思龍聽了面上一紅，暗責自己可真是「一朝被蛇咬，十年怕見蛇」了，也真有點「以小人之心度君子之腹」的味道，不過又一想來「害人之心不可有，防人之心不可無」，自己小心點終是不錯的，「小心駛得萬年船嘛！」

心下想來，還是有些不自然的笑了笑道：「軍師的狡詐手段，在下可是領教多次了，對你我可不敢掉以輕心啊！否則可就大難臨頭了！」

言畢一陣哈哈大笑的接著道：「既然軍師都已把我的心事給揭穿了，並且給在下做了保證，那在下就相信我的直覺了！好，我隨軍師去你練功密室！不過，在下在此之前有個請求，不知軍師應允否？」

笑面書生道：「什麼請求說來聽聽，我可以作考慮的！」

項思龍淡淡的笑道：「在下只是請求軍師在我們密談之前，請我們吃一頓喝上兩杯，軍師也要考慮嗎？嘿，在下今天可是一整天未曾進食了呢！肚子裡都在鬧起空城計來了！」

笑面書生聽得這話怔了怔，想不到項思龍在這等情況下還有心情說這等風趣幽默的話，心下對他的氣度也大是敬服起來，一陣哈哈大笑道：「我怠慢了閣下，倒是應請多多見諒呢！這……何談什麼請求呢！」

說到這裡，轉身對身後都怔怔的望著他和項思龍的龍武道：「龍武，你快吩咐下去，今晚大擺宴席，迎接本谷有史以來的諸位貴賓！」

龍武等正對笑面書生今天的怪異言行大感詫然納悶，因為在他們的記憶裡，笑面書生自從「日月天帝」教主失蹤後，就從來也沒有像今天這般的精神煥發過，這武功高絕的冷面老者到底是什麼人呢？竟然讓得軍師如此……

心下正疑惑的想著時，突地聞得笑面書生發話說大擺什麼酒席。讓得眾人更是訝異非常，卻是沒有一人敢說什麼。

龍武領命而去後，笑面書生又回過頭來，臉上的笑容在項思龍眼中顯得坦誠了許多的道：「我倒是有多年未曾豪飲過了，今天與閣下倒是要來痛飲一場，預祝我們商談合作成功！」

項思龍聞言不置可否的笑了笑，他自己也不知道為何會突地對這本讓自己痛惡的笑面書生生出幾許親切的好感來，或許是因為自己體內融入了「日月天帝」的元神。知笑面書生是「日月天帝」的親生兒子後，所以才會如此吧！唉，但願自己的直覺不會錯，笑面書生並不像他表面上的那般狡詐，而是內心中充滿著生命的激情是好！否則，自己就輸不起了！

心裡想著，口中卻也顯得真摯的道：「好！痛飲一場，讓我們無論是敵是友先暫且不管再說，權且……作為朋友來相處幾個時辰吧！」

笑面書生聞言心下一陣激蕩，他自在神女峰頂與項思龍見面以來，就不知不覺的真把他當作了當年關愛自己照顧自己的「日月天帝」教主，雖然他後來思量出了項思龍的破綻，知道他是個冒牌「日月天帝」，但是在他心中乍見項思龍時掀起的激動，卻讓他怎樣抑制情緒，也還是不能平靜。在項思龍身上太俱「日月天帝」的氣質了，無論形和神，都有著只可意會而不可言傳的相似，這讓得笑面書生不由自主的對項思龍生出了些許感情來，同時也因項思龍裝扮「日月天帝」勾起了他許多的心事。

在笑面書生的印象中，「日月天帝」雖是自己教主，但是對他卻有著一種慈父般的敬愛。

他甚是感動「日月天帝」對他的特別關照，也甚是服從「日月天帝」的命令，「日月天帝」在他心目中已有著神一般不可侵犯的地位，所以自「日月天帝」失蹤後，笑面書生當年那種感覺那種痛苦，更是無法用言語表達出來。

對於阿沙拉元首趁機暗暗控制了教主創立的西方魔教，對於枯木真師和骷髏魔尊他們背叛了教主，笑面書生感到一種不可抑制的憤怒，真想去跟他們拚命。可他跟著「日月天帝」那麼多年，他學會了許多東西，同時他也是個聰明絕頂的人物，經得住大風大雨大喜大悲的人物，所以他忍了下來，雖然這讓他非常痛苦，可他還是堅強的忍了下來，因為他知道憑自己那時的實力，根本就鬥不過阿沙拉元首他們，他唯一能做的就是忍氣吞聲的去充實自己的實力，等待時機重新奪回教主的一切，繼承教主遺志，振興西方魔教。

經過一年多來的準備，他自感自己實力差不多可以與阿沙拉元首他們一拚了，同時再也按耐不住心中的燥動，因為他一直堅信教主未死，期待著他的出世。可一千來年的等待，讓他有些失望了，於是他陰謀策動起反叛的計畫來，在他的計畫剛要實現時，卻被他發覺在西域有總壇派來的高手在監視著他，這讓得他心下暗驚，苦惱不堪。他的計畫要想成功，就一定不可馬上被總壇知道啊！

正當笑面書生左右為難心神不安時，他卻突地從「日月天帝」當年贈送給他的玉佛得知了「日月天帝」的消息，這讓得他心下激動非常，頓即趕往玉佛顯示「日月天帝」所在之地，一時之間因得疏忽，被項思龍給矇騙過去，但是事後他當即知道了自己所見的「日月天帝」是個冒牌貨，這讓得他心下既是震驚又是憤怒。

是什麼人膽敢冒充教主呢？冒充得卻又是那麼像？是不是教主已不在人世，他的遺物被什麼人得到，所以……笑面書生當時愈想愈是心驚，如這人是阿沙拉元首他們的人，那自己想叛亂就一點希望也沒有了！還有教主是不是被這人給害死的呢？種種疑慮充塞著笑面書生的心，所以他領了一批親自秘密訓練的死士去查探這假「日月天帝」的底細，得知了此人乃是地冥鬼府的新少主項思龍，讓得他心下平靜了些，但卻還是不能容忍項思龍得到「日月天帝」的遺物，同時也暗暗驚駭項思龍的武功，於是想出一套計畫奪取「聖火令」，且想控制項思龍，利用他來為自己對付阿沙拉元首他們，助他打天下。

但也不知怎的，笑面書生卻總覺項思龍是真正的教主似的，可又明知他不是，這種矛盾讓得他情不自禁的想殺項思龍身邊的親友們，並且又甚想與項思龍作個知心悉談一下，以解決心中的諸多疑問，便設計了擒下他的妻和姥姥引他上鉤的計畫！

現在這計畫終於實現了，笑面書生心情自是激動非常，可他還是壓抑著心下的種種情緒，待得被項思龍神似「日月天帝」的一舉一動一言一行引起他的心事，讓得他再也偽裝不住了，所以他難以自控的表露出了心中深埋的激情。

想著自己的種種往事和與項思龍見面後所發生的諸多事情，笑面書生心下不勝感慨。

唉，不管這項思龍是友是敵，他定與「日月天帝」教主有著千絲萬縷的關連！不知是不是教主所收的徒弟？如是的話，自己對他的所作所為可就有點過份了！

嘿，聽他的話，暫不要管他那麼多，與他作幾個時辰的朋友吧！

再說，自己與他作朋友的可能可是要比作敵人的可能大得多呢！

只要他沒有做對不起教主的什麼事，他對自己來說，可是最佳合作夥伴！自己要想打敗阿沙拉元首，憑自己之力看來是比登天還難！且不說西域有個天風令主在監視自己，並把自己的一舉一動稟報了總壇，就是苗疆的飛天銀狐原準備進發中原的計畫臨時改變，也就可知總壇已知自己的背叛意圖了。自己想先征服中原魔教三處分壇的計畫也就成為泡影了！但是如多了項思龍相助自己呢？自己成功的希望就又從零一下子升到了百分之九十九！

笑面書生想到這裡，爽朗一陣大笑道：「暫作幾個時辰的朋友？好！希望我們密談成功以後，能作為永遠的朋友！」

說著竟是伸出手來示意項思龍與他拍掌相交。

項思龍心頭突地不知怎的一熱，伸出手去與笑面書生的手緊緊的握在一起，目光異樣的望著笑面書生，口中喃喃道：「飛雪，你現在還好嗎？」

笑面書生見得思龍的目光也是神情一愣，聞聽得項思龍的話，渾身更是如遭電擊般的劇烈一顫，怔怔的望著項思龍出神。

對方到底是什麼人呢？說話的語氣、眼神都是那麼像「日月天帝」教主！飛雪！這可是教主給自己所取的名字啊！在這世上只有自己和教主知道這名字，對方又怎麼知道呢？這……對方與教主到底是什麼關係？為何有時像對自己非常熟悉，且讓自己也對他生出親切感覺來，可事實上彼此卻又是陌生的！

這……到底是怎麼回事呢？對方到底是什麼人呢？

笑面書生心神只覺混亂如麻，對項思龍忽地生出幾許恐懼的親切來。不行，我一定得弄清楚這項思龍與教主到底是什麼關係！

心神一斂之下，笑面書生語氣突地轉冷道：「我們還是先談判，以後再言其他吧！」

項思龍這時也已清醒過來，知道自己剛才的失態定是「日月天帝」的元神在作怪，心下是又吃驚又興奮，不知這給自己帶來的是什麼樣的後果！不過管他呢，終究是要被笑面書生知道真相的，先讓他知道一點端倪做做心理準備也好！

聞得笑面書生的話，知他語氣雖冷，但心下卻定是波濤洶湧，已經是急不可耐的想知道有關自己提出的一些籌碼了，那他對有關「日月天帝」的事是非常關注了！嘿，看來此次的賭局，自己是百分之百的會贏了！最好是能利用自己是半個「日月天帝」的身分能力勸笑面書生改邪歸正，那可真是太理想了！

心念電閃間，項思龍也覺心下激動起來，巴不得馬上與笑面書生洽談成功，當下點頭肅容道：「好！但我的朋友們還請你的屬下好好照顧了。」

笑面書生沉聲應允下來，又向高進和謝東二人嚴聲吩咐要好好地照顧好上官蓮等人，不得有絲毫的怠慢，否則立殺無赦！

高進和謝東從來沒有見笑面書生用如此嚴厲的語氣對自己等說話，心下充滿了疑惑，但嘴上卻是不敢問出來，恭聲應「是」後，走到上官蓮面前請她們隨他退去。

上官蓮和諸女以及易凡，目光複雜的注視了項思龍一眼，顯是有滿心叮囑和關切的話，但卻也都是一言不發的隨著高進和謝東退了下去。

待眾人退去後，笑面書生狠狠的盯著項思龍，沉默了好一陣子才沉聲道：「走吧！我們也不要拖延浪費時間了！但願你能給我心中的疑團一個滿意的答覆！否則，我便是拚著賠了一切，也要跟你同歸於盡！」

這話聽得項思龍全身不由湧起一股涼意，但心下卻是更加興奮。因為笑面書生愈說這等狠話，就證明他愈在乎愈重視自己！自己這次是贏定了！

項思龍心下正如此想著時，笑面書生低喝一聲，身形沖天而起，有若電光火石般在空中連閃，向伏龍洞方向飛去，連招呼也不跟項思龍打一個。

項思龍卻是在笑面書生身形剛起時，也已意念一動，提氣縱身，緊緊跟在笑面書生身後。

兩道光影轉瞬間射入一個足有十多米高，寬也有四五米，洞壁光滑平靜，洞底地面也甚是整潔的巨型石洞內，兩壁都點有油燈，使得洞內並不黑暗。

穿過了十多道守衛森嚴的關卡，笑面書生在一洞門緊閉的洞中洞前停下身來，向也停身邊的項思龍看了一眼，雙手突地一揮，發出一股威猛絕倫的掌勁向洞門口上的一個足有一平方見丈的玉盆擊去，只聽得「砰」一聲，卻見玉盆向石壁深深陷了進去，露出一個洞口來，卻見裡面白霧繚繞，生長著許多有若臂粗的怪異樹木，那些樹都長有許多的莖鬚，有若一條條在空中活動的靈蛇般，這些莖鬚都呈白色，顯得甚是通透，讓人可清晰見著莖鬚內的細胞組織，一條條筋血管狀的網路遍布在這些莖鬚中。莖鬚上面長有許多觸角似的刺兒，一根根閃閃發亮，讓人見了心中禁不住會不寒而慄，笑面書生這時卻冷靜的道：「這就是伏龍谷內讓人聞之色變的『食人池』了！閣下可否有膽隨我在這裡面走一遭？」

項思龍也已猜出了這裡面就是易凡告知自己的「食人池」，想不到卻是在這伏龍洞內不見天日，難怪易凡說「食人樹」是靠吃食人肉而生長的，並不是靠吸收地下營養和陽光，看來真是如此了！

這世上竟然有這等恐怖的樹木！可笑面書生為何可以自由出入此地呢？難道這些「食人樹」也害怕什麼嗎？是笑面書生身上有克制「食人樹」的東西？

心念電閃的想著時，聞得笑面書生的話，知他不會讓自己死的，當下想也沒想的道：「這有何不敢？你可安然無事的進『食人池』，想來我應該也可以吧！」

笑面書生冷笑道：「這些『食人樹』是我從我們西方移植過來的，它們是由小樹苗一直由我施養，對我已經生出感情來了，已經熟悉了我的體味，它們不會傷害我，所以我可以安然出入『食人池』！可是你呢，可是個陌生的人啊！難道你不怕？嘿，是不是你知道我不敢殺你，知道我會想法保護你，才敢說這麼肯定的話啊？可你難道不怕我使詐嗎？你死了雖是對我沒好處，可在這世上我就少了一個能與我匹敵甚至超越我的敵手，這可是讓我很動心！」

項思龍一陣氣血直往上湧道：「哼，區區一些『食人樹』如果也難得住我的話，那我還憑什麼比這些『食人樹』更厲害的阿沙拉元首他們鬥？怎麼把你們這些西方魔教的惡徒給驅逐出我中原境內？好，我就不要你的任何幫助進入『食人池』看看，去看看那些『食人樹』到底有什麼厲害，可以難倒我項思龍的！」

言畢，身形「哩」的縱起，由洞口闖入了「食人池」內，笑面書生見了臉色大變，出聲阻止已是來不及，頓也飛身射入，口中惶聲大喊道，「小子，你不想要命了，我卻還不讓你死呢！這些『食人樹』是日月天帝教主培植送給我的，這天底下如果沒有我的護送，什麼人也別想自個兒安然進出這『食人池』！除了教主之外！」

說完，也已到得了「食人池」內，卻見思龍正持劍立在石洞中央，四周的「食人樹」根鬚正漸漸向項思龍靠近，眼看著項思龍將要面臨劫難，讓得救援不及的笑面書生悲呼一聲「我的天啊」，閉上了雙目不敢向項思龍注視，因為無論怎麼說，他心底裡已不知不覺的把思龍也已當作朋友了！

可是過了好片刻，卻並沒有聽到預期中項思龍的慘叫聲，笑面書生不由大膽的睜開雙目往池中央望去，卻見項思龍安然無恙，笑意吟吟的正望著自己，在他身圍的那些「食人樹」都毫無惡意，反與項思龍親熱著。

笑面書生見了，不知是驚是喜的顫聲問道：「你……你到底是誰？怎麼也不怕『食人樹』？且『食人樹』反跟你比較熟悉似的？難道……你是……『日月天帝』教主？」

項思龍剛一時意氣用事之下進得「食人池」內，見得那些「食人樹」向他圍來時，心下也嚇得亡魂大冒，暗呼「老天保佑」，但卻見那些「食人樹」剛開始還「氣勢洶洶」的，但到得身圍時，不但凶性全消，反有點如與親人久別重逢般的與自己親熱起來，頓然知道是「日月天帝」融入自己體內的元神救了自己，當下心下大定，聞得笑面書生的顫問，項思龍微微一笑道：「這……可以說是也可以說不是！不過此事說來話長，且事關機秘，想來軍師也不願洩露出去吧！我們進得你練功室後再說！」

笑面書生遲疑了片刻，似做了什麼決心似的道：「好吧！反正這一賭局你已是大可穩超勝券的贏我了，我們終要合作的，那麼我的隱密讓你知道也無妨了！就像你相信我一樣，我也姑且相信我的直覺一次！」

話音剛落，手揮出一股功力關了玉盆，同時在石洞地面刻畫的一副陣圖上游走起來，過得片刻，只聽得笑面書生喝了聲「起！」又是一陣「轟轟轟」的機關開啟聲響起，卻見地面突地向上跳彈出四塊石板，均是直立向上的，中間則是畫了一個黑漆漆不知到底有多深的洞口來。

笑面書生運功衝著洞口沉聲道：「旋風，是我！開門！」

言畢不久，又是陣「轟轟轟」機關啟動聲響起，卻是洞內冉冉升起一個石盤，盤上放置有兩顆斗大的夜明珠，把黑洞照得一片光明。

笑面書生率先飛降於石盤上，向項思龍招了招手道：「來吧！」

項思龍依言降落身形，目光不解的望著笑面書生，似是在問他道：「你又在弄什麼玄虛啊？你的練功密室到底在哪裡呢？」

笑面書生卻也似是知道項思龍心中疑惑似的道：「下得這洞道就是我秘室了！不要心急！嘿，我到時還要帶你參觀一下我的秘密呢！」

言語間，突又聽得「轟轟轟」一陣巨響，石盤冉冉下降，有若現代裡的電梯般，上面的石蓋自動關上。這一陣坐「電梯」過了好一陣子才到底，項思龍舉目望去，心中是一種異樣感覺湧上心頭。洞底的石洞甚是開闊，也不知到底百多寬，裡面白霧瀰漫，溫度極低。洞內放置有許許多多的石床，每張石床上都躺有一個上身赤裸的漢子。

項思龍見自己渾然猜測不錯，笑面書生的練功秘室內大有玄虛，看來石床上躺著的那些人就是笑面書生所訓練的「無敵死士」了！但看情形這些死士還未訓練成功！這……自己到底趁不趁機毀去他這引進作惡的「機器」呢？

項思龍心下思忖著時，笑面書生道：「好，到了！閣下請隨我來！」

項思龍隨著笑面書生進入了這地底石洞內的一間秘室之內，卻見秘室內佈置怪異非常，隱隱給人一種陰深恐怖的感覺。室內各種顏色的寶珠之光融合在一起，照射到室內一個個乾枯的軀體上，讓人毛骨悚然。

笑面書生冷冷一笑道：「這就是我的練功密室了！那些軀體乃是我練嫁衣神功時借用的，現在都已經乾枯了，但是『聖火令』上卻記載著一種法術讓他們重新復活過來。當然只是些可以利用的工具，並沒有思想的！然如能讓他們復活，他們就可以成為真正無敵於天下的死士！我的研製還沒成功！」

說到這裡頓了頓又道：「教主當年在世時，他嚴令我不許訓練這等枯木死士。因為一旦弄不好，這些死屍如不受控制，那可就是世界末日了！這世上沒有人能夠殺死他們，他們就如『食人樹』一樣，身體上任何部位受到損傷，都可以在瞬間生長出來。

「也就是說他們的身體哪怕是解體了，還是可以重組復活過來！並且他們身體的任何一部分都可以重生長出一個枯木死士出來。他們的恐怖和無敵之處也就在這裡。經過多年的研究我已漸有心得，可還是不敢嘗試！

「這些屍身就是那『食人樹』的『根』，『食人樹』所吸收的一切營養都輸送到了他們體內。經過多年的改造，他們已成了毀之不去的屍身！唉，以我的智慧是破解不了這些經自己培養出來的禍患了！

「因為近些年來，我隱隱感覺到這些沒有思想的死屍他們的身體組織正在復活，我如果再不把他們研製成枯木死士，那可就危險了！可我學來的這詭異邪術乃是當年趁教主不注意時從『聖火令』上偷習的，我只知研製之法，不懂破解之道，所以我急著得到『聖火令』，看上面記載有什麼破解之法沒有！

「從你手下韓信那裡奪得『聖火令』後，我當即領了人馬撤離鬼府來到伏龍谷閉關鑽研『聖火令』上有關枯木死士方面的東西，可……這種方法太危險了，裡面記載如要破解這些枯木死士，必須把他們體內經『食人樹』改造的能量給吸納入自身體內，就可使自己成為一個天下無敵的高手，但是會有思想！我正試圖著依法吸納時，卻突地感覺這死屍身上的能量一吸入體內，身體就馬上進入死亡狀態，這讓得我不敢嘗試了！於是思考這裡面的問題所在，這時龍武他們告知我你來了，我便出秘室……以後你便都知道了！

「項少俠，我知道你與日月天帝教主是有著什麼密切的關連，你可不可以告訴我這裡面詳盡的情況呢？唉，我也知道憑我一人的力量是根本對付不了阿沙拉元首他們的，所以當我猜知了你是個冒充教主，可也知曉只有與你合作，我們才可以取得勝利！我自一開始就與你沒有敵意，只為了得到『聖火令』，所以……給項少俠添了麻煩，還請你多多原諒了！」

項思龍聽得驚心動魄，不知所措，既想不到這世上竟然會有這等死屍，又想不到笑面書生現刻對自己如此坦誠，看樣子他也不像故作的虛情假意吧！

不自然的笑笑後，項思龍收斂心情道：「好，我就告訴你有關『日月天帝』與我的關係！」

當下把自己如何進入神女峰石像地底，如何被「日月天帝」看中，做傳承他功力的弟子，「日月天帝」如何傳他武功智慧……直至「日月天帝」元神快死前融入自己體內等，都源源本本的對笑面書生說了一遍。

笑面書生只聽得淚流滿面，忽地「撲通」一聲向項思龍跪下泣聲道：「爹，你現在終於重見天日了！」

第六章　達成協議

項思龍見狀，不知所措手忙腳亂的上前邊欲扶起笑面書生，口中邊有些不自然的道：「你……你……這是做什麼嘛？我是項思龍，並不是真正的『日月天帝』呢！說是『日月天帝』元神融入了我的體內，可我的思想並未受他控制啊！」

笑面書生卻還是情緒不能平靜的道：「項少俠，我爹的元神既已融入了你的體內，那麼你也就至少可算是我的乾爹吧！雖然我們年齡相差很大，可是我在你身上想得到的是一種精神上的寄託，請你認了我這乾兒子吧！」

說到這裡，頓了頓，接著又道：「你或許有些奇怪我為何知道『日月天帝』教主乃是我爹，而我在教主未曾失蹤的當年卻是絲毫不知我和教主之間的關係，這說來卻是話長，待項少俠認了我這乾兒子後再說與你知吧！」

項思龍被笑面書生可真是給說得有些啼笑皆非了。

叫自己認了笑面書生作乾兒子？這……是開的什麼國的玩笑？

他年紀比自己可是大了個十萬八千里的，叫自己作他的曾孫兒都嫌小了，現在卻要倒個頭來叫自己作他的乾爹！這如被世人知道了，不笑掉大牙才怪！

說來自己也算是「日月天帝」的記名弟子，那麼與笑面書生也應該是平輩啊！

這……看笑面書生說這話時的語氣和神態，卻似非常認真和坦誠的，自己如拒絕了他，可不知會鬧出什麼事端來！

唉，權衡利害，自己還是認了這個「乾兒子」吧！有他相助自己，對付起阿沙拉元首他們來，可就省事多了！再說，認了他作「乾兒子」，也去掉了自己的大心病！因為無論怎麼說，與笑面書生作朋友總好過作敵人，他認了自己作「乾爹」，總不會「大逆不道」的背叛自己吧！那自己就可以放心的去利用他了！

項思龍心念電閃的想來，心下已是有了定斷，故作滿面難堪之色的沉吟了片刻道：「這個……你我年紀……相差太大了嘛！我……怎麼配……」

笑面書生打斷項思龍，哽哽咽咽的說道：「管他什麼年齡差距呢！你體內融入了我爹的元神，已是超越了年齡的限制，我爹就是想借你的身體來與我相見的！同時我爹看中你的資質，傳你武學才智並且輸你功力，也是想叫你來助他完成當年他未完成的事業，解救我魔教的劫難的！項少俠，你就不要理會那麼多了吧！只要想著，在你體內有我爹的精神和思想，你就可以坦然認我這乾兒子了！對了，你還有一個乾孫子，他就是鬼靈王，他乃是我與天山龍女所生的，現在正在密室裡研究『聖火令』上的武學，待會我叫他出來與你相見！」

項思龍聽著笑面書生的話，想想「日月天帝」選就自己的目的或許本也是如笑面書生所說的這般，只可惜他低估了自己，使他元神的意念根本控制不了自己，反被自己所控制，或許這也就是天意所然，要讓西方魔教滅亡了吧！

當聽得鬼靈王乃是笑面書生與天山龍女所生的兒子時，項思龍差一點就要脫口驚呼而出，他想起了西門無敵臨死前跟自己所說的話。

天山龍女不是中了西門無敵給她服食的「移情淫花」毒草昏死過去，被西門無敵藏入了地冥鬼府的地底密室去了麼？自己正為答應過西門無敵救天山龍女的事一直都非常苦惱呢，想不到……這內中卻又有著怎樣的一段經過呢？天山龍女難道被笑面書生給救治？

滿心疑慮之下，項思龍當下朝笑面書生點了點頭道：「好吧！我答應認你作乾兒子，可我是為融入我體內的『日月天帝』的元神收兒子，而並不是我項思龍收兒子，這一點你可要分清楚啊！並且我想與你有個約定，我們這段父子之情啊，還得有個期限，待我們共同打敗了阿沙拉元首他們，收復了西方魔教，我就退隱中原，你也得把你們西方魔教撤回你們西方去，我們自此以後就不是父子，而是朋友了！你可不得率軍攻打我們中原！這些條件你可答應嗎？」

笑面書生聞言怔了怔，可項思龍說話一本正經的嚴肅模樣，知他所說的話已是他決定了的事情，沉默了好一會，才點了點頭，恭恭敬敬的朝項思龍再次下拜道：「父親大人在上，請受孩子飛雪一拜！」

「咚咚咚」的磕了三個響頭。項思龍扶笑面書生站了起來道：「在來你這伏龍谷之前，我偶碰著了一個叫作『鬼影修羅』的……」

項思龍的話還未說完，笑面書生臉色變了數變的脫口道：「鬼影修羅？怎麼？這老傢伙還沒死嗎？他現在在哪裡？快領我去見他？」

項思龍見笑面書生乍聽得「鬼影修羅」這名號，情緒就如此激動，那看來鬼影修羅與自己所說的話並沒有打誑語了！可……笑面書生為何並沒有像鬼影修羅所說的那腦神智受迷，而是非常清醒，似是對當年的「日月天帝」與「鬼影修羅」以及他們三者之間的恩恩怨怨都甚是清楚呢？這又有何文章？

項思龍心下想著，嘴上回答笑面書生的問話道：「我與鬼影修羅約定三天後去地冥鬼府碰頭的，現在已經過了一天半了！至於他現在在哪兒，我卻也不知道！」

笑面書生回復平靜了一下情緒道：「鬼影修羅都告訴了你些什麼？」

項思龍聽得笑面書生用這等質問式的語氣對自己這剛認的乾爹說話，心裡暗暗嘀咕道：「他對自己如此凶狠，還哪裡把自己當作他乾爹了嘛！也不知他方才所說的話是不是佯裝出來，想獲得自己的信任，藉以利用自己的？自己可得提防著點！像笑面書生這等心機深沉的野心家，為達目的是會不擇手段的，當當乾兒子又有什麼大不了的呢？」

心下這般想著時，同時又有著另一種想法在心頭跳躍。

笑面書生對自己如此凶狠，或許是因聽了自己的話，情緒受了衝擊才一時失態的呢！

要不像他這般玩心術的專家，又怎會輕易露出破綻來讓自己生疑的呢？對，一定是這樣的了！自己可不要太過多疑了！

兩種矛盾對立的思想在項思龍心下湧動，他最後還是做出了決定——以不變應萬變，順了笑面書生的意思，與他合作再說！

如此想來，項思龍當下便把鬼影修羅對自己所說的話重複對笑面書生說了一遍，再用一雙滿是疑惑的目光緊緊的盯著他，期待他做出反應。

笑面書生則是怔愣了足有半盞茶的工夫，才忽地仰天一陣哈哈大笑道：「果然如此！果然如此！爹爹的計畫安排真是天衣無縫！不過，你卻可知道孩子知道事情的真相後是多麼的痛苦啊！鬼影修羅害死了娘親，教我刺了爹爹一劍，可是他卻養育了我！爹爹，你教我現在應該怎麼辦呢？」

笑面書生說到後面幾句，已經是由笑轉哭，悲不成聲了！

項思龍走上前走，滿懷感觸的輕輕拍了拍他的肩頭道：「飛雪，不要想那麼多了！往事如雲煙，過去的事情就讓他過去了吧！面對現實才是你現在應該做的事情！不要悲傷了好嗎？面前等待你去解決的事還很多呢！」

笑面書生感激的點了點頭，目光沉浸對往事的追憶中喃喃道：「在教主活著時，我的思想裡只是知道我這條命、我這身武功包括我的一切成就，都是教主賜給我的，我只知道教主待我很好，有若兄弟又有若父子一般，我告誡自己一定要完全徹底的效忠教主，以報答他對自己的栽培之恩。自從教主失蹤後，我一直堅信他未曾死去，一直堅信他還活著，所以枯木真師他們提出另立教主時，我竭力反對，但終究因勢單力薄未能扭轉局勢。

「阿沙拉元首和枯木真師他們控制了我們魔教勢力以後，就把我和四大邪神這效忠教主的兩派進行開刀，四邪神神是教主訓練出的超級戰士，神智始終不大靈光。因我身上擁有兩件教主所賜的至寶『變形劍』和『無影刀』，使得阿沙拉元首他們也沒法奈得我何，再加上我一直小心謹慎的應付，不讓他們抓住我的什麼把柄，所以他們也奈何不了我！

「可當爹爹的元神被融入的那一刻，我腦海中記憶的閘門卻突地被打開，我看到了鬼影修羅，我想起了自己被鬼影修羅利用刺了父親一劍，我想起了父親為救我不惜負傷輸功為我療傷……我想起了一切的一切！同時也知道了父親與鬼影修羅的賭約，父親雖是沒有違背諾言，卻還是施了手腳，那就是當他不在人世的那一刻，我被他所禁錮的一切記憶都會重新恢復，並且可以記起父親當年輸入我腦中的一切記憶！

「那一刻我很痛苦，同時也知道爹爹已經出事了！我的思想一片混亂，所以當我趕往神女峰見到項少俠你時，疏忽了你一切的破綻，信了你的話，洩露了我心中想作反的秘密。

「可當我回到地冥鬼府，靜下心來一想卻又知道你是個冒牌貨了！

「當時我的心情很複雜，有憤怒、有迷惑、有矛盾、有驚駭……許多的情緒！我真想即刻抓住你來問一問，你怎麼會有我爹的衣衫，並且能易容得和爹一模一樣！可我又自知武功非你之敵，如果用強只是自討苦吃，於是強忍了心下的衝動，使了些手段想逼你說出這內中的情況。可在我使手段對付你或你的屬下時，我的心中總像有一種情緒讓我不能太過份似的，否則我就會後悔莫及似的。

「所以我處處留了後著，倒不是我心懷仁慈，而是我不想做讓我後悔難當的事情！因為被鬼影修羅利用刺傷了爹爹，致使爹爹需閉關練功療傷，甚至導致他走火入魔，這可說都是因我引起的！可說是我間接害死了爹爹！我不想再做這等痛苦的後悔事了！現在證明了我的預感和所作所為是沒錯的！否則，得罪了乾爹，我可就什麼都完了！連爹想見我的最後一個心願也辜負了！我可就成了個不忠不孝的罪人了！」

項思龍聽得笑面書生的這一番話，心下不勝唏噓。

想不到「日月天帝」的能耐竟然那麼大，能預先安排好死後的一切事情！他待死後才讓笑面書生恢復記憶，這也算是實現了對鬼影修羅的諾言了！只不過卻是把所有的悲痛都留給了笑面書生！笑面書生能夠堅挺住這突如其來的打擊，已足可見他非同一般人了！

心下想著，對笑面書生不知不覺的生出了些許好感來，低聲傷感的道：「那你現在準備怎麼處置鬼影修羅？」

笑面書生面上的肌肉顫了顫，痛苦若呻吟的道：「我也不知該怎麼辦！鬼影修羅可以說是我家的大仇人，但是他卻又養育了我，並且是我娘百合仙子的大師兄，我爹在輸給我的意念中，卻又有嚴命我不能殺鬼影修羅這一點，我……真的很矛盾很痛苦！乾爹，你教教我怎麼辦好嗎？」

項思龍被笑面書生這反問給問得一愣，苦笑道：「這是你的事情，我怎麼可以左右你的思想呢！說來我已是半個『日月天帝』，鬼影修羅如還要找你爹報仇的話，就讓他找我好了！至於你麼，我們上一代的恩怨可以說與你無關，你被無辜涉入了其中，已是給你帶來深深的痛苦，所以現今我與鬼影修羅此次解決恩怨也最好是希望能和平解決！說得好鬼影修羅也是你娘的大師克，與我們是一家人！他之所以心性大變，還不是因為受了『日月天帝』教主當年的奪愛之恨刺激？現在他既然重現江湖，那我自是應該出面去了結他的心願了！」

笑面書生聽了氣憤道：「乾爹，這話的意思是叫我放棄插手你和鬼影修羅之間的恩怨囉！哼，這不可能！無論怎樣我也不會置身事外！」

項思龍歎了口氣道：「我也只是說出一個選擇來供你參考罷了，至於你要怎麼去做，我又怎麼會干涉呢？其實說來，你才是這場恩怨糾葛的受害主角，你自然有權向我和鬼影修羅討個公道了！不過，我看鬼影修羅對你還是感情挺深的，他甚是想念你呢！得饒人處且饒人！飛雪，你倒是對他不要太過份了！」

說到這裡，在笑面書生對自己的話沉思不語時，接著又轉過話題道：「天山龍女不是中了西門無敵讓她服食的『移情淫花』毒昏死過去了麼？怎麼卻做了你的妻子了呢？對了，天山龍女現在是否還活著呢？」

項思龍這話顯是又勾起了笑面書生的心思，卻見他一股痛苦之色，語氣沉重的道：「這話說來卻也有著許多的波折。當年西門無敵奪了地冥鬼府的鬼王之位後，因始終得不到天山龍女的歡心，所以動了歹念，尋遍西域，找著了一種叫作『移情淫花』的毒草給天山龍女服食，想利用此毒草迷了天山龍女的心智，讓她永遠對他動情忠心。但不想西門無敵卻只是從一本『奇毒真經』裡知曉『移情淫花』毒草可以把她變成蕩婦，並且會對中毒之後第一個交合的人永遠癡情不變，卻不知這毒草的藥性和使用方法，而胡亂的給天山龍女服食毒草，以致用量過重，使天山龍女中毒過深而昏死過去。

「本來天山龍女會因慾火焚身而亡的，不想西門無敵這傢伙確還有點腦筋，把天山龍女的軀體放入了他用來修練鬼冥神功的萬年寒冰棺中，以寒冰真氣壓住了天山龍女體內的淫花奇毒，才險險保護了天山龍女一命！

「我已經是偵察知悉了地冥鬼府的一舉一動，要不是因我一來『無敵死士』未研製成功，二來總壇沒有下令我控制地冥鬼府，怕自行其事暴露自己的野心，地冥鬼府早就成了我的囊中之物了。

「西門無敵的一舉一動自然逃不過我的偵察，潛入密室見到天山龍女的絕世容顏後，她那份『清水出芙蓉，天然去雕飾』的美真是讓我心動不已，於是我生出了要救治她的念頭，因為這樣的絕世美人如香消玉殞了，可確是人間的一大損失。

「我測試了她體內的生機氣息和毒性深淺後，便依自己破解『移情淫花』毒的方法，先把內力輸入天山龍女體內，引發她的內力氣息，讓她體內的毒性暴發出來，再用自身功力把這些毒素凝聚起來，納入天山龍女的會陰穴內，想經過男女交合的方法把她體內的毒素給排洩化解去。

「這方法可以說是用對了，但是由於我所用的武功均是以陰寒為主的，當我與天山龍女交合之後，她體內的陰寒之氣與我體內的陰寒之氣發生抵觸。使她體內的淫毒根本無法化解……我失敗了！天山龍女體內的毒素並未被完全排出體外，反是殘餘毒素浸入了她四肢百骸之中，讓我的能力再也無法救治她了！

「這世上除了練成『不死神功』的人可以解去她體內的淫毒外，我是再也想不出其他的什麼法門來了！於是我也便再把天山龍女軀體放入了萬年寒冰棺內，用寒冰真氣鎮住她體內寒毒的發作。這是唯一保住她性命的方法了！我也想不出再好的辦法來！

「不想自那以後，我愛上了天山龍女，於是荒廢了練功，而經常去陪伴她，同時意想自己要是能得到『聖火令』，就能練成『不死神功』來救天山龍女。

「這樣過了一年多，不想天山龍女的肚子卻在這段時日內漸漸大了起來。我通過氣機感應，知道她懷上了自己的骨肉，那時我好興奮也好心酸，同時也暗暗焦灼擔心不已，終日守著天山龍女。

「終於有一冬天，天山龍女分娩了，是個男孩，活的。我那時別提有多高興了，好想天山龍女能醒過來看一看我與她所生的孩子，可是天山龍女仍是沉睡不醒。我總覺自己欠了天山龍女許多似的，便把所有的心血都投注到了這孩子身上，可是有一天我體內也給感染上了『移情淫花』毒給突地發作了，我為了化解體內之毒，於是丟下了孩子，趕回伏龍谷閉關驅毒。孩子被西門無敵給發現，被他收作子弟，也即鬼靈王。直到前幾十年我化去了體內毒素出得關來，通過千辛萬苦的追查，才證實了鬼靈王乃是我的兒子！」

說到這裡，笑面書生臉上神色似笑似悲的接著又道：「我沒有治好天山龍女，讓她一直還一個人躺在冰棺裡，可真是對不起她！乾爹，我知道你練成了不死神功，待我們打敗了阿沙拉元首他們後，求你為天山龍女驅毒好嗎？就算是孩子求你了！」說著竟是又朝項思龍跪了下去。

項思龍本正放下些心事，以為自己不用再為天山龍女驅毒了，想不到笑面書生卻又向自己提出了這請求！這……唉，自己想推脫也推脫不了了！

心下如此唉聲歎氣的想來，卻也為笑面書生與天山龍女的奇異戀情而感動，略一沉吟，點了點頭道：「好吧！我答應你！但是你也得答應我，打敗了阿沙拉元首他們，你一定得率領所有的教徒撤出中原，在你活著的一天，就永世不得與中原為敵！」

項思龍已是第二次向笑面書生提出這要求，笑面書生由此可知自己是絕對說服不了項思龍來掌管西方魔教了，心下雖有些氣餒，卻還是正色答道：「乾爹，你放心吧！我答應了你的事情，就一定會遵守諾言的！」

項思龍大是欣慰的點了點頭，雙手搭住笑面書生的雙肩誠懇的道：「剛開始我心中對你是恨得要命，可自從鬼影修羅口中得知你的真實身世後，我卻不知怎麼的油然對你生出一絲好感，對你的恨意少了許多。自打伏龍谷再見著你時，竟是生出想與你交朋友的念頭來！嘿，說實話這裡也不乏想利用你的成份！但是現在這種心理卻平淡若無了！」

聽著項思龍這等誠摯的話，笑面書生激動的笑道：「這是因為你體內融入了我爹元神的緣故嘛！現在我們彼此溝通了，自是心中的算計再也沒有了！我其實在這之前也是想利用你來為我打天下而後一腳把你踢開呢！現在……這種心理卻也是沒有了，反與你生出許多親切之感來！」

二人一陣爽朗的哈哈大笑後，項思龍望了一眼洞內的那些「枯木死士」，肅容道：「飛雪，對於這些屍體，你準備怎麼處置？」

笑面書生皺了皺眉頭道：「我也不知道！乾爹，你體內融有我爹的元神，可不可以捕捉出怎樣控制這些屍體的方法呢？」

項思龍苦笑道：「你爹的思想已融入我的潛意識裡，並不是說想要他的思想通入我的思想裡就可以的，若是稍有差錯，讓得這些屍體成為禍患，那我可也不知該怎麼辦了！此事還待慎重研究對策才行！」

說到這裡，頓了頓忽地想到什麼似的，臉上露出喜色道：「食人樹之所以不傷你我，且與我們甚是親熱，這皆是因為它們是由你和你爹培養出來的，它們對你們的體味日久生情熟悉起來，對這些屍體是否可以用同樣的方法來控制他們呢？因為他們是吸收了食人樹的能量而改造成來的，那麼只要把食人樹的這種能辨別體味的功能尋找出來，安插入這些屍體的精神組織內，是否就可以控制他們呢？」

笑面書生聞言，雙目放光道：「這方法倒是很有新意可以一試！乾爹你幫幫我可以嗎？訓練成功了這些死屍，我們就可以天下無敵了！」

項思龍見笑面書生還是野心不改，想稱霸天下，有些惱火的斥責道：「我可不是想天下無敵稱雄武林！我只是想怎樣消除這禍端隱患！」

笑面書生老臉一紅道：「這個……我只是隨口說說罷了！對了乾爹，易凡為何稱你為特使呢？你又混成了個什麼身分？」

項思龍聽得這話，頓刻想起花仙仙來，有些煩燥的道：「我無意中打入了烏牛天尊和荊無命的陣營中，他們誤把我當作是總壇派來的特使了，所以我將計就計，就冒充起特使來了。在冒充不到一天的時間裡，卻是知道了阿沙拉元首他們的不少佈置呢！」

笑面書生臉色一肅，冷然道：「我早就料知阿沙拉元首他們會派人監視我，所以我儘量避免生出什麼事端，被隱伏在這西域的臥底天風令主抓住什麼把柄來。直至我把『無敵衛士』訓練成功了，才準備與阿沙拉他們大幹一場！

「想不到總壇這麼快就派人來西域了，看來他們也已蓄勢準備消除我這個眼中釘了！

「哼，他們卻是做夢也想不到乾爹你卻以教主的身分出現了，這對他們可是一個致命打擊，因為乾爹擁有本教的『聖火令』牌，只要你振臂一呼，定可以把你當年的忠心屬下重招回來的！阿沙拉元首他們這次卻是輸定了！」

項思龍語氣沉重的道：「你卻也不要小視了阿沙拉元首他們！經過這千餘年的養精蓄銳，他們新培訓的實力也定大有充實，且他們自身的武功也會大有兆頭！再說他們現在至少名義上控制了魔教的上上下下，阿沙拉元首又掌握有我們西方國家舉國上下的實權，加上他的財力物力和實力，也大可以網羅我們西方國家在這千餘年中誕生的奇人異士！所以我們要慎重的對待他們！

「對了，那天風令主是個什麼角色？他似是不認識你爹『日月天帝』呢！我與他碰過面，這傢伙混入中原反秦義軍中的最大一支人馬——項羽他們的陣營中去了，裝扮的是范增的身分。我聽荊無命說，天風令主混入項羽陣營中乃是想控制這支義軍，為他們入侵中原打下基礎，你有沒有辦法破去此人的『移魂轉體大法』？要是被他詭計得逞，對我們可是個大禍患！」

笑面書生正被項思龍前半段的話訓得心神凝重，聞得他後面的話，臉色也沉重起來道：「這天風令主乃是阿沙拉元首的同胞兄弟，一直負責為阿沙拉元首提供地下情報，所以從未露面。我也是自天風令主被阿沙拉元首派來西域監視我的行蹤之後，才探聽得他的身分的。這傢伙據說一身波羅神功已練到爐火純青的地步，並且會許多法術，是個甚是難以對付的角色。

「想不到卻混入了項羽陣營中實施陰謀去了，我原還以為他趕去西方總壇彙報西域這邊情況去了呢！『移魂轉體大法』乃是一門可以把自身元神脫出自身，轉入他人身體寄居，控制他人思想的大法，想不到天風令主竟然真給練成了！看來阿沙拉元首的武功進境更是不可思議了！我倒是坐井觀天的以為自已練成了嫁衣神功和鬼劫神功已足可與他一拚了呢！想不到卻是危險極了！這還虧得乾爹提醒！」

說到這裡，頓了頓接著又道：「移魂轉體大法可以說是甚難破解，因為對方元神脫出體外寄居他人體中，即便他自身的身體遭到毀壞或他元神寄居的身體遭到毀滅，他的元神卻還是可以無影無蹤的逃走，再尋一個軀體寄居。所以此法練成者可以說是寥寥無幾，在我的印象裡，除了爹爹練成此功，這天風令主就是第二人了！

「我當年聽爹爹對我說過，要破解此法，除非是一個也練成此功的人，把元神寄居入對方元神寄居的同一身體內，再互之鬥法，比較功力深淺和意志的強弱程度，功深意強者則把對方元神給融入自己的元神之內，使之成為己用。這是我所知的唯一破解此法的方法了！」

項思龍聽了心下冷，看來想借用天風令主的軀體奪回他元神的希望是沒有了，只祈禱父親項少龍不要受了天風令主什麼邪術的控制，洩露了有關歷史的天機吧！要不可就要天下大亂了！而現自己又不知父親他們的下落，遠水救不了近火，這……可真是急死了！

項思龍心下愁悶的想著時，笑面書生又道：「對了乾爹，你說西方總壇近日真會來一個特使的事情，就交給我去解決吧！你還是借用此身分在對方陣營中作臥底，這對我們掌握他們的行動計畫大有幫助！我會把這真特使的一切詳細資料送到你手上的！至於我這邊知道你身分的人，我會嚴令他們不會洩露出去的，你大可放心就是了！」

項思龍聽了想想也是，於是點頭應允了笑面書生的提議，轉口又道：「那麼韓信他們可全靠得你暗中保護了！決對不能讓他們有絲毫的損傷！而鬼影修羅你權衡一下吧！最好是能化干戈為玉帛！多他一個這樣的高手相助，對我們對付阿沙拉元首他們可是有著莫大好處！」

笑面書生低頭不語，沉默了好一會才道：「這個乾爹你作主吧！唉，我現在只覺心中的權勢之念都平淡了許多，只覺要是能有一個與世無爭的隱秘之地隱居起來就好了！這麼多年來，一直都在籌謀著稱霸武林，想不到一切都是那麼不真實的。

「要不是碰上乾爹你，我簡直什麼事情都無法實現，至少現在我才感覺自己多麼的渺小！

「我有點累了！光復了爹爹的基業後，我也真想過些太平日子呢？走時乾爹可別忘了去我那裡作客，陪我聊聊天散散心！」

項思龍想不到笑面書生竟然會說出這麼一番話來，心中大是高興，也對他的話大有同感。自己又何嘗不是如此呢？在這古代來的這兩年多時間裡，自己可以說是嘗盡了人世間的一切酸甜苦辣，感受夠了人世間的一切喜怒哀樂，自己也是多麼的想退隱江湖啊！可是人在江湖身不由己，同西方魔教的鬥爭才只是一個開端，劉邦與項羽的鬥爭還只是在醞釀之中，自己與父親項少龍的恩恩怨怨也不知怎麼解決？……這許許多多的難題都是非要自己去解決不可的！笑面書生可以在打敗了阿沙拉元首他們，光復了西方魔教後尋思退隱，可自己呢，卻是不知要等到哪一天才可以實現這個願望了！

項思龍被笑面書生觸發心思，心下悲苦的想著，這時密室外卻傳來了一個陌生的聲音道：「爹，我想出來了，『聖火令』上說控制枯木死士的方法，乃是用一自己的親人作餌，把與自己有血緣關係的親人投入食人池中，讓食人樹把他吸食了，那麼枯木死士就會因吸收了親人的能量營養，可與自己產生血脈溝通，使之可以識別出自己來，這有若食人樹可以識別爹身上的體味一樣不會傷害你，並且聽從你的命令。枯木死士吸收了親人的血液營養後，也就會聽從我們的命令了！可是我們從哪兒去找這與我們有血緣關係的親人呢？」

項思龍被這聲音驚回心神，往笑面書生望，卻見他臉上神色似是狂喜卻又似非常痛苦，心下不禁暗暗凜然，不知笑面書生是否在生什麼歹念。當下沉聲道：「這方法太過不人道太過殘忍了，我看還是想個辦法毀去這些枯木死士算了！飛雪，你看怎麼樣呢？」

笑面書生聽了怔了怔道：「這……是的！乾爹你拿主意好了！」

言罷，臉上的神色卻是不自然的笑了笑，只讓得項思龍見了心下擔憂不已。要是笑面書生狠毒至把他親生兒子鬼靈王拿去餵了食人樹，被他訓練成了那恐怖的不死的枯木死士，那這天下可真是有夠鬧了！

俗話說「虎毒不食子」，但願他不會做出這等喪盡天良的事情來吧！

為了防笑面書生一手，自己可得收回「聖火令」，以防他日後魔性大發，做了什麼惡事，自己可以從中尋出制止他的方法來！

心下想來，項思龍當下又道：「那兩枚『聖火令』，你還是暫且交由我來保管好了，讓我看看那裡面有沒有什麼更好破解這些枯木死士的方法！」

笑面書生聽得臉上顯出疑惑神色來道：「乾爹是不是擔心我……嘿，任我怎樣凶殘惡毒，也不會做出如此沒有人性的事情來的！不過，乾爹既然要收回『聖火令』，我待會兒叫鬼靈王交還給你就是了！」

笑面書生這話倒是讓得項思龍不好意思的道：「我……也並不是不信任你呢！只是此事事關重大，我不得不慎重一點罷了！飛雪，你對於乾爹如此坦誠，我是非常高興的！倒是希望你不要怪乾爹太過多心是好！」

笑面書生這時臉上又恢復自然之色，淡然一笑道：「乾爹這多心也是人之常情，我不會放在心上的！就是換了我是你，也會這般想這般做的呢！」

說到這裡，雙指一併，射出一道罡氣，開啟了洞門，卻見洞外站著一個滿臉雀躍之色的老者，一身灰色衣衫，頭上托著一個髮鬃，雙目神光炯炯，正望著笑面書生，發覺洞內的項思龍後，又反目光轉向了他，似是早就知道他的身分似的，一眼的敵意，狠狠的盯著項思龍，想來要不是笑面書生在側，他還會即刻上前與項思龍火併一場吧！不過項思龍卻是不以為意，臉色平靜的與對方對視著。

笑面書生這時向青衣老者打招呼道：「鋒兒，傻站著幹嘛？還不快來見過爺爺？」

說著指了指項思龍，同時向項思龍介紹道：「他就是我與天山龍女所生的兒子了，叫作天峰！我取的！在地冥鬼府中也就是西方無敵的二弟子鬼靈王！」

青衣老者在笑面書生介紹他時，是一臉的驚訝和不知所措，一臉複雜神色的呆望著項思龍，口中喃喃道：「爺爺？爹，他就是爺爺『日月天帝』？」

笑面書生聽他這疑問的話，頓忙喝斥道：「你這是什麼態度？難道爹會騙你嗎？快來見過爺爺！這內中緣由我日後再告訴你！」

青衣老者這刻再也沒有遲疑了，一臉激動之色的三步並作兩步來到項思龍身前，「撲通」一聲雙膝跪地，聲音哽咽的道：「爺爺！真的是你嗎？你可知道爹爹和鋒兒這麼多年來是多麼的想念你！尤其是爹爹，他天天念叨著你，堅信你還活在這人世上，經常給我講有關爺爺你當年的英雄事蹟！爺爺，你現在回來了，可得光復我們西方魔教，讓我們揚眉吐氣！爹爹這麼多年來一直忍辱負重，活得可真是太累了，只等的就是爺爺你重出江湖的這一天！想不到卻果真等到了！爺爺，請受鋒兒一拜！」

說著便朝項思龍「咚咚咚」的磕了三個響頭。

項思龍只覺眼角有點濕潤，走上前去扶起了青衣老者，望了笑面書生一眼，卻見他雙目也隱隱泛起了淚光，心下更是一陣激蕩，輕輕的拍了拍青衣老者的肩頭道：「好了鋒兒，我們一家祖孫三代現下不是團圓了嗎？好，我答應你，一定光復我西方魔教，除去阿沙拉元首和枯木真師他們！」

青衣老者聽了點點頭，一臉的歡欣之色，笑面書生這時對他道：「對了鋒兒，去把『聖火令』拿來交還給爺爺！至於枯木死士，爺爺也已想好對策了，我們也就不用再去費什麼心了！『聖火令』上的那些方法太過殘無人道，我們今後想都不用去想！嘿，憑我們騰手之力，我就不信敵不過阿沙拉元首他們！」

青衣老者聞言遲疑了一下，與項思龍與笑面書生行了個禮後，依言退去拿「聖火令」去了。

項思龍望著笑面書生欣慰的道：「你能有這等想法及決心，我感到很高興。其實人的私欲是永無止境的，我們應該學會滿足！對於那些有違天道人心的事情，我們還是不要去要求了！當然，對於我們應該得到的，我們則也需盡力去爭取把握，只要無愧於心就夠了！」

笑面書生閉目對項思龍的話沉思了一番後道：「乾爹說得對，我會謹遵你的教導的！嘿，聽了你的話，可真是讓我有種茅塞頓開的輕鬆感覺呢！」

話音剛落，青衣老者拿著兩枚「聖火令」又走了回來，把令牌交給項思龍後道：「爺爺，我們什麼時候向阿沙拉元首他們展開反擊呢？這種忍氣吞聲的鳥日子，我可已經是受夠了呢！對了，據說有個叫作項思龍的傢伙……」

青衣老者這話才只說了一半，笑面書生就已截口喝斥道：「鋒兒，不得無禮！項少俠可是你爺爺座下的左使童子，也是我們一家人呢！今後不得再對他不敬了。」

青衣老者似被笑面書生訓斥得有些委屈，正待出言反駁什麼時，笑面書生接著道：「你還是去看看那些『無敵衛士』吧！看看他們這次的蛻變進展怎麼樣了？我與你爺爺還有事情要商討！有什麼問題，待會再來問你爺爺吧！」

青衣老者見得笑面書生臉上的嚴肅神色，悻悻然退了下去，項思龍不由得問笑面書生道：「飛雪，外面石床上的那些屍體，就是你所說的『無敵衛士』嗎？」

笑面書生點了點頭道：「是的！總共有二百四十人！這次是最後一次蛻變了！如若成功，他們就可把嫁衣神功練至十二層功力的至高境界，那時他們的威力也就非同小可了！這也是我此次作反的主要實力！上面的那些武士只是我作來掩人耳目的一個晃子，同時也供我挑選作『無敵衛士』之用的！」

項思龍見果如自己所測，對於笑面書生為了作反叛亂可真是煞費心機了！他的手段雖有些殘忍，可這世上要成就一番霸業本就要付出代價的！「一將功成萬骨枯」嘛！任何一個功成名就的人，不論是英雄還是梟雄，他們的成功都是建立在他人的犧牲這基礎上的！尤其是歷史的鬥爭，一個人要想奠定霸業，不知道需要多少人為之賣命！這也就是歷史的殘酷和無知吧！

項思龍心下怔怔的感慨想來，想起谷中在焦灼等待自己的上官蓮、易凡諸人，同時也想自己此番伏龍谷之行的心願已了，當下向笑面書生辭別道：「飛雪，我還有許多的事情要解決，我們還是暫且敘到這裡吧！有什麼事情，我們相互聯絡通報對方就是了！」

笑面書生有些戀戀不捨的道：「乾爹不多待一會兒嗎？我可正捨不得與你分離呢！」

項思龍笑道：「天下沒有不散的宴席，我們以後有得是機會團聚！好了，我這就暫行別過吧！荊無命他們還在『風雪堡』等我呢！不知他們那裡有什麼動靜，若是被他們對我身分生出疑心，那可就前功盡棄了！」

二人客套了一番後，項思龍由笑面書生送出了練功密室，易凡和上官蓮看到項思龍毫髮無損自是高興非常，龍武、高進、謝東幾人見得笑面書生與項思龍有說有笑的親熱勁兒，則是詫異莫名不知所以。

笑面書生這時朗聲對上官蓮等拱手道：「對諸位日前多有得罪，方請多多見諒了！現在特使親自來接你們回去，咱們雙方之間的誤會也盡釋前嫌了，諸位還多多海涵一二，不要把彼此之間的不愉快放在心下是好！」

言罷，又轉向龍武幾人道：「對諸位夫人方才可照顧好了？」

上官蓮接口道：「還勉勉強強過得去的了！對了，特使大人，我們是否可以現在即刻回程呢？在這伏龍谷我可一點也住不習慣！」

笑面書生仰天打了個哈哈道：「既然如此，那我也就不挽留諸位了！龍武恭送特使大人一行！」

龍武領命而去，項思龍領著上官蓮、易凡等在笑面書生擺下的盛大歡送隊伍下滿懷感慨的出了伏龍谷時，天色已是很晚了，平靜的夜空中閃爍著顆顆明亮的星星，讓得項思龍的心情舒暢許多。

本以為很難解決的事情想不到如此輕鬆就解決了，並且如此的美滿！這可全是「日月天帝」融入自己體內元神的功勞呢！

在來西域前本也打算與那鬼靈王大打一場的，想不到現在卻收了他作自己的孫子！這世上的事情可就是這麼變幻難測！

看那鬼靈王的模樣也挺順眼的，自己先前倒是把他給醜化了！

還有，在與韓信、天絕他們分別前，雙方還有若生死離別般的悲，自己也認為此行凶多吉少，可不想卻是個如此稱心如意的結局，自己不但毫髮無傷，還大有收穫呢！

不但混入了荊無命他們的陣營中；探得了天風令主冒充范增的消息；認識了鬼影修羅；知道了笑面書生的秘密；收了花仙仙，為日後找尋孟姜女的女兒孟無痕打下了基礎。最主要的是與笑面書生達成了合作的協議，並且收了一個乾兒子一個乾孫子！

嘿嘿，這也就是所謂的「塞翁失馬，焉知非福」吧！

此番救上官蓮和諸女之行可謂收穫不小呢！

項思龍心下愉悅的想著，抬頭望了望寧靜的夜空，嘴角泛起一絲笑意，但當他看到天幕上的幾片烏雲時，心情又突地沉了下去。

父親項少龍他們到底怎樣樣了呢？天風令主的奸計會得逞嗎？還有趙高也不知把解靈送到西域沒有？唉，自己的困難還多著呢！還美美的享受什麼啊！收斂起心神吧！迎接今後更加嚴竣的挑戰！

項思龍暗握了一把拳頭，把深遂的目光投向了深色的蒼穹。

第七章　再添一美

思龍領著易凡、上官蓮和曾盈諸女到了鬼府，飛鷹四少頓即迎了上來，目光訝異的望了曾盈、張碧瑩等諸位倩女一眼後，頓忙向項思龍稟報地冥鬼府一切安然無常。

項思龍輕輕的點點頭，心下尋思著是向韓信和天絕他們發出信號，示報自己已平安救出諸女的消息了！當下著易凡和飛鷹四少去準備柴火，找一高處按五角星形點燃。

上官蓮此時目光迷離、神情激動的打量著地冥鬼府內的一草一木，口中喃喃道：「兩個老鬼，我們終於奪回祖上基業了！」

項思龍知道上官蓮此時的心情，輕輕上前低聲道：「姥姥，要想真正奪回地冥鬼府，還待打敗西方魔教，但你放心，我一定會盡我所能實現這個希望的！」

上官蓮一把把項思龍摟入懷中，語音哽咽泣聲道：「龍兒，可真是勞累你了，姥姥知道你肩上擔負著比光復地冥鬼府更重要的事！你記著，無論你遇上了什麼困難，姥姥和你兩位爺爺一定會全力支持你的！」

兩人正聊著，遠處突傳來易凡和飛鷹四少的暴喝聲。上官蓮惶聲道：「有敵來犯！」項思龍轉頭向上官蓮道：「姥姥，照顧好盈盈她們，我去看看！」

兵器碰擊聲和慘叫聲歷歷傳耳，項思龍加速身法，極目向已隱約可見的打鬥場望去，卻見一白髮、白眉、白鬚、白皮膚、白衣服的老者正與易凡打得難分難解。心中正狐疑不知這老者是誰時，忽聽得對方破口大罵：「項思龍你這臭小子給我滾出來！怎麼？做了地冥鬼府的新鬼王，就連我這二師公也拒之門外了？」

項思龍聽到這裡，已想起了這老者乃是師父孤獨行的二伯孤獨驚鳴！他果真來找自己了！正不知如何應付孤獨驚鳴時，上官蓮已趕到，順勢帶走了孤獨驚鳴，不讓他在眾人面前洩露了項思龍的真實身分。

待交代易凡去準備柴火等事後，項思龍才來到孤獨驚鳴及上官蓮身邊，卻聽得孤獨梅鳳失蹤的消息！原來孤獨驚鳴千方百計帶回的金娃魚，並沒有完全治好孤獨梅鳳，因她體質太弱，金娃魚的熱能太大，使她神智失常。想想一個心智只有二十幾歲的姑娘神智又失常的流落江湖，實在太危險了！

這時易凡突在門外大聲道：「稟特使，我們發出的信號已有人回應了！就在距離我們約十多里的東面！對方的陣營似是挺大的！」

項思龍心下大喜，頓忙凝功傳音道：「大哥、義父！是你們嗎？我和姥姥她們在地冥鬼府，你們趕到這裡來宿營吧！」

天絕的聲音果然隱約傳入項思龍耳中道：「少主，真的是你啊！這兩天來可把我們擔心死了呢！我們馬上趕來！」

不到盞茶工夫，已是清晰可見韓信、天絕等的身影！經歷一場有若生死別離般的心情折磨，雖是分別不到三天，可人人都有著一種久別重逢的激動！

眾人激動相見之後，天絕神秘道：「這次發生了大事呢！少主，你的桃花運又來了！」

項思龍丈二和尚摸不著頭腦的怔怔道：「什麼桃花運，在這兩天我可沒認識什麼姑娘呢！」

天絕嬉笑道：「你當然不知內中經過囉，在少主你離開我們的第二天早上，我們突地發現一位姑娘躺在地上昏死過去！嘿，是個漂亮的大美人呢！我們把她救醒之後，她醒來第一句話就說：『你們看到我相公項思龍沒有？』我們一聽大驚，可是怎麼問，她都只是這同樣的一句話，於是我們只得暫時收留了她。」

「義父，那這位姑娘現在……」

項思龍的話還未說完，天絕就又已笑起來道：「哈！原來少主果然還金屋藏嬌，一直把這個大美人藏在什麼地方不讓我們知道啊！現下她寂寞難耐，找上門來穿幫了吧！嘿！可虧得我們救了她！少主這次可要大擺酒席慰勞我們啊！」

項思龍焦煩道：「嘿！義父，你就正經些不要開玩笑了吧！我懷疑這位姑娘乃是北冥宮的孤獨梅鳳師姑！快去把她帶來讓我看看，到底是不是梅鳳師姑！」

項思龍這話讓得天絕和韓信等均是一愣，一直在旁癡癡看著項思龍而沒有打攪他和韓信、天絕說話的孟姜女和苗疆三娘二女，這時倒是清醒過來，頓忙縱起身形向隊伍中間掠去。

不一會兒，孟姜女懷中就已抱著一個一身素白衣裙，正在昏睡的姑娘飛掠了回來，走到項思龍身邊道：「思龍，就是她了！我們已點了她的黑甜穴讓她昏睡過去了！要不要解了她穴道讓她醒過來？」

項思龍邊搖了搖頭，邊舉目往孟姜女懷中正在安然熟睡的少女望去，卻見這少女的美真是奪人心弦，讓人感覺一種清純的大自然的平實和寧靜，給人一種不食人間煙火的仙子般的印象，讓人見了不是易動慾念而是會生出一種平靜。
卻見她身著一身白色羅衣，膚若凝脂，一頭秀髮烏黑發亮，配合著她修長曼妙的身段，纖巧的腰肢，修長的玉頸，潔白的肌膚，相映間更顯讓人感覺觸目驚心。尤其是她正處在熟睡之中，均勻的鼻息，嘴角的那抹淡淡笑意，如她身上釋發出的一種奇特的清香，更是讓人看了一眼之後便不想轉開目光。
項思龍所見的美女可以說並不算少，就是他所娶的眾位妻妾已算得上是美女中的美女了，可眼前這熟睡中的少女卻還是讓他看了禁不住怦然心動。
看著項思龍的癡呆樣，孟姜女禁不住「撲嗤」笑道：「人家可自稱是你娘子呢！你沒看過嗎？那你以後可有得機會看了！嗯，你到底認不認識這姑娘？」
項思龍被孟姜女這話驚回心神，不自然的笑了笑後搖頭道：「我不認識她！但聽你們所說的有關這姑娘的情形，與二師公孤獨驚鳴所說的差不多，所以我懷疑她是孤獨梅鳳師姑！嗯，待會讓二師公看看就知道她到底是不是師姑了！」
說到這裡，想起大家只顧著聊天，連趕路也忘了，當下轉過話題道：「姥姥她們可都在等著我們呢！我們還是快些趕回地冥鬼府去吧，對了！到了地冥鬼府，大家可得改變對我的稱呼，記得我可是西方魔教總壇的特使！」
天絕笑著接口道：「哈，少主也成了個魔崽子了！那可是我們的敵人吧！」

項思龍嚴肅道：「我的身分可不要洩露了！要不我好不容易混進魔教陣營中的計畫可就全都泡湯了！還有，記著你乃是左使童子項思龍的屬下，我們還是一家人的！」

過得不到一個時辰的工夫，眾人終於抵達地冥鬼府。

吩咐易凡和飛鷹四少負責接待眾人，又著鬼青王和眾位護法執法負責大家的秩序，項思龍便領了韓信、地滅、天絕、孟姜女、苗疆三娘和那熟睡中的少女往鬼王宮行去。雙方相聚自是一番親熱，廳內的氣氛顯得甚是活躍起來。孤獨驚鳴倒是沒人顧得與他搭理起來。

項思龍走上前去，拍了拍氣呼呼又顯得有些悲戚的孤獨驚鳴，強抑下心下激動，平靜道：「二師公，我的朋友們救下了一少女，你去看不看是不是師姑！」

孤獨驚鳴聽了先是有若神經質般「呀」的大叫一聲跳了起來，但旋即又恢復清醒，衝著項思龍破口大罵道：「你這麼有本事啊！我來告知你鳳兒失蹤的消息，你只出去打了一個圓圈就找到了鳳兒？你以為你是神仙嗎？想找個阿豬阿狗之類的醜婆娘來騙我嗎？嘿，我鳳兒長得可是個傾國傾城的大美人！你以為隨便找個姑娘來就可以哄哄我安慰我一下嗎？告訴你，我……」

孤獨驚鳴還未罵個盡興，天絕就已按耐不住的跳了起來道：「你這個小老頭，在這裡大吵大嚷個什麼？這裡是你家嗎？你奶奶個熊，衝我們少主凶個什麼凶呀？你鳳兒長得再怎麼漂亮，我敢斷定也沒我們救下的這個姑娘長得漂亮！」

孤獨驚鳴被天絕這一陣大喝，倒給震住不敢罵了，只用一雙圓眼睛緊緊的盯著天絕，過了好一會兒才又大叫起來道：「我罵我侄徒孫關你個屁事啊？你這個大老頭，還是不要管我的家事了吧！嘿，你說你們救下的姑娘有鳳兒長得漂亮，那你把她帶上來讓我瞧瞧！如果她能比鳳兒長得漂亮，我就給你作孫子！」

天絕哈哈大笑道：「好，一言為定！少主，快把你那新老婆給帶上來，讓這小老頭看看，到底是她鳳兒長得漂亮，還是這位姑娘長得漂亮？」

二老這一鬧，把大廳內所有人的目光都給吸引住了，大家都靜默無語的望著已是爭得面紅耳赤的天絕和孤獨驚鳴二人，只有韓信和地滅二人已是出廳負責守衛去了，孟姜女和苗疆三娘二人則是抱著那昏睡中的少女，遠站在一旁。

項思龍腦袋都快給他們吵得要爆炸了，忽地也大喝一聲道：「不要吵了！」這喝聲可也真靈，天絕和孤獨驚鳴都頓即住了口，隨後眾人把目光又投向項思龍。

項思龍長長的舒了一口氣，緩聲道：「你們二位不要吵了！心如，把那姑娘抱過來，讓二師公看看是不是我們要找的人吧！」

孟姜女依言把懷中少女抱到了孤獨驚鳴身前，孤獨驚鳴才剛看到孟姜女懷中的少女，就已失聲驚呼道：「啊！鳳兒！」

驚呼聲讓得所有人的心神都為之一震，孤獨驚鳴過了好半晌，才又緩緩睜開雙目，向孟姜女懷中少女細細打量去，臉上盡是欣喜之色，差點要手舞足蹈的歡呼道：「果……果真是鳳兒！嘿嘿，真的是鳳兒！」說著猛的一把搶過孟姜女懷中的少女，老淚縱橫的親了她兩口，語氣急促的道：「是鳳兒！我找到她了！大哥，我找到鳳兒了！」

項思龍見著孤獨驚鳴的激動模樣，心中也不知是一種什麼感覺。

有驚有喜也有點酸溜溜的感傷吧！

廳中不少人的眼角都給紅了起來，項思龍也不例外，待得孤獨驚鳴情緒平靜了些，項思龍才走上去，笑中帶泣的道：「二師公，這下好了吧！不用再為找師姑煩心了！今後你可得好好的……」

項思龍的話還未說完，孤獨驚鳴倏地把懷中的侄女孤獨梅鳳塞到項思龍懷中搶口道：「今後？今後鳳兒就給你管了！你們可是有婚約在先的，不許賴啊！我這把老骨頭可想輕鬆輕鬆幾年了！」

項思龍美女在懷，聽得孤獨驚鳴這話，心中既是一蕩又是大急道：「二師公，這個……」心下急來不知說什麼好了，只得把求助的目光望向了上官蓮。

上官蓮剛站出來想說什麼，孤獨驚鳴卻警覺得很，率先封住上官蓮的口道：「老妹子，鳳兒和龍兒的婚事可是你親口答應下來的，今個兒你可得作主讓龍兒娶了鳳兒！否則我就三天一大吵兩天一小吵，鬧得你們雞犬不寧！」

上官蓮望著項思龍一臉苦色，因為這樁婚事確是她應承下來的，項思龍如不答應，她這中間人可真是不知怎麼辦得好了！

項思龍見得上官蓮臉上的苦色，知她心中苦衷，向她求助是沒希望了，還是得靠自己。心下苦惱不知所措，嘴上卻還是為自己辯護道：「可是……這……這不成的啦！我怎麼可以娶……娶師姑作妻子呢？」

孤獨驚鳴哂道：「這有何不可呢？男歡女愛麼，哪還受什麼輩份年齡限制的？只要你們二人相親相愛，那就是一樁美滿婚姻了！好了，就這麼定了！你師姑又不是長得很醜，配你小子還配得上的！」說到這裡突地歎了一口氣道：「我也知道我這是強人所難的作法，可是鳳兒是需要找一個歸宿的啊！在我所見過的眾傑出青年中，龍兒你是最讓我滿意的侄女婿了！我一時高興之下，在鳳兒服了金娃魚丹剛睡過來的一刻就向她講了有關你的情況，並且說要把她嫁給你，我已為你們二人定下了這門婚事。

「鳳兒當時又驚又羞，直跟我吵鬧。可不想金娃魚熱力燒壞她的腦子後，她什麼都忘記了，只是記得有關我告知她的你的事情。這讓我知道鳳兒雖沒見過你，可卻是真正的喜歡上你了！龍兒，二師公求你了！求你娶了鳳兒吧！她的病唯一能治好的希望就在你身上了！我也已經老了，沒幾年可活了，鳳兒如沒人照顧我可是死不瞑目啊！只有把她托負給你照顧，我才覺得可以安心！」說著，竟是「撲通」一聲向項思龍跪了下去，一張老娃娃臉上淚流遍佈。

項思龍聽得孤獨驚鳴的一席話，心下已是激動異常，再見得他竟然向自己跪了下來，頓時慌得手足無措的去扶孤獨驚鳴道：「二師公，你……你這是幹什麼嘛？快……快起來，有什麼話我們好好商量好好說嘛！」

孤獨驚鳴卻是緊抱住項思龍的一腳道：「你今天不答應我願娶鳳兒為妻，我就誓不起身，直跪到你答應的那一刻為止！」

張碧瑩這時也已是俏臉淚痕累累了，這位平時最愛吃醋的大肚子婦人，今天竟是破天荒地走到項思龍身邊，泣聲勸他道：「思龍，你……你就答應娶了師姑吧！她也實在是太可憐了！自小就患先天性寒毒症，體弱多病。剛到花季年齡，就病毒發作，被冰封昏睡了一百多年。現在她終於甦醒過來驅除了病毒，卻又給弄成這樣……思龍，你就發發善心娶了師姑吧！她的一生實在是太不幸了，現在她找到了幸福的歸宿，你又怎可忍心拒絕呢？」說到這裡，張碧瑩已是泣不成聲了，諸女中已差不多是人人都已陪之落淚。

天絕雙目紅腫的突地發聲道：「哇咋！太感人了！少主，你可一定得娶了梅鳳姑娘，要不我可也要跟你鬧個沒完！」

項思龍看著廳中眾人的神情，又低頭看看懷中的可人兒，心中一陣激情直往上湧道：「好吧！我就娶了師姑！管他那麼多封建禮俗制約呢！」

項思龍這話音剛落，廳中所有人都高聲歡呼道：「好耶！」

孤獨驚鳴這時已站了起來，似哭似笑的雙手緊搭著項思龍的雙肩道：「小子，二師公代表鳳兒她爹她娘和她哥哥，向你表示謝意和恭喜你們了！日後，我這把老骨頭就任你差遣，哪怕是上刀山下油鍋，我也不會皺一下眉頭！

「對了，我也聽你們說你們現在要對付的是個什麼西方魔教對不對？據我此次中原之行得來的消息說啊，魔教的教主枯木真師和骷髏魔尊都已駕臨南沙群島了，那什麼阿沙拉元首則去了秦宮見那什麼趙高去了。我這消息可是我親自偷聽來的，因為他們一行人正是橫度我們北冥宮所在的沙漠偷偷溜入中原的，嘿，在沙漠我可是個大行家，發現他們蹤跡後，當即動用五行之術中的地術，深入地底一路監視他們，才得來這些消息的。小子，我現在告訴你也不知對你有沒有什麼幫助？」

項思龍聽得是整個人心神都為之一沉一驚，給呆怔住了！

什麼？阿沙拉元首和枯木真師、骷髏魔尊，他們都已潛入中原了？

這……真想不到他們如此奸詐不從水路上走，而出其不意的甘願去冒險從沙漠上走！這可真是一著奇兵！如果自己不知道他們已潛入中原的話，那可就……簡直不可想像這種敗局還來得及作防備！地冥鬼府憑藉其機關和實力，如沒有什麼特大強敵來犯的話，應是可以應付得過去的！

得儘快把這消息傳知笑面書生！也不知阿沙拉元首他們會不會來犯西域？情況實在是太危急了！自己可得儘快趕去「風雷堡」，藉那特使身分打入阿沙拉元首他們內部去，這樣己方才可以有勝算！也不知笑面書生搞定那真特使沒有？自己可向他借兵！

只有他訓練的那些「無敵衛士」在這危急關頭發揮出威力來！如實在不行，敵不過阿沙拉元首他們的話，自己也說不得只好去把那些「枯木死士」研製成功來對付他們了！

項思龍心下原先的計畫全被孤獨驚鳴帶來的這消息給打亂了，心中煩亂至極。孤獨驚鳴以為項思龍認為自己騙他，所以怔怔的望著自己，頓忙接著又辯口道：「嘿，小子，這消息可是我親耳聽到的，費了九牛二虎之力呢！因為我聽他們常提到地冥鬼府什麼的，所以引起了我的關注！」

項思龍這刻收回心神道：「二師公，你遇上他們已是有多長時間了？」

孤獨驚鳴見項思龍並不是責怪自己，心下一喜道：「大約十天前吧！那時他們被困在沙漠！我看他們挺有本事的，武功高得讓人不可思議，所以推測他們現在已經脫出困境，抵達他們的目的地了吧！」

項思龍略略放下些心來道：「還好，時間差不多來得及！姥姥，我馬上要去把這消息通知笑面書生，讓他做好準備後趕去『風雷堡』看看！這裡的事情就交給你來打理了！」

說罷，從懷裡掏出奪自易凡手上的變形劍交給上官蓮道：「這把劍妙用無窮，可以發揮出超凡的威力，姥姥，你拿著防備吧！我去叫易凡來把『九九歸元飛劍式』傳給你！」

上官蓮和諸女見剛一團聚就又要被迫分散開來，一時淚痕未乾的雙目又都是落下淚來。上官蓮手裡握著變形劍哽咽道：「龍兒，那你可一切都小心啊！」

項思龍心中又何嘗不是難受之極，叫了易凡進來，厲聲吩付了他一番秘行之事後，又叫進韓通道：「大哥，無論明無情勢如何發展，你都得依我之力去項羽陣營中詐技作臥底！三弟的事業我可把希望全寄託在你身上呢！」

韓信一臉堅毅冷靜地點了點，沒說什麼只是雙手緊緊握住項思龍雙手。

一切盡在不言中！項思龍叫來飛鷹四少，狠下心腸，不再與眾人糾纏，在眾人淚意盈盈的目光中領著飛鷹四少再次向伏龍谷飛去。

第八章　虎毒食子

出了地冥鬼府，項思龍長長地舒了一口氣，心頭沉重異常。煩惱的事情太多了！父親項少龍不知是凶是吉，天風令主的陰謀不知是否會得逞，還有劉邦，與他失去聯繫也足足快有一年了，也不知他現今如何！

本與笑面書生化敵為友，以為可以稍稍鬆過一口氣來了，想不到卻又得了個阿沙拉元首他們已潛入中原的消息，這讓得自己的形勢又給嚴竣起來了！一切的計畫都得重部署！更糟糕的是現在不知該如何開始新的計畫！

由笑面書生身上就可以想像出阿沙拉元首他們武功的高深程度，叫自己與笑面書生鬥都不能有絕對的勝算，即便可以取勝，所要付出的代價將是讓自己痛心不已的，更何況去與連笑面書生也不敢輕舉妄動的阿沙拉元首他們呢！這將要付出的代價真是連想想也都害怕！自己與身邊的一眾屬下親人朋友都已有著濃厚的感情，叫他們去為自己拚命？這太殘酷了！他們中無論哪一人有什麼不測，都將給自己心靈留下一道永不可磨滅的創傷！歷史中定格的悲局自己還可勉強接受，可……現在與西方魔教的鬥爭是不受歷史約束的啊！自己卻沒有能力來阻止這場悲局的發生，還何談什麼維護歷史呢？這……真正的困難來臨時才暴露出了自己的脆弱！

項思龍痛苦得都快要呻吟出聲來。

怎麼辦呢？雙方的武力懸殊太大了！難道就讓自己處於被動位置？

不！這可不是我項思龍一貫的性格作風！

既然不可力敵，那就來智取吧！憑我項思龍比這古代人多出的二千多年的文明智慧，應該沒有什麼困難阻得住我！

信心和勇氣可是一個人作戰的首要條件，自己決不可以氣餒！

兵法有云：擒賊先擒王，射人先射馬！自己可以利用現在取得的些許優勢混入敵方陣營之中，來個攻其不備出其不意，先擒下對方的頭領，這樣就可以一來教敵人不輕舉妄動，二來可以擾亂敵方陣腳，動搖敵方軍心，使敵人失去鬥志！

還有可以利用「日月天帝」的身分和「聖火令」的號召力離間挑撥敵方的團

結，而後對他們進行籠絡和收買，最後對他們進行各個擊破！所謂「兵不厭詐」、「兵者，泥道也」，自己對敵人絕不可以心慈手軟的！為了取得勝利，就必須「無所不用其及」！

想到這裡，項思龍的心情稍稍舒暢了些，雙目射出逼人的寒芒。

飛鷹四少跟在項思龍身後，見他直沉思皺眉，知道他懷有心思，卻也乖巧的一直沒有吱聲，默默無語地低頭運功飛行著。

深夜的寂靜和清冷，包圍著沉默飛行的五人。

天空閃爍著寥寥幾顆星星，顯示天色已是將明。

一聲冷喝「什麼人？」驚醒了項思龍的沉思，卻見自己一行不知不覺已是到了伏龍谷。

前方二三十米遠處幾支火把映照出十多個手持刀劍向自己五人冷目而視的中年漢子。

項思龍向飛鷹四少示意收功降落之後，身形已是站在了那幫漢子身前五六米遠處。

其中一個漢子似認出了項思龍，惶恐的收了刀劍，單膝跪地向項思龍恭聲道：「原來是特使大人！不知深夜來訪有何急事見我軍師？」

項思龍又裝出冷傲之態道：「嗯，算你還有點眼光認出本特使！快領我去見你軍師，說我有要情向他稟告！」

那漢子卻遲疑了一下道：「這……軍師外出辦事去了！特使大人要見軍師，明天再來吧！」

項思龍想不到這漢子竟然敢向自己頂嘴，心下有些訝異，臉上神色卻是沉了下去道：「軍師既然不在，那就去叫龍武護法來見本座好了！」

那漢子卻似有難言之隱似的唯唯諾諾道：「軍師已有令，這兩天概不見客，任何人都不得進入谷中重地！這……請特使大人不要為難小的等吧！」

項思龍聞言生出戒心，沉吟之中忽地想起了什麼似的，臉色大變，促聲陰冷道：「快領本座去見軍師！否則可別怪本座不客氣了！」

那漢子聽得這話渾身一陣顫慄，惶聲道：「特使大人……」

項思龍見漢子還要出言阻攔，不想再與他耗下去了，身形一閃，雙指一併，連連射出十多罡氣，不待眾漢子作絲毫反抗，已悉數點了他們的穴道，頭也不回的向飛鷹四少說了聲「走！」，身形已是應聲而起，向伏龍谷疾射而去。

飛馳得不到半里之遙，又傳來喝止之聲，項思龍卻因想著心裡驚駭的擔憂，不想再與對方拖延時間，借著火光看清對方人數之後，「嗤！嗤！嗤！」射出一道道罡氣，又給點了對方穴道，繼續向伏龍谷馳去。

如此連闖了三四道關卡，對方似已知有敵來犯，頓時火把四處晃動，喝呼聲此起彼落，待得項思龍幾人飛至距離伏龍洞還有四五百米之遙時，也是足足有上百武士把他們裡三層外三層的圍了個水洩不通，卻是不見龍武、高進、謝東幾人的蹤影。

項思龍心中的不祥之感愈來愈是強烈，心下急得如火如荼，可這些不要命的傢伙卻又死纏著自己，真想大開殺戒，把對方給殺個盡光！

對方走出兩個較有身分的人來到項思龍身前十來米遠處站定後，其中一人向項思龍拱手行了一禮道：「想來閣下乃是本教總壇特使吧！軍師因有事外出，所以特使有什麼急事要見軍師的話，請告知在下轉告軍師就是了！」

項思龍覺著這出面跟自己說話的漢子有些眼熟，記起自己乍見笑面書生時，跟在他身邊的十幾個漢子，這人就是其中一個了！

笑面書生為何要把龍武他們換下，讓這「無敵衛士」來負責守谷呢？他定是沒有出谷！不會是在……練制「枯木死士」吧？這……自己一定得見到笑面書生看看他到底在搞什麼玄虛！

他奶奶的，自己可是他剛認的乾爹呢！怎麼自己前腳剛走，他後腳就對自己防備起來了？這傢伙信不得！自己此次一定得摧毀他練製的那些枯木死士，叫他再也不能存在什麼幻想，而只得與自己合作了！

看情形，自己不施重手是無法見到笑面書生的了！

心下想來，項思龍「鏘」的一聲拔出了腰間的鬼王劍，一字一字的道：「擋我者死，讓者生！閣下出招吧！咱們少囉唆了！」

對方想不到項思龍態度如此強硬，被他身上所釋發出的強大氣勢給震攝得怔愣了片刻，驀地也惱羞成怒的道：「看來閣下是來找碴的了！好！就讓我『無敵一號』來領教領教閣下挫敗我三大護法聯手之擊的高招吧！」

話音剛落，緩緩在腰間拔出了一把通體漆黑的大刀來，刀長只有三尺左右，刀背寬厚，刀鋒泛著冷冷寒光，看來是一把神兵利刃。

無敵一號把手中大刀一晃，卻倏然他手中的長刀失去蹤影，只聽他一陣冷冷大笑聲中，黑刀又顯現在了他手中。

項思龍想起了笑面書生的兩件至寶兵器的另一件「無影刀」來。

這無敵一號手中所握的大概就是「無影刀」了吧！

「變形劍」的威力自己是見識領教過了，只不知這「無影刀」又有何怪異之處？想來能與「變形劍」齊名，其詭異莫測的威力自也不可小視吧！自己倒得小心應付了！

笑面書生把這神器賜予無敵一號，大概就是用來對付自己的！他一定是在搞什麼玄虛的了！

這傢伙能容忍一千多年處心積慮的意圖復辟光復他爹「日月天帝」所創下的西方魔教，其心機之深，其野心之強，當不是一朝一夕之間可以讓他消去的！自己這「乾爹」想來也是無法影響他！

但願他不會……泯滅天良的把他兒子犧牲掉……練製枯木死士！要是如此的話，那笑面書生真是無可救藥的進入魔道了！那時被他練成了枯木死士，可比阿沙拉元首他們禍害還要嚴重！不行！自己一定得阻止他這等慘無人道的暴行！

想到這裡，項思龍身形一閃，「天殺三式」已是應手而出。他不能給對方太多反擊的機會，速戰速決！哪怕是爭取到一分一秒提前見到笑面書生的時間，就多一分阻止笑面書生暴行的機會。

劍風大作，勁氣漫空，卻見項思龍與他手中長劍有若一團勢不可擋的光球般向無敵一號攻去，其勢確是快捷得石破天驚。

「天殺三式」每一式都是以進攻為主，根本就沒有守式，因為攻即守，守即攻，以電光火石、狂風暴雨般的攻勢擊得讓對方毫無還手之力，這就是「天殺三式」的威力！

除主攻不守之外，「天殺三式」並且招招都是殺著，可謂是殺人之命的「必殺之招」。

無敵一號被項思龍此等威猛的驟然攻擊給打得一陣手忙腳亂左躲右閃，身上衣衫到處破裂見血。但他也確是有些道行，雖處逆境，還是退守有條不紊，怒喝一聲之中，身形竟是脫出了項思龍的劍光包圍圈，手中的黑刀拋空飛出，幻化成無數把刀影，向項思龍包繞四周的劍罡襲來，竟是一派以硬打硬的鬥法。

刀氣攻破護體劍罡襲體而來，讓得項思龍心神一凜，想不到對方隨手一刀竟能劈散自己十二層功力的「道魔神功」，看來這柄「無影刀」確實是不可小視。

意念一動中，十層功力的「不死神功」應念而生，漫布四縣。

「噹！噹！噹」一陣器擊之聲驀地響起，「無影刀」擊在項思龍的護體神功上頓被擊退，自動飛回無敵一號手中。

項思龍只覺一陣氣血翻湧，那「無影刀」似乎有破內家罡氣的威能，竟是意欲攻破自己的護體罡氣，幸得自己功力深厚，才致安然無恙。

那無敵一號嘴角卻是溢出血來，又只見他淒厲的大笑一聲後道：「閣下功力果然奇高，竟能擋住我十二層功力的『嫁衣神功』用『無影刀』這專破內家罡氣的神兵利器施出的『飛雪天鋒』這招自認為當無人能擋的必殺之招而絲毫無損，看來軍師還是低估你了！這天下應無人能是你之敵了！想是『日月天帝』教主當年也不是你的敵手！好！我敗了！心服口服！閣下請便吧！軍師如還沒有練製成枯木死士，那是他命只如此，無法稱霸天下了！我焚天邪神已經盡力了！最後我只有一個請求，就是請閣下告知在下你真正的身分，那我也就死得瞑目了！」

項思龍心神大震道：「什麼……你……你是教主座下的四大邪神之一？」

無敵一號嘴角浮上一抹悲哀的笑容道：「不錯！我是教主座下的一大邪神！但不屬於四大邪神之列！我是教主秘密訓練的心腹死士，這世上除了教主知道我的身分外，就是軍師也不知道！當年教主閉關之前命我務必死命保護軍師，並且告知了我軍師乃是他的親生兒子！我得知後自是忠心耿耿的暗中保護軍師，並且謹遵教主之命沒有洩露身分！

「後來我被軍師選中為訓練『無敵衛士』的種子，成為了他的殺手工具，可我一直沒有怨言，因為軍師所做的一切都是忠心教主的！我之所以沒有被軍師迷住心智，乃是因為教主早就預測到軍師會訓練『無敵衛士』之舉，傳授給了我破解之法。此次軍師說他要練製枯木死士，把我調出來守衛伏龍谷，並且告知了我有關閣下的一切，嚴令我如閣下再次前來，務必把你阻住，想不到軍師雖賜給『無影刀』，仍是敗在了閣下手上。

「我已向軍師立過軍令狀，如我敗了就決不活著去見他！在我臨死之前，我只請求閣下告知我你的真實身分，因為憑我的直覺，總感覺你與教主有著某種讓我說不出的關聯。如果不能解去這心頭之謎，我死也不會安心！」

項思龍想不到這世上竟有如此忠心之士，不過這種忠心卻是一種愚忠！對笑面書生的所作所為毫不瞭解，就不分青紅皂白的執行他的命令，這……不管怎樣他卻是個自己瞧得起的硬漢子，自己無論如何也不能讓他白白死掉！這等項尖級高手可正是自己現在缺乏的助手呢！想來他對笑面書生的忠心也是出自於對「日月天帝」的忠心，自己何不將計就計收羅為己用？

心下想來，項思龍臉上顯出欣賞之色，伸出大拇指說：「好！好！顯然不愧是我師父『日月天帝』的忠心手下！我就告知你我的真實身分吧！

「地冥鬼府的少主項思龍就是我！無意間闖入教主的閉關密室。被教主看中，收我為徒，把畢生所學盡傳給了我，並且把他一身功力也輸給了我，又傳給了我教主之位，賜贈我『聖火令』牌，把他的元神寄融入了我的體內！這就是我的真實面目了。至於我和軍師之間所發生的一些糾葛，這裡面的原因很多，一下子說不清楚，待以後再告知你吧！」

項思龍的這席話是如實道來的，因為他不想再隱瞞身分了！與阿沙拉元首他們的鬥爭迫在眉睫，現今最主要的是招集魔教高手，以毒攻毒，讓他們相互殘殺，自己則作為這場殘殺的導演和導火線。

公開身分重讓自己陷於險境，可也會給自己帶來有利的一面。無論怎麼說，西方魔教是「日月天帝」創立的，忠心於「日月天帝」的教徒還是占了一大半，只有招集起這股力量，就有實力和資本與阿沙拉元首他們抗衡。

自己需要投靠自己的魔教教徒對自己絕對的忠心和服從，打出旗號才可以起到這種功效。否則，自己就無法被魔教教徒認同且還視為敵人。

聽得項思龍的這番話，包括飛鷹四少和焚天邪神之內在場所有的人都給驚呆了。

什麼？眼前這特使是「日月天帝」教主的傳人？

難怪他的武功如此高絕，連自己認為是必殺之招也給如此輕易就化解了！

焚天邪神心下想著，已是熱淚盈眶，臉上神色又驚又喜。發出一陣悲壯的哈哈大笑後，焚天邪神喃喃自語道：「這下我可以含笑九泉了！」

言畢，舉起手中的「無影刀」就向頸抹去。

項思龍早就在注視著焚天邪神的一舉一動，防止他有什麼不測之舉，這刻見得他舉刀竟欲自盡，頓即把蓄勢待發的內勁向他手腕射去。

「噹」的一聲「無影刀」跌落地上，焚天邪神訝異失神的怔望著項思龍。

項思龍運功吸過「無影刀」握在手中，目中厲芒一閃的緊逼著焚天邪神，語氣威嚴的道：「你還把不把本座放在眼裡？知道了本座身分竟然還敢如此胡來？」

焚天邪神垂頭喪氣的惶聲道：「教主，屬下……不敢違抗軍師之命！」

項思龍冷笑一聲道：「敗在本座手下你還有什麼丟人的呢？要知道本座乃是『日月天帝』教主的化身，敗給了我也等若敗給了他老人家，你難道不服嗎？」

焚天邪神向項思龍跪地氣餒道：「這個……屬下不敢！請教主責罰！」

項思龍見自己已把他震懾下去了，當下緩和語氣道：「好了，來吧！現在本座以教主身分，命令你不得再有什麼不明智之舉！」

焚天邪神一臉羞愧之色的沉聲應「是」，站起身來後，項思龍接著掃視了一眼身周怔愣的呆望著自己的魔教教徒，冷冷道：「現在還有誰阻止本座去見笑面書生？」

所有的人都默然無語，顯是都已承認了項思龍的身分。

項思龍為了起到更好的震服效果，身形一晃，抹去易容之物，露出「日月天帝」的裝束，左手高舉「聖火令」，右手拔出了「日月天帝」贈給自己的從未使用過的「碧玉斷魂劍」，沉聲道：「我西方魔教的眾位教徒聽令，從今以後你們重新投歸本座門下，不再屬於軍師統屬！本座要重振我們西方魔教聲威！」

項思龍再發奇招，讓得眾魔教教徒都不由自主的向項思龍跪拜了下去，口中同聲高喊道：「屬下等願意歸順教主！重振我魔教聲威！」

項思龍對這意外的收穫大感興奮。

看來自己公開身分來確實是威信無窮！「日月天帝」可真是了不起，雖是死去了一千多年，可他的這些魔子魔孫對他還是如此敬服！難怪連阿沙拉元首他們聞知自己這冒牌「日月天帝」一出江湖，就如此驚慌失措的趕來中原了！

笑面書生對自己也是心懷顧忌，明知自己不是真正的「日月天帝」，卻要認自己為他的什麼乾爹，是藉以穩住自己利用自己！

想來他做夢也想不到如此快就被自己揭穿他的假面具了吧！

自己也若不是因得著孤獨驚鳴傳來的什麼阿沙拉元首他們已經潛入中原的消息，也不會剛離開伏龍谷就又給返了回來得知笑面書生的陰謀了！

說來這一切功勞可全是二師公孤獨驚鳴的！

心下想著，項思龍示意眾魔教教徒「平身」，隨後又轉身對焚天邪神道：「你現在帶我去見笑面書生吧！否則遲了可就救之不及了！」

焚天邪神捺不住心中的疑問，禁不住問項思龍道：「教主何事如此急著要見軍師呢？」

項思龍有些不耐煩的道：「帶我去見你軍師，你就可以明白了！」

焚天邪神果也不敢再問，領著項思龍向伏龍洞飛射而去。

不消片刻就已到得項思龍先前隨笑面書生進入他練功密室的「食人池」前。

項思龍急不可耐的正待效法笑面書生般擊掌「食人池」洞頂的玉盤，焚天邪神已不知開啟了什麼機關，「轟轟轟」聲中，眼前地面已出現一個洞口出來。

洞內點有油燈。項思龍跟在焚天邪神身後足足下了三四百級台階，才至洞底，所見的景物並不是笑面書生帶自己進洞時所見的一般，裡面點燃有十多盆懸掛著的火盆，不少武士正在盤膝練功，都赤著膀子，對焚天邪神和項思龍的到來竟似毫不知曉似的，連眼睛也不眨一下。

見項思龍臉上的不解神色，焚天邪神主動解釋道：「這裡是軍師安置已經訓練成功的『無敵死士』的地方！他們都是已訓練成功的『無敵衛士』，只對軍師一人效忠，武功都是頂尖高手！軍師已經訓練成功了五十八名『無敵衛士』，還有二百餘人正在接近尾聲的訓練之中，再過十多天就可大功告成了！」

邊說著焚天邪神邊在這洞中之洞的底部左轉右轉，轉蕩了好半天，才一臉緊張之色的低聲道：「到了！前面的石洞就是軍師練製『枯木死士』的地方！」

不用焚天邪神介紹，項思龍也已知道這點了，因為眼前的景象正是笑面書生前時帶自己所到的地方，只是一聲聲驚恐而又悲傷微弱的呻吟聲，讓得項思龍為之一震。

第九章 瞞天過海

呻吟聲正是發自笑面書生前時帶自己所至的石洞內。

項思龍凝功細心一聽之下，心下更是一陣狂震，同時也是一陣狂喜。

原是鬼靈王的聲音！他還沒有死！但已被笑面書生擒住了？

看來笑面書生還有點人性！讓自己兒子給「食人樹」吃了，他終是舉止難定於心不忍！

也幸自己來得及時！若是自己不再返回伏龍谷的話，說不定……

心下正如此既是緊張又是興奮的慶幸想著時，笑面書生的聲音突地也傳來道：「鋒兒，不是為父心狠，是為了完成你爺爺的心願，我不得不犧牲你了！你也聽為父給你說過阿沙拉元首他們的厲害，現在又多了個不允許我野心擴張的你爺爺的弟子項思龍，要對付他們，除了練製成『枯木死士』，爹爹才有勝算之外，我看是沒有別的希望了！鋒兒，你就成全了爹爹吧！

「我會為你造一座大墓的，也一定不會讓你寂寞的，我會叫女武士與你陪葬的！鋒兒，爹對不起你！爹心下也很難過痛苦！可這世上除了你跟我有血親關係外，再無第二人了！爹一直都很疼愛你，你就算是報答爹對你的疼愛之恩吧！」

接著是鬼靈王顫慄的哭腔傳來道：「爹，我可是你唯一的兒子啊！俗話說『虎毒不食子』，你怎麼可以為了煉製『枯木死士』連孩兒也不要了呢？爹，你還記得你在娘冰棺前所說過的話嗎？你說你為救不了娘而感到內疚痛苦！說一定會好好的照顧疼愛孩兒的！說你會讓娘開心快樂的！可是你竟然如此狠心，想犧牲孩兒練你的什麼『枯木死士』！難道你對娘所說的這些話你都忘了嗎？

「爹，你一生都意欲光復爺爺的霸業，我一直都尊敬你佩服你的勇氣和志向，也一直支持你！難道你這樣待我就是你對我的疼愛嗎？爹，你清醒清醒吧！世上的親情可比一切的權勢都重要！這話是你教導孩兒的，可是今天……爹爹你真忍心嗎？

「乾爺爺也對你說過，他一定會助你打敗阿沙拉元首他們，助你光復爺爺創下的西方魔教的！他對你根本就沒有什麼威脅，只是要求你他日功成之後把西方魔教撤出中原，這要求也不算過分嘛！爹，你放棄吧！」

笑面書生顯是被鬼靈王這番話勾起許多心事，沉默了好一陣，突地粗暴的大喝道：「你不用再多說了！提這些陳年舊事幹什麼？我不會放棄的！一千多年了！我忍辱負重，忍氣吞聲了一千多年，為的還不是能有朝一日稱霸武林？現在這日子就要實現了，叫我放棄？我辦不到！

「想我為了繼承你爺爺遺願，花費了多少心血，連修練武功都荒廢了！我雖練成了鬼劫神功和嫁衣神功，可定然還是無法贏過阿沙拉元首他們！阿沙拉元首的『莫王神功』簡直可與你爺爺當年威震武林的『陰陽五行神功』相比，現在再經一千多年的苦練，其功力之高可以想像！何況還有枯木真師和骷髏魔尊，他們的『枯木神功』和『骷髏神功』也都是曠古絕今的高深武學！憑爹的力量跟他們鬥？簡直是拿雞蛋跟石頭碰！

「至於那些『無敵死士』雖然武功也算不弱，是我們的王牌實力，可阿沙拉元首他們也訓練有一批『骷髏殭屍』和『枯木死士』，完全可以與我們的『無敵死士』相抗衡，爹還有什麼憑靠的？你乾爺爺嗎？他武功雖然高深莫測，足與阿沙拉元首相鬥，可雙拳難敵四手，憑他一人之力也定鬥不過阿沙拉元首、枯木真師和骷髏魔尊的聯手之力，說起鬥智麼，阿沙拉元首他們個個都是成精的奸詐之輩，其心機之深絕不下於我！要不，這麼多年來我為何只得偷偷摸摸的訓練勢力？因為他們派人在監視著我的一舉一動！你說，不煉製成功『枯木死士』，我們憑什麼跟別人鬥？叫我多年的心血泡湯嗎？我不甘心！我不甘心啊！」

鬼靈王的語調失望低沉的顫聲道：「可是乾爺爺不是說他會想法練製『枯木死士』的嗎？你可以多等些時日的嘛！」

笑面書生冷笑道：「他那等俠士會幫我們練製『枯木死士』？他不來阻止我給我些時間去研究我就謝天謝地了！」

鬼靈王見最後的勸說也救不了自己性命，頹然的哀聲道：「爹既然決定了，孩兒還有什麼話好說的呢？不要再拖延時間讓我感受恐懼和痛苦了，你動手吧！孩兒成全你！只恕孩兒無法再孝順你了！」

笑面書生再次沉默一陣，沉聲悲呼道：「鋒兒，請恕爹……」

項思龍已是聽得怒憤填膺了，聞聽得笑面書生這悲呼，心下一沉，知道他要對鬼靈王施辣手了，身形如旋風般的向石室衝去，提起十二層功力的道魔神功揮掌向石室擊去，口中同時大喝一聲道：「笑面書生！住手！」

「轟」的一聲巨響，石室石壁被強大的掌勁擊得石飛塵揚，顯出一個足有二三個平方之大的缺口來，硝煙中卻見笑面書生正欲舉掌向已被他點了穴道用鐵鍊鎖著的鬼靈王擊去。乍然見得項思龍出現眼前，驚駭得目瞪口呆，舉起的手掌也似忘了擊出。

鬼靈王死裡逃生，睜開雙目見得項思龍時驚喜的泣呼了聲「爺爺」，意欲掙扎著站起撲向項思龍時，卻又因手腳被綁而又跌倒回去。

項思龍此時臉色鐵青，目射殺氣的緊緊盯著顯得惶恐不安的笑面書生，一字一字的道：「飛雪，你還有把乾爹的話記在心上嗎？」

笑面書生聞斥低垂下了頭去，一副落敗了的公雞般喪氣道：「乾爹，我失算了！好吧！你要殺要剮隨你便了！反正我的心血是白費了，我的夢也破碎了，活在這世上也再沒有什麼意義了！我最後只有一個請求，就是希望乾爹助鋒兒光復我西方魔教！這樣我也算了卻心願了！」

項思龍真是恨不得一掌把笑面書生給斃了，聞言冷聲道：「你以為我不敢殺你嗎？」說著舉掌就欲向笑面書生擊去，驚呼聲在項思龍手掌剛剛舉起時同時叫起，一個是鬼靈王，一個是焚天邪神，笑面書生倒也真閉目待死。

只聽得鬼靈王惶駭的道：「爺爺，不要啊！爹爹他也是為了光復我西方魔教才……爺爺你就饒過爹爹吧！」

焚天邪神也同時叫起道：「教主，屬下請你饒了軍師吧！他可是你師父的親生骨肉啊！你不會想讓你師父難過吧？」

項思龍本也是在氣怒至極之下意欲嚇嚇笑面書生，讓他收斂一下正在逐漸滋長的魔性，而並不是真要殺他，聞得二人勸解，緩緩收了手掌，餘氣未消的狠聲責罵道：「你這喪盡天良的傢伙，竟然連自己兒子也想殺！還好我來得及時，否則那後果可真是不堪設想！」罵到這裡，見笑面書生眼角已隱現淚光了，知他已有悔改之意，心下也定痛苦異常，當下又緩和語氣道：「有什麼困難不可以解決的呢？怎要父子相殘？哼，不就是阿沙拉元首他們幾個兔崽子嗎？交給乾爹我來幫你搞定他們就是了！他們是人，我們也是人，難道會鬥不過他們？非要走極端？老子就不信這個邪！

「教主當年能創下轟轟烈烈的基業，他還只一人！我們三人難道聯手起來連奪回教主的基業也辦不到嗎？那豈不太丟教主的面子了？好了，不要垂頭喪氣的了！振作點！大家都是一家人，必須團結一致信心滿懷的去對付敵人，我相信沒有什麼困難可以難倒我們的！最怕的就是在困難降臨時互相猜忌甚至窩裡反，這樣我們就會不戰自敗，給敵人以可乘之機！所以我們目前最緊要的就是整頓內部的分散思想，讓大家都互相溝通理解，這樣我們才能凝聚向上的力量。」

項思龍說到這裡，往笑面書生望去，卻見他滿面通紅，雙目卻泛著精光，顯是被自己說動了，鼓起了些鬥志來，嘴角抖動著，想說什麼卻又欲言又止。

項思龍心下大大舒緩了一口氣，接著又道：「兵法有云：在戰略上我們要蔑視敵人，在戰術上我們卻要重視敵人！敵人雖然強大，來勢洶洶，我們也不需要擔憂，最主要的是敢於面對現實，認真思考慎密的作戰方法，同時要收集各方情報，制訂出作戰方案！飛雪，你可是我們魔教的軍師，對這些理論應該懂得的，只是你被某些極端誘惑引誘得差點走火入魔，今後可要端正思想。至於那十幾具『枯木死士』就暫且不再去想他了，由我來負責考慮怎樣處理他們！」

笑面書生這刻情緒平靜了許多，對項思龍油然而生出一股敬意，激動的應過項思龍的話後，接著小心翼翼的道：「乾爹深夜來訪，是不是又有什麼緊急的敵情變故了？」

項思龍不答反問道：「我著你去堵截總壇特使的事，你派人去辦沒有？」

笑面書生點了點頭道：「我已派龍武、高進、謝東幾人輔以四個『無敵衛士』趕去辦理此事了，今天應該會有結果！」

項思龍見笑面書生還算是有心之人，大是滿意的笑了笑，繼而面容一肅道：「我帶來的的確是對我們大是不利且具有嚴竣挑戰的消息，就是阿沙拉元首和枯木真師、骷髏魔尊他們已潛入中原……」

項思龍的話只說到這裡，笑面書生和焚天邪神、鬼靈王均是臉色大變，前者更是失聲驚呼道：「這……這不可能！我們西方來中原的所有水路我都已派人嚴密監視，怎麼卻是沒有這消息傳來？阿沙拉他們如潛入中原，應該是逃不過我所安置耳目的監視的！乾爹，你這消息是不是屬實？」

項思龍搖頭冷靜道：「我剛聽得此消息時也是不願相信，但向我傳報這消息的人乃是我二師公孤獨驚鳴，他乃是北冥宮的長老級人物，絕對不會騙我的。他告知我說阿沙拉元首不是從水路潛入中原的，而是橫度大沙漠潛入中原的，北冥宮總壇剛好設在那大沙漠，被他無意中偷聽到這個消息的。」

笑面書生情緒不能平靜的道：「這……我們原先的計畫豈不全沒用了？乾爹……那我們現在應該怎麼辦呢？如被阿沙拉元首他們在中原站穩腳跟，那我們就一點優勢也沒有了！」

項思龍沉聲道：「境況愈是危險嚴峻，我們就愈需冷靜！你也經歷過許多的大風大浪了，連這一點沉著也沒有，還怎麼做大事啊？」

說到這裡，頓了頓，接著把自己所想到的打入阿沙拉元首他們的陣營內部，挑撥離間他們的內部矛盾，分散他們的注意，而後再進行各個擊破以及「擒賊先擒王」的計畫說了出來，掃視了一眼神色漸趨平靜的笑面書生、焚天邪神和鬼靈王三人又道：「我們現在最主要的是團結一致，相互間沒有隔閡猜忌，緊密合作，這場戰鬥才有勝算的把握！並且我們不可與對方硬拚，需要保存實力，只有用偷襲突襲的作戰方法，逐步消弱他們的實力，待最後對方實力無幾時，才聯合所有的力量向對方展開總攻，徹底消滅他們！」

笑面書生情緒活躍了許多的道：「那麼我們又應該做些什麼呢？乾爹！還有，你一人深入敵陣之中也太危險了，需不需派些人手相助？」

項思龍見笑面書生也關心起自己的安危來，心下一陣欣然，看來自己終於是以真誠打動對方了！這世上沒有本性就是凶殘的人，由魔入道，由道入魔，也就那麼一線之隔，真情永遠是這世上克制邪惡的最好最厲害的武器！

心下正如此想著，焚天邪神就已接過笑面書生的話道：「就讓我跟著教主吧！我是生面孔，連阿沙拉元首他們也不知道我的真實身分，跟著教主應該是不會洩露教主身分的！」

笑面書生點了點頭道：「好，就由你跟著乾爹！焚天邪神，你可是要好好的協助教主，無論任何犧牲也要在所不惜！」

焚天邪神躬身向項思龍和笑面書生行禮肅容道：「屬下能跟著教主，是屬下的榮幸，定當不會辜負軍師重托的！」

笑面書生頓首轉向項思龍道：「乾爹，那你就把焚天邪神收留在身邊吧！」

項思龍想不到自己怔思片刻，笑面書生和焚天邪神就已達成協議，現在拒絕也不好意思，因為如此會挫傷他們二人的積極性，當下只得應允道：「好吧！焚天邪神就跟著我，如此我們雙方便通聯。」說到這裡，頓了頓接著又道：「對了飛雪，地冥鬼府中姥姥她們可得要你多多關照了！我不在其間，希望你負責保護她們安全！」

笑面書生沉聲應「是」後接著道：「嘿，說來我雖沒有能力攻擊阿沙拉元首他們，但要防守麼，只要是在這西域內，他們也一時一刻之間無法奈我何！除非是跟我耗持久戰！在西域，我笑面書生可是待了一千多年了，可說是根強蒂固，沒有任何勢力可以蓋過我的！

「天風令主打入西域作間諜，這乃是我故意任他的，為的是好在他身上探得總壇的消息！所以與其說是他監視我，還不如說是我利用他！否則，西域哪有他的立足之地？再過得十天半月，所有的『無敵衛士』就可全然訓練成功了，那時西域更是堅如鐵桶城堡！要知道，我們在西域占了天時地利人和呢！」

笑面書生舒緩了一口氣又道：「乾爹你還不知道吧，在西域我控制的魔教教徒足足有十萬之眾，分佈在西域的各個角落，除了天風令主所控的三大名鎮我沒有勢力安插其中之外，其他所有地方都有我的勢力，只是我不是以魔教軍師的身分去控制他們，而是以西域『阿波羅神教』教主的身分控制著他。

「創立『阿波羅神教』已有六百年了，教中也可謂高手雲集，乃是我安置的一著暗棋。所以乾爹你就放心的去行事吧！地冥鬼府的安全就交給我吧！我會派四十名『無敵衛士』去那裡負責防衛的！在最近幾天內我要把西域進入全面備戰之中！」

項思龍想不到笑面書生還創立了什麼「阿波羅神教」，不過他此刻把這個秘密告訴自己，那就是自己完全獲得他的信任了！敬服的目光投向笑面書生道：「好！好樣的！有了這支後備力量再加上我所控制的西域王權之力，應該可抗擊防守阿沙拉元首他們的入侵了！不過，飛雪，對天風令主的三大名鎮可不要去驚動他們，我們需要從他們身上引蛇入洞，再順藤摸瓜打入阿沙拉元首他們內部，這樣我們就可以來個裡應外合，出其不意的致阿沙拉元首他們於死地了！

「我們一定要打一場漂漂亮亮的勝仗！還有我們要裝作對阿沙拉元首他們潛入中原毫不知情的樣子，全面戒備的同時也來些虛虛實實的對他們的進攻，以掩他入耳。他想攻我們個出其不意、措手不及，我們就來個以其人之道還治其人之身，反殺他們一個回馬槍！」

笑面書生顯得興奮異常的道：「對，以其人之道還治其人之身！我們還是佯裝要攻打苗疆和南沙郡島分壇，以分散他們的注意力，而實質上我們則暗中潛入對方肚腹之中，在裡面給他們暗下定時炸彈！哈哈，乾爹，真有一套！飛雪對你的智謀是心服口服了！臨危而不亂，大智大慧，武功超群，確有當年爹的風範！你可真不愧是爹的傳人啊！」

項思龍見笑面書生完全恢復信心鬥志，大是欣慰，微笑道：「所以說這世上沒有真正的困難，就要看我們以怎樣的心態去看待困難！只要冷靜下來思考，困難有時也會變成對我們有利的因素的。」

鬼靈王這時已在焚天邪神的幫助下恢復自由，有些怨恨的望了笑面書生一眼，又轉向項思龍感激的道：「謝謝爺爺幫我們解決困難了！」

笑面書生聽得老臉一紅，知道兒子這話中有責備自己的意思，卻是突地走到鬼靈王身前向他深深行了一禮，歉然的哽咽道：「鋒……鋒兒，爹……方才的舉動太衝動了點，這下向你陪禮認錯了，你不要怪爹爹了吧！」

鬼靈王所受的傷害自不是憑笑面書生一句陪禮道歉就可以痊癒的，冷哼了一聲道：「你是長輩，孩兒怎敢記恨你呢？」

笑面書生一臉尷尬，求助的望向項思龍。

項思龍見了心下暗歎一聲道：「既知今日何必當初？我看你笑面書生是永遠也別指望取得鬼靈王的諒解了！如此打擊的心靈創傷，任是誰也一下消受不了！鬼靈王不對你倒戈相向，已經是盡了他的孝道了！你笑面書生日後多給鬼靈王些關愛，看會不會撫平他所受的心靈創傷吧！」

心下如此想著，嘴上自是不會如此說來，走到鬼靈王身前，伸手輕拍了他的肩頭兩下道：「有句老話說『知過能改，善莫大焉』，每一個人都不可避免的會犯一些錯誤，可他如能改正錯誤，我們還是應該接受他、包容他還要幫助他！

「天鋒，你爹也是一時衝動之下才險犯下彌天大錯，但現在這過錯既然已被挽救過來，你爹也悔改了，你也就原諒他吧！扼殺一個人的悔過之心，就是自己在犯錯誤，知道嗎？」

鬼靈王低垂著腦袋，低聲應道：「知道了爺爺！我不會犯錯誤的。」說罷轉向滿臉羞愧得無地自容的笑面書生道：「爹，孩兒不恨你了！」

鬼靈王這話勉強意思溢於言表，笑面書生還是激動得淚流滿面道：「好！好鋒兒！爹發誓今後一定不會做對不起你的事來了。若違此言，定教我死無全屍！」

對笑面書生這毒誓，鬼靈王還是不以為意，項思龍怕二人越說越僵，頓忙轉過話題道：「好了！我們就不要再說這事了吧！想來天色又已是大明了，我也該去準備準備去『風雷堡』了！天鋒就先隨我去地冥鬼府清靜清靜吧！你們父子倆現在不適合處在一起！」

鬼靈王聞言欣然應承，但轉瞬就又一臉不自然之色的問項思龍道：「爺爺，我……你的朋友屬下會接受我跟你們在一起嗎？」

項思龍哂然道：「這世上沒有永遠的敵人！現在我們化敵為友了，就是自家人了，他們不會排斥你的，你放心吧！」

笑面書生覺得如此也最理想不過，要是自己終日與兒子處在一起，因得今夜這矛盾隔閡不鬧翻才怪，彼此冷靜一下也好，可以集中精力去應付敵人。

如此想來，當下點頭：「那我也就不再挽留乾爹了！我們保持聯絡！祝你一路順風，在敵陣中闖關斬將！」

雙方再寒喧一番，四人出了地底秘室，項思龍領了飛鷹四少、鬼靈王、焚天邪神幾人出了伏龍谷。此時已是天色大明，金色的陽光普照大地，項思龍一行抵達地冥鬼府時，太陽已是升起老高了。

天絕、上官蓮等見得項思龍又轉了回來，自是高興非常。但目光卻又是疑惑不解的時時瞟望鬼靈王和焚天邪神二人。鬼青王等識得鬼靈王的人更是充滿敵意的望著鬼靈王，只讓得鬼靈王一陣心悸，心下忐忑不安，焚天邪神沒人識得他，倒是無人對他怒目相向，但他那高大健壯的體格還是讓人對他不禁生出戒意。

項思龍見得這種場面，心下不置可否的笑笑，與眾人親切慰問一番後，得知韓信已領了幾名武士投往項羽去了，心下一陣悵然若失。

唉，自己能做到的也只能是這麼多了！韓信的命運是歷史既定的，自己也無法幫助他，只祈望他能宿願得償，成為一代千古名將吧！如此他也算不枉此生了！

如此傷感的想來，項思龍頓即向天絕、上官蓮等介紹鬼靈王和焚天邪神，同時也向他們二人介紹對方。在天絕、上官蓮等一臉不解的神色望向自己時，項思龍接著把自己此行伏龍谷的情況說了一遍，接著又道：「今後大家是一家人了，相互間不可互存芥蒂，要齊心協力互助互愛的聯手起來抗擊敵人！如果不能團結一致的話，那我們就予敵以可乘之機，不攻自破了！」

天絕和上官蓮等聞得項思龍的這番解說，都恍然大悟的對鬼靈王和焚天邪神神色緩和了些。

天絕面含同情理解之色的望著老臉通紅的鬼靈王罵罵咧咧的道：「他奶奶的辣皮子媽媽，笑面書生這老傢伙也太殘忍毒辣了些吧！竟然差點喪失人性的把自己親生兒子……嘿，我天絕以前自負乃是殺人如麻的大魔頭，可比起他笑面書生的狠毒來，可真是小巫見大巫了！」說完又轉向面色冷漠的焚天邪神道：「你這大個子倒還是個人物，敢說敢當，敢作敢為，忠心耿耿！我天絕欣賞你！」

鬼靈王聽得天絕對父親斥罵，只覺對方性格豪爽直率，讓自己甚是容易接受，紅著臉不自然的笑笑；焚天邪神則是對天絕的話毫不理睬，面上一點表情也沒有，讓得天絕見了大感面上無光，自己對他示意友好，可對方竟對自己如此冷漠，頓即氣不打一處來的叫罵起來道：「你……你這大個子是聾子還是啞巴？我可是很少對人如此客氣的！」

焚天邪神目中精光一閃逼視向天絕，天絕見了心下更是有氣，繼續大罵道：「怎麼？想打架啊？我天絕從沒怕過人！想打就來打啊！別以為你高大健壯就可以嚇唬別人！我天絕可不是被嚇唬大的！」

焚天邪神目中的怒意更是濃烈，想來若不是有項思龍在側，他真要跟天絕大打一場了。

項思龍見得火藥味越來越重，頓忙喝止天絕道：「義父，不可如此無理取鬧！焚天邪神性子天生好靜，不喜言語，你不要再為難他了！」

天絕可說是天不怕地不怕，可就對項思龍有一種畏服心理，聞他斥責，氣囂頓時軟了下去，一臉尷尬的向焚天邪神陪笑道：「老哥，我天絕就這麼個脾氣，你可不要見氣啊！嘿，我們大家今後可是同一陣線上的人呢，應該和氣和氣！」

焚天邪神對天絕的坦率耿直也生出一絲好感，心下剛對天絕生起的怒氣頓刻間煙消雲散，竟也向天絕露出一絲難得友好笑意，簡短道：「沒關係！」

天絕見焚天邪神終於開口說話，心下大爽的打趣道：「原來你老哥只吃軟不吃硬啊！」

天絕正與焚天邪神笑罵著時，突地一陣抽泣聲傳來，吸引住所有人的視線。

卻見上官蓮走到鬼靈王身前，怔怔的呆望著他，嬌軀顫抖著，老臉掛著淚光，嘴角也在抖動著，似想說什麼卻又一時因情緒太過激動而說不出來。

眾人中除了項思龍、鬼青王等人知道上官蓮激動的原因外，其他人都是疑惑不解的望著上官蓮，不知她為何有此怪異舉動。

項思龍輕步走到上官蓮身邊，聲音低沉的道：「姥姥，你……」才只說了三個字，項思龍卻也是不知怎麼安慰上官蓮是好了！

唉，自己先前沒有把天山龍女與笑面書生的事情告訴她，正是因為怕姥姥經受不住這個打擊。想上官蓮一心想收復地冥鬼府，其主要的目的還不是為了救天山龍女？現在她這心願遭到了傷害，在她心中也自是一時承受不了這種痛苦了！

但是紙終是包不住火的，長痛不如短痛，告訴她也好，省得自己憋在心裡難受！

心下正如此想著時，上官蓮突地轉過身來，直視項思龍一字一字的道：「龍兒，你剛才所說的是不是真的？我師父天山龍女真給笑面書生這魔頭給糟踏了？還生出了鬼靈王這麼個小傢伙來？龍兒，你告訴姥姥啊！天山龍女師父她老人家現在到底怎麼樣了？我要見她！龍兒，我要見我師父！」說著竟是緊緊抓住項思龍的手不放。

項思龍見上官蓮情緒如此激動，心下既是擔憂又是為難的道：「姥姥，是的，天山龍女前輩是已與笑面書生發生了關係，但是笑面書生本身的出發點是愛上了天山龍女前輩，是為了救她，而不是懷著邪惡心理去糟踏她老人家的，這裡面懷著愛的存在，懷著善意的存在，我們不可以他的原有惡行去否定他的這種愛和善意！天山龍女前輩現在沒事，只是她體內的『移情淫花』毒還沒有徹底排出體外，她現在還只是像以前一樣昏迷不醒被封在冰棺裡罷了！她還活著！會有辦法救活她老人家的！姥姥，你應該為天山龍女前輩有了孩子高興才對！冷靜點想想吧！」

上官蓮被項思龍這番入情入理的訓斥給說得又給怔愣了起來，倒是停住抽泣聲，過得了片刻，突地是大叫了起來道：「無論你怎樣說得有理，我也無法接受笑面書生糟踏我師父天山龍女！即便他對我師父有愛有善意又怎麼樣？我師父對他沒有愛！她是沒有思想的！只是遭笑面書生這傢伙給非禮了罷了！愛，應該是存在於雙方相互的理解溝通這基礎上的！我師父對他笑面書生有理解嗎？有溝通嗎？都沒有！那麼他們之間就不能用『愛』這個字眼來定義！笑面書生他始終是罪不可赦的！現在笑面書生雖然改邪歸正與我們化敵為友，可我至少也要他跪到我師父面前懺悔三天三夜，向我師父陪禮認錯，我才可以……勉強接受他！」

上官蓮這一番話說得也不無道理！項思龍微歎了一口氣，自己能夠幫助笑面書生說情的話也只能是這麼多了！姥姥上官蓮總算也被自己說得作了讓步，說只要笑面書生向天山龍女跪三天三夜進行懺悔，這要求也不算過份啊！還算是便宜他笑面書生了點！自己也不能再多說什麼了，要不惹惱了姥姥，自己可就要替笑面書生消災了！這可不划算，自己現在是笑面書生的乾爹，只有父債子還，可沒有子債父還的！

心下如此怪怪想來，正待與上官蓮協商時，鬼靈王卻突地「撲通」一聲跪到上官蓮身前，滿面通紅的恭聲道：「師……師姐！請允許我這樣稱呼你！我爹是對我娘有不對，我願意代我爹接受師姐的懲罰，向我娘跪三天三夜進行懺悔！」

思龍見了鬼靈王這舉動，心下暗讚這老小子，可也真算是有孝心，笑面書生那般對他，差點把他給餵了「食人樹」，他卻還願替笑面書生受罰！想來鬼靈王的這份正直慈善的個性是繼承了龍女身上的優良基因吧！

如此想著時，上官蓮已轉望向了跪在地上畢恭畢敬的鬼靈王，臉上神色急劇的變幻著，情緒又顯得激動起來，過得了好一陣才道：「師……師姐？我是你師姐？哈……想不到我到老年來卻突地多了個師弟！好！鬼靈王，你起來吧！看你如此耿直善良的，我認了你這師弟！可對你爹，我卻是不會認他的！他的罪過你也不用為他扛了，我要他親自向我師父跪地懺悔！否則，我會永遠跟他沒完！不過，即便他認錯懺悔了，我也不會認他什麼，最多看在他改邪歸正的份上，不再與他計較什麼罷了！大家還是陌生人！」

上官蓮能認了鬼靈王，已經是作了破天荒的讓步了！要不以她的性格，哪會理會那麼多！你鬼靈王是笑面書生的兒子，自是與他蛇鼠一窩不是什麼好東西了！笑面書生這老傢伙受罰，你這老小子也脫不了干係，照樣陪著一起受罰吧！

想來上官蓮能如此通情達理，或許也是看在現在需要借重他來對付阿沙拉元首他們的份上吧！要不，那會如此轉了性子？

項思龍心下寬慰的望了羞澀而又不知所措的鬼靈王一眼，即對他道：「還那麼傻愣愣的幹嘛？還不快向我姥姥磕頭致謝？傻老小子？」

鬼靈王聞言似清醒了些似的頓忙向上官蓮連磕了幾個響頭，唯唯諾諾的道：「姥姥！不師……師姐，天鋒代爹向你道歉了！謝謝你的寬宏大度！我一定勸爹向娘跪地懺悔的！」

鬼靈王其實乃是個聰明的人物，要不他也不會被西門無敵看中收為二弟子！還有他能研究出「聖火令」中煉製「枯木死士」之法，和受笑面書生那等殘酷的對待而仍不對他記恨反為笑面書生說情願替他受罰的這些舉動看來，鬼靈王的本性是不壞的，只是他所受的教育不好。現刻他表現出的誠懇，又何嘗不是他的真性流露呢？因為他乍遇到項思龍這等富有正義感的人，啟發了他內心深處人性善意的一面來，只是他一時還適應不了這種新鮮的環境，所以才顯得如此羞澀和手足無措罷！

唉，笑面書生又何嘗不是由於後天環境才把他扭曲塑造成魔的！

自小死了娘親，被鬼影修羅擄去，跟著如此個心胸狹窄且滿懷奪愛之恨，心理變態的極端主義分子一起生活了二十多年，之後又被引導差點殺父的彌天大錯，再接著「日月天帝」失蹤，阿沙拉元首他們奪權……等等這些遭遇，能不使一個人變成魔道中人麼？

後天的環境對一個人影響終究是很大的！愛心卻是這人世間永恆不變的正義！沒有什麼邪惡可以戰勝她！

項思龍心下滿懷感慨的望著正被上官蓮扶起的鬼靈王，思緒萬千。

自己與父親項少龍的恩怨為何卻不能用愛心來化解呢？

歷史的困結卻是這場恩怨的罪魁禍首啊！

政治正是帶著醜惡和文明的魔鬼和上帝的化身！

項思龍長長的歎了一口氣，心中只覺一陣陣隱隱的刺痛。

此時上官蓮已扶起了鬼靈王，臉上掛滿老淚，但嘴角卻還是浮起一絲歡容。

項思龍斂起心神，強擠出一絲笑容道：「好了姥姥，今後大家都是一家人了，應該和和氣氣的才是！對了，梅鳳師姑她怎麼樣了？」

話音剛落，孤獨驚鳴已攜著美若天仙但卻神情呆滯的孤獨梅鳳走到了項思龍身前，指著項思龍跟身邊的侄女道：「鳳兒，他就是你相公了！日後你可要死纏硬磨著他，別讓他把你給甩了！還有啊，這小子特別花心，你可也得看著他點！他的女人越多啊，你分得的疼愛就越少了！」

孤獨梅鳳點頭應「是」，走向項思龍，突地淚流滿面的悲聲道：「相公，你讓鳳兒找得好苦啊！你怎麼忍心丟下我不管呢？現在可找著你了！今後你可不要丟下我一個人了！外面的那些人好壞！他們色瞇瞇的望著我不說，還對我滿口髒話，說什麼要把我這小美人抓住做媳婦，並且想對我動手動腳的。鳳兒那時好可憐，沒有人幫，要是相公你在我身邊就好了！幸得他們打不過我，讓我把他們全給殺了！

「相公，鳳兒今後再也不離開你了！二叔跟我說過，這世上只有你才是真正疼愛鳳兒、喜歡鳳兒的，叫我一生一世都要跟著你，說只有你才是好人，其他人都是壞人，如有人想欺負我，叫我把他們全給殺了，但是相公你欺負我呢，卻是不可以反抗，因為女人嫁夫從夫，要聽男人的話。

「相公，鳳兒聽你的話，你欺負鳳兒我也不反抗，你不要丟下鳳兒一個人好嗎？」說著話時，孤獨梅鳳已早就投入了項思龍的懷中，緊緊的摟抱著他了。

包括項思龍在內的廳中所有人都被孤獨梅鳳似是清醒而又孩子氣的話給感動了，項思龍眼角有些發脹的輕拍著孤獨梅鳳的酥肩道：「好了，鳳兒，相公我現在不是在你身邊了嗎？我向你保證，今後再也不會丟下你一個人了！但是你也要聽我的話知道嗎？不要隨便殺人！要知道這世上還有好多人都像你相公一樣是好人而不是壞人！壞人自是應該殺的，但是對好人卻要手下留情！你相公的朋友們都是好人，今後你就與他們相處在一起，他們也都會像我一樣關心你、疼愛你的，知道嗎？你要與我的朋友們和氣的相處在一起知道嗎？」

孤獨梅鳳點了點嬌首道：「鳳兒知道了！相公是說你的朋友也就是鳳兒的朋友對嗎？鳳兒會聽相公的話的，只殺壞人，不殺好人！」

項思龍也不知自己心中此時是一種什麼滋味，只覺酸酸的。

看來孤獨梅鳳是患了精神失憶症了，她的思想現在似乎只有孩童般的程度，在她體內寒毒驅除清醒過來後，她第一個所見到的是孤獨驚鳴，並且孤獨驚鳴一直都在照顧著她，所以在她空白的記憶倉庫中，孤獨驚鳴也就成了一個好人，孤獨驚鳴的話也就成了她空白記憶中最深的印象，自己也就因得孤獨驚鳴對她言述時的美化，成了她心目中崇拜景仰的對象。

多麼可憐的女孩啊！她一出生以來就因身患先天性「天絕寒陰毒」而註定了她的童年乃至她的一生都是沒有歡聲笑語的孤獨，她的一生可以說是沒有享受過人世間親情愛情，因為她一生有百分之八九十的時間都生活在昏迷不醒中。

現在她的這種狀況對她來說是不幸還是有幸呢？

失去了記憶可以忘卻童年不幸的痛苦，讓她可以有一個新的開始！

但是失去了記憶，卻也讓她忘卻了親人和朋友，這個世間對她來說已是陌生的而不再熟悉，她甚至忘卻了自己的父母是誰！

這對她來說到底是悲哀還是幸福呢？

項思龍心下痛苦得都快要呻吟出聲來，他像他父親項少龍一樣天生就是個多情種子，對於這世上的悲局都有著一股自然而然的同情心，對眼前這既是師姑又是妻子的「少女」，他更是湧起了無窮無盡的愛意，但是這愛意更多的卻是同情的憐愛和一種同病相憐的親切。

項思龍在現代時的童年生活也是不幸的痛苦的，因他自一出生就沒有父親，所以也就註定了他童年的不幸。在他上學時小朋友們都說他是個「野種」，並且罵他母親周香媚是「婊子」，這在他幼小的心靈裡留下了難以磨滅的創傷。他從不與同齡人一起玩耍，因為他自卑，這也就養成了他孤僻的性格。

但是他是一個不甘平凡的孩子，他的本性也是熱愛多彩多姿的生活的。因為他是項少龍的兒子，身上流得有項少龍的血。

為了去除心中的自卑，他自小就立志要學好一身本事去尋找父親項少龍，現在他的願望實現了，但帶給他的卻是更多的不幸和痛苦。

唉，要是自己能像師姑一樣也患上失憶症，那該多好啊！

項思龍感慨的想著，低頭看了一眼懷中天真的孤獨梅鳳，禁不住低頭輕輕吻了一下她的嬌面，柔聲道：「鳳兒，你相公一定會讓你快快樂樂開開心心的過一輩子的，我不會再讓你受到任何的傷害！」

孤獨梅鳳俏臉卻也突地紅了起來，似是感受到了項思龍對她的溫情，臉上露出一絲甜蜜的笑容道：「鳳兒會很乖，很聽相公的話的。」

孤獨驚鳴這時臉上滿是酸楚苦笑的對項思龍道：「小子，你也看到了！鳳兒對以前的一切都忘掉了，就連我這最疼愛她的二叔在她服了金娃魚內丹醒來後，她也不認得了！後來經我對她細心的一番講述她才知道了我是她二叔，但她雖知道了卻像是很陌生很新鮮似的，一點也不知道我本身是她二叔的樣子！我那時好傷心、好難過也好害怕啊！

「在這世上，我就她這麼一個親人了，她變成這個樣子叫我怎不傷心難過呢？我想著我這糟老頭是活不長了，可鳳兒這樣子卻需要有人照顧她啊！

「於是我想到了你，便對鳳兒講述起我所知道的有關你的一切來，並且告知她你是她的相公！或許是心有靈犀吧！鳳兒對有關你的事情卻特別感興趣，總是纏著要我講關於你的事情。

「我講光了，沒法，只得胡編亂編的哄她。不想這小妮子卻突地離開了北冥宮說是要去找你！我可真是嚇壞了，還幸得老天保佑，真叫她給找著你了！或許這也就叫作『緣份』吧！小子，我孤獨驚鳴一輩子可沒給人下跪過，除了我爹娘大哥大嫂去世時。現在為了鳳兒，我給你下跪來著求你了！求你收留鳳兒！這孩子太可憐了！求你收留她好好待她照顧她！我給你磕頭了！」說著竟真是「撲通」一聲向項思龍跪下「咚咚咚」的連磕了三個響頭，待項思龍手足無措的扶起他時，也是老淚縱橫了。

項思龍扶起孤獨驚鳴，喉嚨發澀哽咽的道：「二師公，你不要這樣嘛！我們可是一家人了，還說什麼求不求的呢？師父孤獨行為了救我，連性命都給丟了，我還不知道怎麼報答他呢！照顧師……鳳兒是我份內的事，一定不會辜負你老的囑託的！」

孤獨驚鳴臉上這時露出了些許笑容，配合著他那張娃娃臉上的淚漬，真是讓人感覺滑稽極了。當然在這等氣氛下，自是誰也笑不出也不敢笑出。連得孤獨梅鳳這「弱智少女」也不例外，她是一臉淚痕。

項思龍從孤獨梅鳳臉上的淒容淚漬上，似乎看出了些許希望。她會不會並沒有完全失去記憶呢？或是當她受到某些深刻的刺激時，她的記憶會恢復正常呢？

如有這可能，自己是助她恢復記憶好，還是讓她保持現在這種狀況呢？

正當項思龍如此想著時，鬼王四護法等突地走了進來，到他面前躬身道：

「稟少主，府外有一眾人要求見你，被我們阻住了！其中一個自稱是龍武，說是有重要事情要即刻見你！」項思龍聞言心神一斂回到了嚴竣的現實，臉色一肅道：「讓他們進來！」不消片刻，四護法和易凡等「押」著龍武、高進、謝東向人進了廳內。

三人都是一臉的風塵之色，衣衫凌亂，且身上有多處傷痕，見得廳內那麼多人，先是一愣，最後又看到了項思龍身邊不遠處的梵天邪神身上，一臉的疑惑不解之色，似是不明白軍師手下的得力愛將「無敵一號」怎麼跟著項思龍他們在一起，壓下滿心的疑問，龍武走到項思龍身前，目光警戒的一掃眾人，為難道：「特使大人，在下等奉軍師之命有重要事情要向你稟報，這……」說到這裡沒有說下去了。

項思龍自是明白龍武心下的顧慮，淡然一笑道，「說吧！這裡都是我的兄弟朋友，不便有什麼顧忌的！笑面書生交給你們去辦的事可辦妥當了？」

龍武似想不到項思龍竟然知道自己等奉軍師之命去阻擊真正的總壇特使的機密，略一驚，很快就恢復正常道：「還幸趕個正著！對方已是進入西域邊境了，再過得幾個時候就要趕到西域了！我們得到消息知道了對方行蹤後頓忙趕擊狙擊，經過一場浴血奮戰，終是不負軍師使命的擒住了對方的幾個重要人物，殺光了他們的護衛，沒有留下任何痕跡！經過我們的嚴密審問，已是得著了我們所要知道的一切消息！這就是對方的資料，現在交給特使大人了！」

說著端過一個錦盒給項思龍，頓了頓接著又道：「特使大人如沒有什麼吩咐，我們就先行告退返回伏龍谷去向軍師回報了！」言語間目光又是不時的瞟向焚天邪神，似想看他有什麼反應。

不想焚天邪神卻是正眼也沒瞧他一眼，臉色冷冰冰的，一副冷酷模樣。

項思龍已經可說是公開身分了，也不想龍武等人總是心懷懸念的，當下笑著解破他們心中的疑惑道：「笑面書生已著無敵一號今後跟著本座作我的助手了！你們是不是感覺有些詫異？這說明白了也沒什麼的，因為本座已告知了笑面書生我的真實身分乃是『日月天帝』教主的傳人，所以我們之間已是化敵為友了！這其中的細節，你們回伏龍谷後，想來笑面書生會告知你們的！好了，你們就回伏龍谷去吧！」

項思龍這話對龍武等人來說無異於又是一個石破驚天的震驚消息，幾個臉色大變的錯悔一陣後，頓忙畢恭畢敬的向項思龍跪地行禮，惶聲道：「屬下等見過教主！教主神威天下無敵！教主仙福，永亨萬世！」

項思龍見又是這麼幾句口號來了，苦笑著有些頭痛的道：「你們起來吧！這次你們立了大功，本座會記著的！回去可要好好的效忠軍師！你們去吧！」

龍武、高進、謝東三人誠惶誠恐的躬身退去後，項思龍打開錦盒，拿出裡面的帛布，細閱起上面記載的有關「特使」資料來。

原來這特使乃是枯木真師的師弟「千佛手」，名叫古里木，在魔教中擔任教主總護法一職，性格陰沉狠辣，素有「殺人不吐骨頭」的惡傳。

「千佛手」古里木此次受命派往中原負責調查自己這假「日月天帝」重新出得江湖和「笑面書生」意圖謀反之事，並且負責聯合招集魔教在中原安插的一切勢力，包括苗疆分壇和南沙群島分壇，等待阿沙拉元首等潛入中原，再準備伺機向笑面書生展開攻擊和向中原武林滲透入勢力。

看來這「千佛手」古里木的身分對自己可真是有太大的利用價值了！只不過自己要裝扮好他卻是需要付出較大的代價，因為這傢伙不但凶殘惡毒，並且極為好色，每到一個地方必有女人為之遭殃，這卻是最讓自己頭痛為難的事情。

凶殘毒辣自己要偽裝起來並不困難，殺些魔崽子、裝腔作勢就可以蒙混過去了。但是要偽裝好色呢，放在以前的自己還可以，那時自己的確是比較花心。但是放在現在呢？自己有了這麼多美妻嬌妻，已沒了獵豔的心情不說，就是自己對女人還有興趣，自己的老婆們也不會讓自己為所欲為、竊色偷香。

項思龍一臉的苦瓜之色，把帛布交給了圍在身旁的上官蓮，交由眾人傳閱。

靜默了好一陣，上官蓮歎了一口氣道：「這麼惡毒奸邪的人裝扮起來可真是為難，何況還要假裝好色，這可真是讓思龍為難了！唉，現在該怎麼辦呢？原定好的計畫就是讓思龍裝扮這古里木打入敵人內部去，這可是我們與阿沙拉元首他們決戰的重要環節，若是不能照原計劃進行，那我們……可真是急死人了！」

上官蓮這話是故意說給諸女聽的，由此可見她已是默然同意項思龍「身不由己」的做些出軌之事了，要想打勝仗，有時是不得不權宜一下付出些代價的。

項思龍自是明白上官蓮這番話的用意，對她對自己的理解和支持生出一絲感激來。

天絕這時也嘿然接口道：「嘿！什麼怎麼辦急死人呢？唉聲歎氣有個鳥用啊！照原計劃讓思龍裝這古里木去，他又不是存心想去竊色的，說來這還是讓他犧牲男性的人體尊嚴呢！哎，諸位乾女兒，你們就不要杏眉橫豎的了，通融通融吧！」

張碧瑩鼻息輕哼了一聲，走了出來緊盯著項思龍脹紅著臉道：「好！我代表眾姐妹們且同意你這次放縱一下，但是也有個要求——就是無論如何也要安然無恙的活著回來見我們！」說完雙目已是不由自主的紅腫了起來，不顧那麼多人在場，挺著大肚子撲進了項思龍的懷裡，輕聲抽泣起來，使得眾女也都情不自禁的陪之落淚。

項思龍心頭一陣熱潮油然湧上，虎目也不禁悄然發脹。

說來張碧瑩諸女愛吃醋，把自己管得緊緊死死的，還不是關心自己身體和想多獲得自己的些許憐愛！她們並不是禁止自己好色，在這古代男人三妻四妾本是很正常的事，她們之所以愛吃醋，乃是女人天生的不想太多女人分享自己喜愛男人的一種本性。其實說來，自己哪一次收容女人，她們還不是跟自己撒嬌一番就容納了自己為她們新收的姐妹？

諸女的內心都是深切的愛著自己的，她們並不小氣，而總是儘量的竭盡能力的體貼自己關心自己。當自己不在她們身邊時，且牽掛著自己念著自己。

在大事上她們都非常識大體，就像現今自己要裝扮一個採花大盜般的奸邪人物，自己說不定為了扮演逼真而真做出「出軌」之事來，她們還不是同意默認了？諸女心中想的不是吃醋和耍小女人的脾氣，而是關心擔憂著自己的安全！

俗話說「人生能得一知己足矣」，自己卻竟然能得這麼多的紅粉知己，豈不是上天對自己苦難之餘的恩賜嗎？

自己一定要活著回來見諸女！

無論是說歷史使命，還是說親情友情的牽掛，自己都絕對不能死！

項思龍心中突地湧生起了無窮無盡的勇氣和鬥志來。

目中精光閃閃的一掃眾女，沉聲道：「放心吧！你們夫君是命大福大的人物，死不了的！一定會活回來見我諸位娘子的！嘿，我還要嘗嘗做爹爹的滋味呢！」說著向張碧瑩挺起的大肚子摸去，只羞得張碧瑩粉臉通紅。

天絕卻突地大叫大嚷道：「喂，小子，你心裡就只想著你的諸位娘子而沒想著我這義父和你姥姥、大哥及眾兄弟等諸人了？這太偏心了吧！」

項思龍嘿然笑道：「這怎麼會呢？對於我項思龍的所有朋友所有戰士所有的親人，我都心裡掛念著，只是一一說來卻也不知從何開始罷了！」

天絕指了指自己道：「嘿！這還不簡單？從義父我開始得了！向我也說兩句好聽的話吧！我可好羨慕我的諸位乾女兒呢！你對她們又是親又是抱的，還當著我們的面拋媚眼，哎呀，真是讓人感覺肉麻又挺嫉妒的！」

天絕這風趣的話，讓得全屋中人都不禁笑出聲來，上官蓮更是連眼淚都笑了出來的道：「好啊，那你這老傢伙也變成個大姑娘讓思龍抱你，不也就可以獲得思龍對你的恩寵，享受被他又親又摟又抱甚至與他拋媚眼的幸福了嗎？」氣氛因得天絕的打趣而活躍輕鬆了起來，一掃先前的沉悶之態。

孤獨驚鳴這時插口道：「這帛布裡面介紹說古里木身邊有一眾高手武士相護，並且帶了兩個妖冶的女人，方才那小子可沒把這些主要人物帶來，思龍怎麼去裝扮這古里木呢？還有他們證明身分的文書信物之類的，都沒給我們！再有呢，就是思龍精通古里木的武功嗎？通曉他們的語言嗎？這些可都是破綻呢！要裝扮成功這樣一個人物，可不是一件簡單的事啊！」

孤獨驚鳴這話讓得全場眾人又是心神一斂，收了笑容。

項思龍皺了皺眉道：「龍武幾人辦事怎麼這麼粗心大……」

項思龍的話還未說完，易凡這時走上前來躬身行了一禮道：「稟教主，龍武他們把擒下的人和劫來的物都留在了『集議宮』裡了！」

項思龍聞言一臉不悅的望向易凡道：「怎麼不早些稟報呢？害我差點冤枉了人家！走，帶本座去『集議宮』看看！」

易凡受訓老臉一紅，但卻感到有些委屈，默不作聲的領了項思龍等眾人往地冥鬼府「集議宮」走去。

不消片刻「集議宮」已在望。易凡領眾人到了一個足有千多平方之大的大廳內，廳內有兵器架和主席台，其餘全是空蕩無物，但現刻卻格外引人注目的堆放有一頂金轎和一輛馬車以及十多名昏迷過去的男女。

易凡指著地上昏迷的人道：「據龍武介紹，這兩名女人乃是古里木最得寵的愛妾，對床笫之歡極有一套功夫，在西方素有『極樂淫娘』之稱！旁邊四女是兩『極樂淫娘』的婢女，與古里木也有一腿。兩『極樂淫娘』一個叫愛死你，一個叫沒人騎，四婢女名字我記不來了！」

說著指了指地上的六個洋奴。六女均是一頭金黃卷髮、高鼻樑、大眼睛，身上穿著火紅低領衣裙，一對酥胸均是特大號的，在胸前堆起來有若一團團肉球。

項思龍在現代裡時也見過不少洋妞，美女也見過，可像眼前這六女一般惹火迷人漂亮的還沒見過，這刻見了想著自己將要把她們帶在身邊，並且可以任由自己這假古里木任意採摘、禁不住一陣心神搖動。

天絕望著地上六女叫罵起來道：「他奶奶的，怎麼這些女人都這麼怪模怪樣的？連奶子也這麼大！你這下可有福了！」

項思龍聽了臉上一紅，偷偷往諸女望去，卻見她們也都一個個脹紅著臉，但卻都在緊緊盯著自己，想起自己心中方才的歪想，不由更是一陣心虛，頓忙轉過頭去對易凡嚴肅的道：「其他七個男的呢？都是些什麼身分？古里木是哪一個？給本座講詳細。」

易凡依言對地上七個「洋毛鬼子」作了詳盡介紹，七個之中身材不算高大的一個鷹鼻、濃眉、粗眼，一張挺好看臉龐的就是古里木，其他六個中有兩個是魔教總壇護法，叫鐵塔和大山，另四個是金轎四使。

六個人個個都是武功好手，尤其四大護法一個以一身硬功橫練功夫著稱，另一人以精通旁門左道的邪術著稱，四金轎使者呢，則是內力深厚輕功高絕，並且四人聯手還會一套「金轎輪轉大陣」，也是高手中的高手。

聽完易凡的一番介紹，項思龍已對對方一眾人身分略有瞭解，點了點頭接著問易凡道：「除了這些人之外，龍武有沒有告訴你們殺死了對方多少護衛武士？」

易凡似被項思龍點醒的頓忙答道：「這個……是四十九名護衛武士！衣甲兵器全都放在馬車上！還有金轎裡放有從對方身上搜來的一些武功秘笈和文書信物名冊什麼的東西！」

項思龍走向金轎，卻見金轎特別的大，看來沒有兩三頓之重也有個一二噸之重吧！金轎的打造十分特殊，整個轎身沒有窗和轎門，四隻轎柄顯得特長，上面雕有許多的怪獸和美女交合的圖案，轎頂則是四隻金管伸向高空又有些彎曲，且彎曲的角度各不相同。

項思龍細細的打量了一番這金轎，覺著這金轎內大有文章，定然安置有許許多多奇奇怪怪的機關之類的，可得小心著點，不要觸發傷著自己人了。

對於機關玄學一道，項思龍也有研究和不少心得，一是從「鬼谷子」所遺的典籍之中學，二是從「日月天帝」所遺的典籍中學來的。

很快他就發覺了這金轎的玄奧之處，其實這看似笨重的金轎並不十分重，因為它的六面金壁內中都是空的，藏有許許多多的機關發射物。

轎身六壁都有機關發射孔，只是此時都關閉了起來，並且金轎底部有暗路可供藏一人之身，轎頂安置的金管全都是監察器，使轎內的人雖在封閉狀態下，也可以看著轎外的一切事物，至於通氣管道則安置在四隻轎柄之上，上面那引進雕飾物不為人注視的小孔就是了。

可能還有其他的一些特殊功效，項思龍一時半刻之間也搞不清楚，心下只是想著設計和打造這金轎的人對機關玄學一道的瞭解可真是了不得！包括項思龍在內的所有人都細細打量這特大金轎時，梵天邪神出來道：「教主，這金轎乃是當年『日月天帝』教主的出入之具，想不到卻被這古里木享用了！看來阿沙拉元首他們十分器重古里木此次中原之行。

「金轎四使還是為教主抬轎的四人，鐵塔和大山二人也是教主當年的忠心屬下，怎麼會都聽命於古里木呢？還有，龍武幾人是憑什麼擒下這麼一眾高手的呢？難道是有高人相助他們？或是軍師傳給了他們什麼特殊克制他們的東西？」

焚天邪神這話音剛落，突地一陣喋喋的怪笑傳來道：「不錯！是我鬼影修羅助那幾個小子擒住這古里木一行的！哼，古里木當年乃是我的大仇人，他因看中了我姐姐而殺了我全家人，我因外出有事才險險逃過此劫，後來被我師父『鬼劫老人』收留為徒。

「我今日所以不殺他，乃是因為『小子』你傳書給我，說有事請我幫忙，所以我才沒有殺他的！」說到這裡，鬼影修羅的身形落在了眾人面前，望著項思龍，慈愛的接著又道：「小子，我知道你爹『日月天帝』已死去多年了，這對你來說是一個打擊，也讓得你十分痛恨我，可是過去的事情終究是過去了，何必老是記在心上呢？唉，這兩天來我也通了！

「說來我和你爹的恩怨，歸根結底都是因我的嫉妒所引起的，我是恨你爹奪去了師妹『百合仙子』，可想想緣份是可遇而不可求的，天意早就註定了師妹和你爹乃是天生一對，他們相親相愛，我又何必橫加干涉呢？

「正是由於我妒恨，才有今天的悲劇，讓得你和我這還活著的人都痛苦不堪。師妹可說是因我而死的，你爹呢也可說是因我而離開人世的，還有『小子』你的苦難一生也都可說是因我而起的，想想這些我都覺得自己是個罪人，可是現在悔恨已是有些晚了，許多的錯誤都已經無可挽救，我現在只能盡力多為『小子』你做些事，也算是想祈求你對我過錯的寬恕，獲得一絲心靈上的安慰吧！

「我終究是老了，也已經沒得幾年好活了！為了練至『鬼劫神功』的巔峰，我挺而走險的吸收了大量的地底屍毒，可我卻又無法把這些屍毒完全化解，使得我的內腑經脈被屍毒攻入，若不是用自身功力把這些屍毒凝斂起來藏於體內的隱穴之中，我早就毒發攻心而亡。可我雖用功力封住屍毒不使發作，但這也只是暫時的，這或許也是對我這一生罪惡老天給予我的報應吧！現在只祈救『小子』你能原諒我，讓我在餘生的這幾年時光裡享受一份親情和快樂。在這世上，我鬼影修羅就只有你一個親人了！」

言語間鬼影修羅已是愈說愈是激動，說到最後竟已是泣不成聲，老淚縱橫了，魔鬼般可怖的身體顫巍巍的向項思龍跪了下去，雙目卻是熱切而乞求的望著項思龍。

廳內的眾人本都被鬼影修羅的驟然出現和他身上釋發出的陰沉寒氣，以及他那張讓人見之都覺心悸的面孔而心神大是驚駭的戒備著他，這刻聽得他這麼一番動情的述說，都不覺對他去了幾分惡感，而對他甚至生出些許親切感來。

所有人的目光都投向了項思龍，靜待聽他的回答。

項思龍心下則是從緊張中鬆懈下來，心下欣慰的不勝感慨。

看來是笑面書生通知鬼影修羅去助龍武他們的，這傢伙卻實是神通廣大，竟然在那麼短的時間內找著鬼影修羅，並且能強忍住對鬼影修羅的恩仇，不知用什麼辦法把鬼影修羅給弄得如此服貼？

看來笑面書生是真正悔改了！能包容自己的敵人，這可是需要極大寬廣的胸懷，就是自己在笑面書生這等心境上可能也做不到像他這般完美。但這也有另一種可能性，就是笑面書生對權勢欲望的追求看得超過了其他的一切，要不他也不會連自己兒子都想……不過，現在一切的危機都已過去了！通過再次與笑面書生的溝通，自己已是可自信笑面書生已自己感化過來。

一個人只要能改正錯誤，那麼他也就重新是一個好人！

笑面書生既已棄惡向善，那麼對於他以前的一切是是非非也就不能再與他計較了！何況無論他忍恨籠絡鬼影修羅是出於何種心計，他這次也算是做了一件好事，因為鬼影修羅是因在他的虛實不定感化中放下屠刀立地成佛的。

看鬼影修羅現在的真誠悔改模樣，他的這份真實感情應是一份自然流露！

人之初，性本善！《三字經》中的這句起首句確實是對人世間人性的一個總概。

天絕地滅、笑面書生、鬼影修羅等堪稱絕世大魔頭的人物，不都是被自己感化過來，棄惡從善了嗎？

美與醜，善和惡本也就是那麼一線這隔。只要這世上能多充滿一個愛，那麼醜和惡就會被愛羞得無跡可匿，無處可藏了！

項思龍心下舒暢的想著，望著還跪在地上的鬼影修羅，淡淡一笑道：「你……起來吧！唉，都這麼多年了，我早就淡忘這一切！何況你還曾經是我師父，對我有著授藝之恩，我又怎會尋你報仇呢？你能再不計較與『日月天帝』教主的恩恩怨怨，我已經是很欣慰了！但願你方才之言沒有欺我！嘿，對於你，我和教主三者之間的一切在我印象中是一點恩怨也沒有，是你對我說起我才知道的，本對你有著一絲芥蒂，現在你既然痛悔過了，我心中也便釋然了，因為在我印象中你本是陌生的，一點印象也沒有，說起對你的仇恨也只是過眼雲煙罷了！」

鬼影修羅聽得項思龍這話，醜臉上神色古怪的怔怔看著項思龍，沉默了片刻，又是一陣喋喋怪笑的大笑道：「好！好小子！真有你的！『日月天帝』的元神已融入了你體內，你竟然還能對我如此寬容，我鬼影修羅確實是服了你了！」

第十章　奇變迭出

鬼影修羅這話音一落，包括項思龍在內的廳中所有人都大吃了一驚。

想不到鬼影修羅早就知曉了自己的真實身分，看來是笑面書生那時出賣自己的了！

該死的笑面書生，自己剛才還給他下了一番好的定義，說他心胸寬闊呢，原來這卻是他的一招借刀殺人之計！真是白誇讚他！

此計可不謂不毒，唆使鬼影修羅來與自己死拚硬拚，無論誰勝誰負對他來說都是有千利而無一害，甚或自己二人鬥個兩敗俱傷，他就來個漁翁得利。

木來作為與鬼影修羅交換自己消息的條件，對於鬼影修羅一戰他還是賭自己勝的，如此看來他對自己還是顧忌些。

笑面書生正是看中了鬼影修羅對「日月天帝」的深切仇恨和自己對他的莫之奈何而下這一賭注的，因為無論誰勝誰負，他都可毫髮無損。

如鬼影修羅勝利了，他則可公開出他就是「日月天帝」兒子、鬼影修羅弟子的事，這樣鬼影修羅就會因心中對他存有感情而投效他為他賣命，當鬼影修羅再沒有利用價值時設計趁他不防殺了他為父報仇，笑面書生則可控制住自己這方的勢力，奪得「聖火令」，練製成「枯木死士」後，他就可與阿沙拉元首他們硬拚，奪得江湖霸主地位。

如自己勝了呢，他則又可利用自己想殲滅阿沙拉元首等的迫切心理，虛與委蛇的與自己合作，對他來說雖不能十全十美，可也是一個較好的收穫了，因為自己為他除了殺父仇人不說，還助他打江山，收復西方魔教。

這一石二鳥之計可真是天衣無縫！笑面書生這傢伙心計不但深沉，而且是膽大心細，能屈能伸，確實是具備一代梟雄的本色。

幸得自己阻止住了他差點喪盡天良的把鬼靈王拿去餵「食人樹」煉製「枯木死士」，驚醒了他的良知。要不，可真是要釀成這世上的一場劫難了！

項思龍心下在為鬼影修羅的話驚駭的同時，又是有些氣憤和欣慰的想著。

笑面書生是降服了，但是眼前這鬼影修羅呢？

他對「日月天帝」可是有著深切的仇恨，現在「日月天帝」的元神融入了自己體內，他則也可能把這份仇恨轉移到自己身上了，這……可真是有夠叫自己頭痛的，如鬼影修羅陰魂不散的老跟著自己，那自己可真是不知該怎麼辦是好了！

如殺了鬼影修羅，那少去他這樣的一個高手利用來對付阿沙拉元首他們可真是太可惜了，還有也不知笑面書生會不會怨恨自己不徵求他的意見；如不殺他呢，對自己來說可真是一個大禍端，不知會防礙自己多少事，甚至不知會給自己帶來什麼樣的災難後果，這可不是鬧著玩的！

唉，現在怎麼是好呢？降服鬼影修羅嗎？這可能性幾乎是零，因為一個人為了報仇失去了青春年華，失去了對美好生活的享受，這份刻骨銘心的仇恨又怎會輕易被化解呢？

項思龍心下如此苦惱的想著，鬼影修羅這時又發話道：「小子，想來你也知道是有人出賣你了吧！不過我鬼影修羅是實實在在的誠心悔改了。從你身上我看到了我年輕時的影子，同時也感悟出了許多生命的真諦。人的一生終歸是短暫的，任何功名利祿、是非恩怨都如過眼雲煙亦或是曇花一現般毫不真實，倒是能為世人多做幾件好事，獲得一份詳和歡逸的心情，才讓人感覺生命的可愛。小子，現刻是我心情最是舒暢的時候，因為能為中原武林的完整做出一份貢獻，這讓我感到了自己對這世人還有一份可以利用的價值。想我鬼影修羅也是中原人士，西方魔教意圖入侵我中原，這卻也讓我感到怒憤填膺。小子，你收下我吧！從今以後，我鬼影修羅唯你馬首是瞻，你說叫我幹什麼我就幹什麼！」

鬼影修羅這話不但是項思龍聽得目瞪口呆、驚訝萬分，就是上官蓮、天絕眾人也是聽得瞠目結舌，怔怔不知所以。所有人都目光怪怪的看著鬼影修羅，似是不相信自己耳朵似的。

這……沒有聽錯吧？鬼影修羅竟然說出這等具有人性的話來？不！還是極具正義感，似是一個看破紅塵的熱血之士口中所說出的話呢！

這其中會不會有詐呢？此等梟雄魔頭說出的痛改前非的話，可真教人揣摸不定！一忽兒陰一忽兒陽的讓人感覺虛虛實實，是信也不好不信也不好！

但是有句老話不是說，「寧可信其有不可信其無」麼？看鬼影修羅的言詞認真神態，當不會是騙自己吧？因為自己可是想不出來他騙自己的目的和理由啊！

這些魔頭性格都是古里古怪的，鬼影修羅真也說不定是誠心向善呢！

自己就信了他這一次，給他一個改惡從善的機會吧！

無論他對自己是誠心還是假意，亦或懷有某些不可告人的目的，自己都姑且賭上這一把！

想到這裡，項思龍上前扶起又向自己跪拜在地的鬼影修羅，語氣誠懇的道：「前輩能痛改前非的棄惡從善，在下高興還來不及呢，又怎會拒絕呢？」

鬼影修羅聞得項思龍願意收留自己，興奮得歡聲雀躍的道：「這太好了！小子，你是不是意欲裝扮古里木打入阿沙拉元首他們內部啊？我或許可以幫上你的忙呢！因為古里木當年殺了我全家，使我對他仇恨深切，所以我對他的一切頗有探究，知曉他的許多底細，這些資料或許對你會有利用價值呢！」

說著當下把有關古里木的家世以及與他有關連的人都侃侃而談的說了出來，接著又道：「古里木為人十分好色，生性冷酷殘忍，但他這人也十分高傲，對於一般的小事，從不自己動手，只吩咐屬下去做，所以你裝扮他也不用太過擔心自己會滿手血腥的，大可學足古里木的架勢。我就扮作你的手下吧！反正我本是惡名遠揚，多殺幾個人多添些殺孽也無所謂的了！」

天絕這時從驚駭中清醒過來，插口道：「哎，老怪物，你真想通了不與我們少主為敵了？嘿，我可是真有些懷疑你的誠心呢！」

鬼影修羅聽了醜臉通紅的道：「我……是有些搪突了些，但我卻是真正的誠心悔改跟你們少主的，此心可昭日月天地，決無虛假！我若是今後有違此言，定教我五馬分屍而死，就是死後入了地獄也……也是斷子絕孫！這……你們總相信我了吧！」

天絕聞言譁然咋舌道：「哇咋！你這老怪性子可也真是率直急烈呢！嘿，我天絕就喜歡你這種個性！可我心中還是有個疑問，你本對『日月天帝』一肚子的仇恨，積鬱幾乎上千年，可說是根深蒂固、仇深似海了，怎麼卻突地能夠不再記恨他了呢？難道你真是為自己沒幾年好活了忽地良心發現轉了性麼？這……這種突然我心裡覺得怪怪的呢！」

對於天絕這似是輕鬆卻又似嚴肅的話，鬼影修羅一張老臉都變成了豬肝色，赧然道：「這……我此次重出江湖，本欲憑藉練成的『鬼劫神功』與『日月天帝』一較長短，以了結我們積鬱多年的恩怨，可誰知我遇上的第一個敵手就是你們少主，我使出了十二層功力的『鬼劫神功』，仍是敗在了他手下，這讓得我甚是心灰意冷，後來得笑面書生傳書給我說你們少主就是『日月天帝』的化身，又說只要我去助龍武他們擒下古里木一行，不殺他們的交到你們少主手上，再與他決鬥，勝了他就告知我『小子』的下落，敗了自是怪我學藝不精。

「我依言而行，可心中那時就已平靜了下來，你們少主是『日月天帝』的化身，一來我已敗在他手下，再鬥也還是敗，我對自己已沒有信心，二來這也證明真正的『日月天帝』已死，你們少主只是吸納了『日月天帝』元神的精華罷了，我跟你們少主可無怨無仇，幹嘛要與他為敵呢？『日月天帝』已死，我平生心願已了！

「三來呢，我曾跟蹤過你們少主，得知了他乃是我中原一個有血有肉有膽有識的熱血志士，正在為抗擊西方魔教入侵我們中原的意圖而勞心勞力，這根本是與『日月天帝』當年意圖稱霸中原的思想背道而馳，這讓得我對他生出親切感來，感到他似在助我與『日月天帝』為敵，那我們就是友不是敵了！

「四來則是因為我知曉傳書給我的人只是想利用我來對付你們少主，他則來個漁翁得利罷了！我可不去上他這個當，因為笑面書生當年是『日月天帝』的寵將，既與『日月天帝』關係親密，那也就是我的敵人。

「至於笑面書生提出的條件誘惑，我最為關切的就是有關『小子』的消息，但是想來他笑面書生知曉這秘密，你們少主這個作為『日月天帝』化身的人，定是更知曉此中詳情了，所以求他還不如與你們少主合作。

「五來就是我真的是沒幾年好活了，想著這一生所造的罪孽更是感慨不堪，與你們少主我真的是一見投緣，於是生出想投靠他做幾件好事以減輕一下罪孽，獲得一份心靈上平衡的想法來，何況與西方魔教為敵，本就是另一重意義上的與『日月天帝』為敵，又可為我中原武林不受外敵侵犯。如此一舉五得之事，何樂而不為呢？」

鬼影修羅的這一番辯白的確是還算入情入理，連上官蓮也不住點頭的道：「閣下既是誠心投靠思龍，我們自是歡迎得很，但從今以後可堅決得聽思龍的命令行事，絕對不允許違抗他的命令，你可以做到這一點嗎？」

鬼影修羅似也已知曉上官蓮所說的話很有份量，她既已同意自己加入他們陣營中，那就代表包括項思龍在內的所有人都基本上同意了，聞得此言，頓然神情一肅道：「軍令如山倒，對主人命令，做屬下的自是決對不會違抗，哪怕是叫我去死，我也不會皺一下眉頭的！」

天絕走到鬼影修羅身前，伸手拍了一下他的肩頭，誇讚道：「好樣的老怪物！比我天絕還有種！嘿，不若我們結拜為兄弟吧！」

鬼影修羅也伸出枯木般的手拍了一下天絕，爽聲道：「我也正有此意，但只怕我惡名太臭，高攀不上你呢！既然兄台你提了出來，那我也就不客氣了。」

天絕大喜道：「好！爽快！待我們少主辦完事，打退了西方魔教的那幫魔崽子後，我們再來跪拜天地結為兄弟！可得一言為定哦！」

項思龍在天絕出面質詢鬼影修羅時，就一直站在一旁靜默無語的看著情勢的發展，他知道天絕是看出了自己心中對鬼影修羅抱有懷疑，而自己則不好意思出面相問，於是他便以說說笑笑的方式問出了自己心中也正存有的疑問，聽得鬼影修羅的一番誠懇作答，項思龍已是大為放下心來，知道鬼影修羅是真心實意的想投靠自己的。

至於天絕提出與鬼影修羅結拜之事呢，雖出項思龍意料之外，卻也知天絕是用心良苦，想用關係網籠絡鬼影修羅，同時讓鬼影修羅知道，自己這方並沒有因他的惡行而歧視他、冷落他，而是誠心接納他，使他對自己死心踏地的效忠。

心下想著，項思龍這時也開口道：「好！鬼影修羅前輩今後就是我們這個大家庭中的一個成員了，大家可絕不許看不起他，而是要信任他尊重他！」

天絕笑著接話道：「少主，你放心的啦！我天絕第一個響應你這號召，認了這怪物為老大哥了！嘿，今後他可也就是你的大義父了呢！」

鬼影修羅醜臉上洋溢著激動的笑意，嘴裡連道：「這怎可以？這怎可以？」

項思龍突地面色一沉的轉過話題道：「現在正是古里木一行抵達西域的時候了，我與荊無命他們見過面，也已鎮伏住他們，以古里木的身分，恐怕會露出馬腳來呢！所以我看前輩還是留守地冥鬼府好了！有你在這裡坐鎮，我卻是可以放心許多呢！」

鬼影修羅聽了大是失望道：「這……屬下謹遵少主之命就是！」

項思龍見鬼影修羅也不固執，大是放下心來，當下又道：「前輩鎮守地冥鬼府的職責任重道遠，因為只有後方安全了，我才有心思全意對敵，所以還煩前輩多多費心，勞力一二了！」

鬼影修羅見項思龍如此看重自己，情緒又振奮了些的沉聲道：「這個少主放心，屬下定會全力負責維護地冥鬼府安全的！如若有敵來犯，也要先打到我鬼影修羅爬不起來為止，否則我決不會讓敵人侵入我們地冥鬼府半步！」

項思龍點了點頭，又轉問梵天邪神道：「教主金轎有些什麼機關秘密，你可知曉？阿沙拉元首他們中可有人識得你的身分？」

梵天邪神恭聲道：「這金轎是教主當年親自設計的，並且每一部件都是由教主秘密行派給那引進能工巧匠打造再由教主親自裝置，所以這世上應是除了教主之外沒有其他任何一人能夠知曉這金轎的全部秘密了。再說那些打制金轎的工匠全都被教主處死了，更是無人能探究得出金轎的全部機關秘密。

「據屬下所知，金轎四使也只能是知曉金轎機關啟動之法，包括轎門的開啟之法，對於的則也是一概不知，但是他們四人都是經教主特別訓練出來的，功力深厚無比，輕功舉世罕有，且會一套『金轎陣法』。

「他們四人的神智也是經教主同化了的，教主的意念可以控制他們四人的意念，可不知怎會被古里木馴服？還有這金轎，軍師也曾密切關注過，可得來的消息是因無人能知曉金轎的機關，所以沒人敢乘坐，一直都被放置在總壇的地下室庫城，雖有許多機關高手去研究它，可從無人能搞出什麼名堂來。

「古里木更不是此道高手，卻不知他是怎麼會敢乘坐這金轎的？即便他用『精神詛咒術』控制金轎四使的意志，可如不懂金轎之秘，也是無法安然乘坐金轎的啊！在下還記得教主在世時，曾有一護法無意碰撞了金轎一下，當即全身潰爛而亡，所以自從那以後，除了教主和金轎四使敢碰金轎之外，其他任何人也不敢觸摸金轎一下，連阿沙拉元首也不例外。這也就是教主失蹤多年，可阿沙拉元首他們也無人敢用這金轎的原因了！」

說到這裡，頓了頓接著又道：「對於這金轎之秘，屬下就知曉這麼多了，至於屬下的身分想來阿沙拉元首他們也並不知曉，因為屬下的本來面目並不是現在這樣子，教主曾秘傳過屬下一種『縮骨變形術』，可以改變屬下的體形和面目，包括皮膚和聲音，眼神和其他的一切破綻只要經易容改裝，也可無人識破，所以屬下的身分在教中，除了教主一人知曉外，再無他人知道。」

項思龍聞言沉吟了一番後道：「好！既然連阿沙拉元首他們都不知你的身分，那你就跟我一起混入敵方陣營中好了！對於古里木為何可以知曉金轎之秘，我待會施展『移魂轉意大法』攝得他腦海的一切意念就可知曉了。」

說罷又轉向鬼影修羅道：「施法之後，古里木就交給你處置了，一定要讓他形神俱滅，不要再讓這樣的禍患人物在這世上有任何形跡了！」

鬼影修羅聽得這話，大喜過望的向項思龍躬聲行了一禮，感激的道：「謝少主給在下得以報仇的機會！嘿，我一定會讓他受盡天下酷刑淒慘而死，不會讓他在這世上留下一根頭髮的！少主放心好了，我會讓他如空氣般消失得毫無影跡的！」

天絕嘻笑接口道：「殺人玩意兒麼，我們這些魔頭人物最拿手了？」

項思龍斂容沉聲道：「時間不早了，我和荊無命他們約好是昨天見面的，已經耽擱了快一整天了，我們得加緊時間趕回去，免得生出其他變故來！先把金轎四使的精神枷鎖給化解去，這樣更有利於破解金轎之秘！」說完著眾人都退開去，留下焚天邪神和鬼影修羅為自己護法。

一切準備工作都安置妥當以後，項思龍凝神提氣，射出十多道罡氣，解去了金轎四使被封穴道，四人同時「啊」的一聲驚呼，睜開了雙目，見得項思龍和鬼影修羅和焚天邪神，面上露出了驚駭的緊張之色，當目光觸及身旁的古里木眾人，更是懼怕的禁不住身軀顫了顫，目光怔怔的投向了項思龍。

項思龍看得出四人見到自己時，臉上突地閃現的片刻沉迷之色，知道自己這一身「日月天帝」的裝束和自己刻意釋發出的「日月天帝」的氣質，喚起了他們的神智，當下忙抓住這機會，施展開「天魔眼」，目中神光大熾的逼視著金轎四使，用「日月天帝」的聲音語氣沉冷的道：「你們可還識得本座？」

包括鬼影修羅和焚天邪神在內的六人見得項思龍這刻蓄意裝扮的「日月天帝」的氣質和語氣，都不禁神情為之一怔，心中思緒紛起，還幸得鬼影修羅和焚天邪神早知曉眼前這「日月天帝」是項思龍裝扮的，要不還真會以為是「日月天帝」重現江湖了！

想想也是，連笑面書生那等如「日月天帝」如此親密的人也在乍見項思龍裝扮的「日月天帝」時被他瞞了過去，更何況其他人呢？

金轎四使全身都劇烈震顫了起來，這一次卻是臉上露出痛苦的迷離之色而不是恐懼，顯是項思龍的力量攻入了他們的心神，喚起了他們的記憶，而記憶又模糊之極，所以精神陷入矛盾痛苦之中。

項思龍知道這刻正是自己對金轎四使輸入意念與古里木輸入他們腦中的精神枷鎖鬥爭的關鍵時刻，頓忙把「不死神功」提升至了十層功力，全身上下頓然釋發出一股金色罡氣，使得他有若置身在一個金光罩之內，寶相聖嚴，讓人見之會油燃而生起敬意的膜拜之心來。

金轎四使面上的肌肉都給擰成了一團，顯是內心與肉體都痛苦無比，但目中卻是突地顯得呆滯起來，口中發出了淒厲的慘叫聲，鼻亦也溢出血來。

項思龍見了心神大驚，忙斂了功力，這時在旁的鬼影修羅也斂神過來，語氣驚駭的道：「啊！他們四人是中了『生死魔咒』！此咒乃是我們中原的一種極為邪惡的精神駕禦之法，外力根本無法解除，除非是施咒之人死去了才可解咒。想不到古里木竟如此冒險，敢施此咒！要知道施展此咒之後，施咒人與受咒人的精神理念全都連在了一起，無論是哪一方出了事，對方都會有變成白癡的可能！」

項思龍聽了心神一挫道：「那怎麼辦？少了金轎四使可不成，只有他們才能駕馭金轎，才不致會引起阿沙拉元首他們的懷疑，可不去除他們身上的什麼『生死魔咒』，我們則又會有露出馬腳的危險。因為他們已中了古里木所施的精神魔念，與他心意相通了啊！我裝扮古里木如不能做到這點，可是很容易讓人生疑的！這破綻可太大了！」

鬼影修羅皺眉閉目沉思了好一陣，才緩緩道：「如今只有一法才可以使我們的計畫如期進行，那就是少主你施展『天魔眼』攝出古里木的元神，使之融入你的身體內，才可以使金轎四使受命於你，你亦可吸納古里木元神的一切精華，裝扮起他來也就更自然而然形象逼真了！只是施展此『攝神術』對少主你的精力元氣將大有損耗，且古里木邪惡的元神進入你體內以後，少主的意志如不能抵抗古里木元神的意志，你就會反被對方所控，變成另一個更加厲害的古里木！」

說到這裡，眼神憂慮的望了項思龍一眼，接著道：「少主雖然安然無恙的吸納了『日月天帝』的元神，但他乃是自願融入你體內的，他的元神並沒有與你的意念發生相觸，還有就是他在把元神融入你體內之前，已把畢生功力都差不多輸入了你的體內，所以少主才能成功地接受了『日月天帝』元神。

「但是古里木呢，少主施展『天魔眼』中的『攝神術』既大耗你的功力又會使你的精神力量大是疲憊，如接著要吸納古里木的元神，這……可是危險得很，據聞還從來沒有人能有此等神通，少主你……」

項思龍長長的緩了一口氣，壓下心中情緒的波動，截住鬼影修羅後面的話道：「就這麼辦吧！時間來不及讓我們多作思考探究了！賭上這一把！贏了等於打敗阿沙拉元首他們的希望成功了一半，我們絕不可以放棄！」

焚天邪神惶聲道：「少主，這太危險了！就是『日月天帝』教主要施展此術，也是攝出對方元神，再等自身元氣精力恢復後再吸納對方元神！教主可是三思啊！」

項思龍眉毛一揚的哂道：「我就要為前人之所不能！好了，不要再多說其他了！你們認真為我護法，同時看好金轎四使的變化。」說完不待二人再作什麼反駁，已是伸指點醒了古里木。

古里木似受過重傷，醒過來後頓即「嘩」的一聲噴出一口鮮血，重重的喘了兩口粗氣，連眼睛也未睜開來就冷聲道：「鬼影修羅，你要殺要剮隨你便好了！嘿嘿，你姐姐可還在我府裡呢！並且為我生了一對龍鳳胎！你知不知道？你姐姐生下的女兒可要像透了你姐姐，是個大美人，我一時忍禁不住連她也給要了！

「哈哈，更有趣的還在後頭呢！你姐姐為我生下的寶貝兒子卻也看上了他妹妹，向我請求把妹妹打賞給他。我一聽這話大感有趣，於是叫他當我面與他娘和妹妹交合，說只要他照我的話做，就把這兩個美人全賞給他。不想這小子可也真有我的魔性，依言照做，我也便把兩個女人全賞給了他。哈！哈！這故事好不好聽啊？」古里木說到這裡，情緒一陣激動，「嘩」的又噴出一口鮮血來。

鬼影修羅聽得這話，本是醜陋的面孔更是變得猙獰，咆哮一聲衝上去當著古里木的心窩就是一腳，牙齒恨得咯咯作響的道：「古里木，我定要教你嘗盡天下酷刑而亡！定要把你一刀一刀的割來才方洩我心頭之恨！」

古里木吃痛之下哀叫一聲縮成一團，全身抽搐著，平靜了片刻後，又怪笑的啞聲道：「橫豎都是死，有什麼可怕的呢？可你的喪親之痛和羞悔之恨卻是會讓你痛苦一生！還有，『日月天帝』教主的奪愛之恨，都會讓你永世痛苦！嘿，你知不知道『日月天帝』這老不死的消匿江湖這麼多年，此番他又出世了，你怎麼不去尋他報仇呢？怕打他不過嗎？只要你跟我師兄阿沙拉元首他們聯手，定可以如願以償的！」

項思龍想不到古里木在這等境況之下如此的為阿沙拉元首著想，對他如此忠心，禁不住一陣心寒，同時氣不打一處來的以「日月天帝」的語氣冷聲道：「本座眼下與鬼影修羅結成聯盟來準備對付你們了！你還發什麼狠啊！」

古里木乍聽得項思龍的聲音，連疼痛也忘了，突地神經質般彈跳了起來，張目四顧的同時，口中駭聲道：「教主？真的是你復活了嗎？」

言語間目光觸及項思龍身上時，臉上再無狠色，全身發抖道：「你……你是不是鬼魂？中了我師兄的『絕滅神咒』竟然還能活著？不！你還中了我著你所下的『無色無味散功檀香毒』！難道天風傳信說你已重出江湖的消息，是真的？」

項思龍聽了這話心下一陣悲哀，想不到「日月天帝」竟是在阿沙拉元首和古里木等的陰謀下才至練功走火入魔而死的，要是笑面書生得知了這消息，不憤怒得即刻找阿沙拉他們拚命才怪！自己可得暫時不告訴他，免得他衝動誤事！

心下想著無意間見得梵天邪神額上青筋突起，雙拳緊握，頓忙暗瞪了他一眼，示意他不要衝動，同時嘿嘿冷笑一陣道：「你認為本座是瞎子嗎？你們意圖對本座的不軌之心，本座早就有所覺察，對你們起了防範之心了！

「怎奈本座太過大意，才中了你們的陷計，花得這多年的工夫才化解了你師兄的『絕滅神咒』，不過卻也因禍得福，讓本座參悟了『聖火令』中的『不死神功』！哼，本座此次出關，就是要除去你們所有這批叛徒，重振我魔教聲威！說，阿沙拉他們是不是已入侵中原來了？想利用你來掩去本座和笑面書生軍師的耳目？卻不想還是被本座得知了！」

古里木身軀一顫的色變道：「原來……你連『不死神功』也練成了！看來我們這次是真的失算了！好吧！我古里木認命了！你想怎樣懲罰我就怎麼懲罰吧！反正我的『遁天匿地神功』也逃不過你『天聽神功』的追蹤。」

說到這裡面如死灰，卻只沉默了片刻，又獰笑道：「不過在我臨死前卻也可告訴你們一個秘密，就是『百合仙子』她不是被鬼影修羅劫走孩子自殺的，而是被我下了咒而不能自控的才自殺的！還有鬼影修羅進入夫人宮中，我們早已知覺，卻是故意放他進去的，所以整個的劫子事件全都是我一手籌畫的陰謀！哈哈！『日月天帝』，你雖然沒死，可已是給我們鬧得妻死子散，這也足夠讓你痛苦一生了！」

這次是鬼影修羅再也不能自控的狂吼一聲，「啪！啪！啪！」的連打了古里木十幾記耳光後，抓住他的雙臂聲嘶力竭的吼道：「你們……好是陰險毒辣！還我師妹命來！還我師妹命來！」

古里木雙頰腫得老高，嘴角亦也溢出血來，但卻還是獰笑著道：「你們雖然或許會勝在最後，但你們卻已是痛苦了大半生！再說我們已享受了這麼多年，就算是死了也已夠了！哈哈，能夠使別人痛苦，就是我們最大的快樂！」

項思龍沒想到這世上還有如此變態的狂人，大喝一聲，身形一閃卸去了古里木的下巴，陰惻惻的道：「你以為本座會讓你死得那麼容易嗎？我會把你的元神攝入本座體內，再利用你元神的靈智去殺你師兄和與你有關的一切親人，讓你的元神求生不得求死不能，我要把痛苦加倍的施還給你！」

古里木聽得目中第一次顯出恐懼之色，嘴裡「啊啊」的叫聲想說什麼，但項思龍是不想再聽他的話了，身形一閃躍上半空，把身體倒豎過來，以頭頂對準古里木頭頂，先把全身功力提升至極限，凝注於頭頂百會穴上，再緩緩把功力輸到古里木體內，再把功力凝成的意念把古里木腦域中的思想逐點凝固起來，把他的生命之源全都凝成了一個小點，用自身的意念去轉化他的魔性。

項思龍這怪異之舉讓得鬼影修羅和梵天邪神見了都大惑不解。

這可不是「天魔眼」的「攝神術」啊！少主在搞什麼玄虛呢？

古里木則是臉色痛苦恐懼之極，全身抖著，連小便也不禁尿了出來。

原來他知道了項思龍所施的是「聖火令」中的「煉魂轉體大法」，施法後自己就會完全受對方控制，而且決無他法可解，此是精神控制術中的至高巫術，自己和師兄雖知此術法，卻是沒有練至那等境界，無法隨心所欲的使自己意念脫體而出又輕易固體。對方既然敢施此術，那證明他的精神控制巫術已達到了高深莫測的駭人境界，自己和師兄對付「日月天帝」和笑面書生他們的正是精神巫術，現在對方道行比己方還高，那自己這方是敗定了！

還有更讓古里木恐懼的就是他自己遭對方施為後，就會完全受對方所控，成為對方的一個利用機器，要是他叫自己親手殺了師兄和自己的一切親人後才清醒過來，那簡直是比殺了自己讓自己受盡酷刑還要痛苦萬分。

心下雖是惶恐，但古里木卻是完全受制不能抵抗分毫，並且自身意念思想連同生命線全都正被項思龍的「練魂轉體大法」煉化著，而逐漸失去了自我。

項思龍全付身心都已沉浸入了施法之中，他也是突地腦中靈光一閃想起了「聖火令」中的邪術來，內中記載說，練成了「不死神功」之人有能力施展之邪術，於是決定大膽一試，以惡制惡，以邪制邪，反正也是不算失了人道，再說收伏像古里木這樣一個高手，對己方來說可是有著莫大的好處。不說自己不用裝扮成古里木大感為難，有了他為自己這方，攻入阿沙拉元首他們內部也有莫大的幫助。於是他決定冒險施展此術收服古里木，不想一試之下果也湊效，當下更是讓意念全部進入古里木體內，讓他體內隱藏著的所有魔念都無所隱遁之地。

足足過了一個多時辰的工夫，項思龍才長吐了一口氣，從古里木頭頂上縱身落地，盤膝坐地運氣養神盞茶工夫後，從地上躍了起來，望了一臉緊張之色的鬼影修羅和焚天邪神一眼，微笑道：「好了，大功告成，之後古里木就成了我們的一個工具！有了他，不愁魔教不滅！也省卻了我的許多精力。」說罷，又轉向鬼影修羅道：「只是鬼影前輩無法手刃大仇了！」

鬼影修羅神色一怔，清醒過來後搖了搖頭道：「少主如此懲罰他，卻是比親手殺了他更讓屬下感到痛快呢！還請少主今後不要稱屬下為什麼『前輩』的了，少主直呼我鬼影修羅這名號就可以了！」

項思龍見鬼影修羅如此通達，大感寬心，大聲向集議廳外的天絕、上官蓮、曾盈、易凡等道：「好了，義父、姥姥你們進來吧！」

天絕和上官蓮等在廳外早就等得不耐煩了，聞得項思龍這話，頓即譁然的湧了進來。

天絕詫異的望著穴道被制，神色卻甚是安祥平和的古里木道：「少主，這傢伙怎麼像是凶性全消了？你沒有攝住他的元神嗎？怎麼他還活著？」

上官蓮等這刻也見得了古里木的異態，心中有著和天絕同樣的疑問，頓都把目光投向了項思龍。

項思龍淡然一笑道：「我已施法煉化了他的元神，使他的心性和情緒都受我控制了！因我現刻心情大暢，沒有把陰冷凶殘的思想向他傳送，所以他現刻的狀態如我一樣是歡快的。如今我也不用再為裝扮古里木犯愁了，諸位娘子對我也大可放心了！」

張碧瑩聽了這話歡呼道：「思龍的意思是說，你不用再與其他女人鬼混了嗎？這可太好了！我心裡可正擔心著你會不會被那些洋妞迷住，而再也不中意我們了呢！」

其他諸女也是一臉欣然的輕鬆之色，上官蓮這時也歡悅的發話道：「那麼思龍也就可省去學習那古里木的什麼武功和探研古里木的一些事情了！由古里木自身來處理這些事情。思龍則從旁暗中控制古里木，既可降低危險性，又可得知我們所需要的情報，同時暴露身分的可能些也少了許多，此一舉多得之法，可真是很好！還有一個問題，思龍你準備以什麼身分混入古里木的陣營中呢？」

項思龍望了躺在地上的鐵塔和大山一眼，心下有了主張道：「這兩位護法的身材跟我與焚天邪神差不多，那麼我們就裝扮他們二人吧！身分地位也不低，可以與古里木親密交往，見著阿沙拉元首他們這些魔教高層人物的機會也有！」說罷「喂」了聲道：「時間真的是不早了！姥姥，我們還是要趕快回到『風雷堡』去！鬼青王，即刻去挑選出一些府中高手來，讓我改裝一下作為護衛武士！」

鬼青王領命而去後，項思龍便著手為自己和焚天邪神易容起來，剛弄好不多時，鬼青王領著百多名精挑出來的地冥鬼府教徒趕了回來，項思龍再次從中挑選了四十七名出來，自馬車上取出衣甲兵器，讓各人選取一樣兵器一套衣甲，又為眾人化妝了一番，才又再得了個半時辰，天色已是將近黃昏了，才辦完一切準備工作。

事完後，以受制的古里木為首，項思龍與天絕、上官蓮、易凡、鬼影修羅等依依不捨的別過，領著焚天邪神和四十九名地冥鬼府的武士「押」著古里木與他的兩名愛妾以及四名婢女，浩浩蕩蕩的擇小路僻徑向「風雷堡」進發開去。

項思龍看著西邊天空上正欲下墜的夕陽，心中感慨萬千。

自己可正想不到事情會發展得如此順利，收伏了笑面書生、鬼靈王、易凡等不說，還收伏了鬼影修羅和控制了古里木，一切都是那麼的順心如意，像是老天在相助自己似的！

看來阿沙拉元首他們的末日也如這就要下墜的夕陽了！

了結了西方魔教對中原的隱患，自己也就大可鬆下一口氣來。

項思龍想著勝利似已在望，心中湧起豪邁的鬥志來。

說到底中原在秦末漢初時都是中國歷史的強盛時期，據歷史上的記載不是什麼西方國家入侵中原，而是中原的強大震撼了西方，讓他們對中原心存顧忌擔憂。

或許正是由於自己來到這古代打退了西方魔教，才讓得西方國家對中原如此心悸的呢！

嘿，如此的話，那自己可也是歷史上的功臣呢！

但歷史上怎麼卻沒有關於自己的記載呢？父親當年為秦始皇立下了赫赫戰功，到頭來被秦始皇下令焚書坑儒，不允許世人提起父親之名而導致歷史無載，那麼自己呢？還有現在父親助項羽打天下的「豐功偉績」呢？卻又是為何沒有被歷史記載？難道也是因得自己和父親以及劉邦、項羽之間的複雜關係所引起的？這又是一場怎樣的悲劇呢？會不會是劉邦上台做了漢高祖之後，自己為了不改變歷史，而請求他不要在史記中提及父親和自己的事情呢？

項思龍心下怪怪的想著，心情又倏地變得煩亂起來。

將來的事情還是不要去想了吧！眼下的許多煩愁之事正讓自己忙不過來呢！父親他們不知現今如何？劉邦的勢力發展也不知是否順心如意？還有韓信去投靠項羽的計畫也不知得逞沒有？

項思龍一心低頭沉思著時，梵天邪神的聲音突地響起道：「教主，前方一里多遠處就是『風雷堡』了，我們需不需要現在就把古里木和金轎四使他們弄醒過來了？」

項思龍聞言斂回心神，點了點頭道：「是得弄醒他們！對了，從現在起你是鐵塔護法，我是大山護法，不可再稱呼我為教主了，知道嗎？」

梵天邪神沉聲應「是」，與項思龍一起弄醒了古里木眾人之後，項思龍著古里木上了金轎，同時吩咐金轎四使抬轎，再弄醒了古里木的兩名愛妾和四名婢女。

叫作「愛死你」的那名洋婦「啊」的一聲率先醒過來，見得身旁的項思龍，嬌呼一聲撲入他懷中，顫聲道：「大山護法，匪徒呢？打退了嗎？總護法沒事吧？」

項思龍美人在懷卻是一點獵色的心情也沒有，改變聲音用大山護法的語音沉聲答道：「夫人，沒事了！大家都平安無事！有本護法在，幾個小毛賊又有何懼呢？」

被項思龍用意念駕御的古里木這時自金轎內傳音出來道：「大山護法，夫人她們睡醒了嗎？著她們不必驚慌，敵人已被全擊殺了，我們正在走往『風雷堡』途中！」

不待項思龍發話，他懷中的婦人就已忙坐直了嬌軀，振起精神細細打量了一下隊伍後，大是放下心來道：「可嚇死我了！敵人都被殺退了嗎？想不到中原也有如此強硬的高手！看來我們此行可真是險境重重了！」

項思龍輕笑道：「這個夫人卻是大可不必擔心的呢！我們此次入得中原來都是任重道遠了！嘿，只要我們總護法勝利完成此次任務，就可以作為元首的繼承者呢！」這消息是項思龍自古里木的意念裡探知的，自是不用擔心露出什麼馬腳。

果然，風騷迷人的「愛死你」一聽，臉上頓刻露出了神馳意往的沉迷神色道：「那時大山護法可也少不了你的一份功勞，總護法會重重打賞你的！」

「沒人騎」這時也已醒了過來，聞言嬌笑道：「要是到時夫君把你賞給了大山護法，不知妹子你可願意呢？嘿，大山護法的體格可真是健壯呢！」

「愛死你」白了「沒人騎」一眼道：「姐姐你喜歡大山護法啊？那妹子我向夫君提出來讓你如願以嘗好了！你就可與大山護法長相廝守了！」二女在車廂內嬉笑打鬧時，四婢女已由鐵塔解去穴道醒過來。

這些都是經由項思龍算計好了的，讓六女先後不同時間醒來，可以釋去她們心中疑念。

項思龍不想再聽二女赤裸裸的笑罵話了，當下把意念又傳向了古里木，古里木頓即乾咳了一聲，問項思龍道：「大山護法，『風雷堡』還有多遠啊？天黑之前能否趕到？」

項思龍倒也一本正經的恭聲作答道：「稟總護法，再過得半個時辰工夫就可到了！」

古里木「嗯」了一聲道：「本座肚子有些餓了，我們不若休息片刻，弄些吃的再說吧！他奶奶的，奔波了一天，人都快給累死了！」

這話倒是古里木自身的意念，可項思龍也放心得很，因為對方經由自己的「煉魂轉體大法」改化後，決對不會做出什麼對自己不利的事來，而是會根據自己的思緒而隨意應變，這也就是精神巫術的至高境界了——隨心隨意，受術者都在施術者的控制之中。

其實項思龍心中也確想延遲片刻再趕去「風雷堡」，因為他想先讓氣氛調整適應一下，不致露出什麼破綻來，要知道荊無命可是個老狐狸般狡猾的人物。

「愛死你」卻是疑惑的道：「都快到『風雷堡』了，我們何不快些趕路呢？到了那裡，還怕對方不盛待我們？吃了那麼多天的乾糧，我都吃厭了！」

「沒人騎」附和道：「是啊！妹子的話沒錯，我也不想再吃乾糧了呢！」

古里木的性格是以怪僻好色、陰冷凶殘出名，突地邪笑道：「本座肚子太餓了，兩位夫人就先讓我大吃一頓『色餐』吧！」言罷，只聽得金轎轎門「咋吱」一聲開啟開來，古里木身形緊跟著飛射而出，縱入馬車車廂。

二女嬌呼一聲，沒得片刻，車廂內便已粗喘浪叫聲陣陣傳來。

項思龍和焚天邪神都不禁為之側目，心下忖道：「哇咋，這古里木以好色出名，想不到卻也真的如此名副其實！」心下想來，二人都閉目養神起來。對於那四十九名地冥鬼府的武士，項思龍也放心得很，幾個人中無一不是心性堅強之人，決對不會背叛自己，且武功也都不弱，不會受一般外界力量所影響，是地冥鬼府眾教徒中精銳中的精銳。

過等了足有兩盞茶的工夫，古里木才神光滿面的由車廂走了出來，在項思龍意念的誘導之下，目中邪光火熾，仰天一陣哈哈大笑後，陰聲陰氣的道：「早聞中原美女眾多，只不知床上功夫可有我西方美女那麼厲害？此番來得中原可得盡享一番中原美女的滋味！」

項思龍心下暗罵了聲道：「你這老傢伙死到臨頭，還想玩弄我中原美女！哼，若不是為了利用你來對付阿沙拉元首他們，老子早就送你這樣的人上西天去了！」

項思龍如此想著時，古里木目光閃閃的望了他一眼道：「大山護法，咱們再次起程吧！」

這話音剛落，突地只聽得荊無命的聲音傳來道：「日月本無光！」

古里木聽了臉色一喜，隨口答道：「西方永不敗！」

暗號對上了，荊無命領著烏牛天尊和一身紅色袈裟的和尚領著四五十個武士身馳到了眾人面前，荊無命走向古里木恭身道：「特使大人為何前晚一去至今天才到呢？今天您……模樣可是大變呢！噢，這兩位是……」說著指了指項思龍和梵天邪神。

古里木冷傲的斜視了一眼荊無命道：「本座的事情輪到你來管嗎？哼，以前你還懷疑本座的身分，現在總該信了吧！那時若不是本座手下無將又沒有印信，才忍下氣來，你不被本座大撕十八塊才怪！本座以前是單人匹馬的趕來有要事，所以不宜暴露身分，不想天風卻是自作主張的去想收降那什麼項少龍，累得本座白跑一趟！喏，文書印信在這裡，讓你過目一下吧！」

荊無命驚悔中還沒來得及說「不必」，古里木已是由袖中射出一卷簡木向荊無命。荊無命早就被項思龍震懾下來，信了他這特使是真的，這刻見了這文書印信只隨手翻看了兩眼，又恭又敬的遞還給了古里木，同時心下大是驚駭。

因為他從文書中得知了特使大人是古里木，自己等先前得罪了他，這下可不知會有什麼大禍臨頭沒有，對於魔教總壇的一些重要人物，荊無命都曾由天風令主處有著詳盡的瞭解，眼前這古里木乃是最為不好惹的人物之一，性格多變、陰晴不定、生性好色、手段殘忍，自己這下可是領教過了！先前見著他時雖是冷傲，卻還是比較容易接近，想來是他需仰仗自己，又見勢單力薄，所以不敢開罪自己。但是現刻呢，幫手來了，頓刻原形畢露。

第十一章　兇神惡煞

荊無命心下甚是不安和有些莫名反感的想著，但他做夢也想不到眼前所見的這特使並非先前所見的那位特使。

古里木因受著項思龍意念的控制，所以他的神態語氣無一不像極項思龍先前所扮的特使，所以任他荊無命心思細密、為人精明，卻是也看不出絲毫的破綻來，更何況古里木本是個性格冷傲善變的人，即是項思龍所扮特使與古里木這真特使稍稍有些細微不同之處，也不會讓人懷疑，反只會愈發相信了前後兩位特使是同一個人。

項思龍在旁見得荊無命面上的神色，知道已過了他這關，大是放下些心來。

古里木這時又喋喋怪笑道：「荊堡主，我那花仙仙美人可給保護好了？」

荊無命心下知曉了特使的真實身分後，總覺甚是不自然，隱隱感到自己較喜歡特使大人先前時的脾性，對他這刻的表現愈來愈是反感。

當然心下雖是有些不舒暢，臉上卻是不敢表露出來，嘴裡更是不敢說出，還是只得恭恭敬敬的答話道：「特使大人吩咐過的事，屬下等怎敢怠慢呢？仙仙姑娘是毫髮無損的在堡裡靜候著特使大人對她的恩寵呢！屬下特也為特使大人準備了引進菜前美點，到時還恭請特使大人慢慢品嘗！滋味雖是不若仙仙姑娘那麼可口，可也是別有一番風味呢！」

古里木聽了爽聲大笑道：「好！好極了！荊堡主可真是甚會投合本座的喜好呢！如果本座中意的話，定會對你重重的賞賜。」

火龍真人因先前未與項思龍打過交道，所以聞得古里木的這番話後，對項思龍疑心盡去。烏牛天尊則是粗人一個，也頓即釋然。

只有荊無命仍是疑色不減的看了項思龍幾眼才移開目光，回答古里木的話道：「稟特使大入，屬下等救下的乃是項少龍手下一名叫騰翼的愛將，據聞此人乃是項少龍的結義兄弟，有他在手，我們確是可以繼續實施天風令主的計畫。」

古里木聞言點了點頭，項思龍聽了心下則是既憂且喜。

騰翼與父親交情深厚，在遇龍捲風襲擊時，他應是跟守在父親身邊，他既沒死，父親或許也……，待見著他時，自己再問問他當時的情況吧！無論如何，只要父親還有一線生機的希望，自己就一定得盡力設法去找尋他，拯救他！

雖然自己父子二人是處在敵對位置的，可父子情深，自己來到這古代辛辛苦苦為的就是尋找父親，又怎可以見危不顧呢？這豈不是愧為人子？

項思龍怔怔想著，驀地傳來了鬼影修羅惶急的傳音，收斂他的心神。

只聽得鬼影修羅有些氣喘的道：「少主，屬下有一要事稟報，眼前這古里木是個冒牌貨，是經真正的古里木施展過移術攝去思想而傳輸了他的思想的大山護法，而大山護法才是真正的古里木！這……乃是屬下等在檢視那大山護法時發現這秘密的，所以屬下風風火火的前來稟報！少主可是要小心行事了！」

項思龍聞得這話心神一震，來不及細想當即由鬼影修羅傳音辨出他的方位，也凝功傳音道：「那你們審沒審問過古里木這事，他的屬下有多少人知曉？」

鬼影修羅羞愧的答道：「屬下等施盡了手段，仍是無法從他口中問出任何東西來，屬下一怒之下就……就把這傢伙給宰了，所以什麼也不知道，不過屬下等從古里木身上搜出了些什物，想來對少主大有幫助，現在怎麼交給你呢？」

項思龍心急如焚的低聲詛咒一陣，強行定下心神，目光掃視了一眼又在凝望著自己的荊無命，心下惱恨的忖道：「他奶奶的，這傢伙最是可惡！可能已經對自己生疑了，得尋個機會把他幹掉，這樣自己才不會露出什麼破綻！」心下雖是如此想著，臉上還是不動聲色的望向「古里木」道：「總護法，屬下想察探一下這『風雷堡』附近的安全情況，還請總護法批准！」

項思龍如此說來雖是大為冒險，更讓他人懷疑，可他也有其他計，因為一來這假古里木乃是受自己隨意控制的，當只會護著自己，即便荊無命生疑也奈何自己不得。二來自己這大山護法可是真正的「古里木」，即便讓人生疑，只要自己抖露出「真實」身分，他人自會疑念即消。還有三來呢，這話的意思有懷疑不信任荊無命的忠心程度和實力的因素，對他來個先將一軍，使之震懾而不敢再多問有關自己這大山護法的什麼事。四來自是為了脫身去鬼影修羅那裡取證物了，因為鬼影修羅現身與自己見面的話，那只會更讓別人懷疑自己，而自己去見他呢，則就免去了這層顧慮，反可將計就計的待取著東西後，假裝大聲叫喝有敵來犯，如此荊無命等理虧之下，自更是不敢招惹自己。

荊無命、烏牛天尊、火龍真人聞得項思龍這話，自是臉色一變，冷望向項思龍，神情不悅之極，古里木則點了點頭道：「好吧！鐵塔護法就和大山護法一起去看看！」

項思龍不理荊無命等臉色變成了豬肝般難看，與焚天邪神一使眼色，二人向

「古里木」行禮過後，也不再多說什麼，身形一閃消失於眾人視線之中。

幾個起落抵身鬼影修羅藏身處後，項思龍開口就問鬼影修羅道：「到底怎麼回事？你方才所說的話是不是真的？我試探過古里木的功力，又對他施展過『練魂轉體大法』，沒有發現什麼破綻啊！怎麼又會是個冒牌貨？」

鬼影修羅一臉惶急之色道：「屬下在少主等起程後，當即對那鐵塔和大山兩個魔教護法展開刑審，本想拿他們洩洩心頭對古里木的憤恨，不想卻無意發現了那大山護法乃是真正的古里木。

「他的易容之術和人皮面具雖是絕世罕有，可屬下與他交情頗深，曾偷見過他在玩女人時，屁股上的一顆紅色大痣。屬下見著那顆紅痣當即疑心大起，費了好大功夫才脫去他的人皮面具，見他果是古里木，大驚之下當即對他嚴刑逼供，可這傢伙隻字不說的死硬，屬下一時按捺不住心中的仇恨，所以……

「但在他的貼身革囊裡發現了他的武功秘本和總護法印符，以及給天風的密函，便趕忙趕來交給少主，還好也給趕上了！」說著從革囊裡掏出一包用黃帛包起來的什物交給了項思龍，接著又道：「這裡面還有本魔教名冊，全是魔教隱伏在中原的人。還有一些淫樂的器具和藥物，想來對少主偽裝身分大有幫助吧！」

項思龍接過包裹，打開隨便看了兩眼又重新包好納入革囊中後，沉聲對鬼影修羅道：「還好你發現得及時，要是沒有知曉這秘密，我們可就危險了！好了，你先回地冥鬼府去吧！可得嚴密戒備敵人來犯！」

言罷，雙掌一錯，向鬼影修羅使了個眼色，大喝一聲道：「好賊子，竟然有膽敢監視我們！說！閣下是何方神聖？是不是笑面書生派來的？」

鬼影修羅聞言會意，也冷哼一聲笑罵道：「是又怎麼樣？『日月天帝』教主已經重現江湖，與軍師聯手起來準備光復我西方魔教了！憑你等幾個鼠輩也配來攪局嗎？簡直是癡心妄想！」

項思龍拍出一掌擊中不遠處的一塊巨石，發出震天炸裂聲，冷笑道：「你這是唬誰來著？『日月天帝』這老傢伙早年就已消聲匿跡了，想是早就死了，哪還會有得什麼重出江湖來著？想是笑面書生這叛賊撒播出的謠言吧！哼，嚇唬小孩子家還可以！想嚇唬我們麼，卻是門都沒有了！」

鬼影修羅假裝怒喝一聲，邊「逃」邊罵罵咧咧的道：「你們以二敵一，以多欺少，算得哪門子英雄？本左使童子好漢不吃眼前虧，暫且放過你們，日後再找你們算帳！」說到最後，聲音已是漸漸遠去，焚天邪神也裝腔作勢的大喝道：「有本事就別逃！來大戰個兩百回後看看誰是強者誰是弱者吧！」

項思龍也附和道：「打不過就溜？嘿，什麼左使童子？原來只不過是隻老鼠而已！」

「古里木」這時在項思龍意念的召喚下，已率了金轎四使和荊無命等飛奔趕來，老遠「古里木」就大聲道：「大山護法，是否有敵人來犯？」

言語間已是奔至了項思龍和焚天邪神二人的立身處，見著場中的一片混亂景象，「古里木」望了項思龍一眼後，又把目光嚴厲的投向了荊無命，雖是沒說什麼，但怪罪不悅之色卻是溢於言表。

只嚇得驚疑不定的荊無命頓忙向「古里木」躬身行了一行道：「特使大人，這……屬下等已在這『風雷堡』方圓一里多處都設了嚴密防衛，並沒發現什麼異況，想來敵人是武功高強之輩，才避得過我們的防守！」

說到這裡，頓了頓又目光炯炯的投向了項思龍道：「大山護法，方才來犯的敵人是否自稱是『日月天帝』教主的左使童子？嘿，如真是他，那屬下等自是防犯不住他了，這傢伙不但武功高強，且機智極高，他曾擊斃了地冥鬼府的鬼王西門無敵，又擊敗了匈奴真主達多，乃是地冥鬼府的新少主，也控制匈奴二十來萬兵馬大權，是個武林後起之秀。天風令主本也留意過此人準備收羅他，不想卻被『日月天帝』教主搶了個先。如是此人來犯，那麼特使大人等的行蹤已被對方偵察知了，看來敵人已是急不可耐的想跟我們交手了！」

「古里木」冷哼了一聲道：「區區一個左使童子就把你們嚇成這個樣子，天風可也真不知怎麼收羅屬下的！全是一些烏合之眾！好了，先回『風雷堡』！想來敵人只是來探我們的虛實，並不會向我們發動攻擊呢！」

項思龍則是面色恍慮的道：「方才那左使童子武功確是不弱，竟能在我和鐵塔護法的聯手夾擊之下，接我們十多招而全身而退，看來敵人的實力真是不可小視！為了元首的偉大事業，我們可得小心為是！」

「古里木」點點頭道：「大山護法說得不錯，本座馬上向總壇傳書求助！」

項思龍引導「古里木」說出的這話，乃是暫穩荊無命的心的，以免他私自以那天風令主代理人的身分，向總壇傳書什麼消息，要是他說出了對自己的疑心之事，那可就大事不妙了。

以阿沙拉元首他們的精明，得知此事後定會對自己起疑惑，自己的一番心機也就付諸東流，說不定反會陷自己於困境中。所以一定得穩住荊無命，再來個先下手為強，設法除去他，如此自己才可放下心來的去與阿沙拉元首他們周旋。

荊無命聞言只一臉疑戒之色的望了項思龍幾眼，也沒說什麼，只默默領了「古里木」和項思龍等向他的「風雷堡」行去。

「風雷堡」比之「烏牛天尊」的「烏牛府」卻又是雄偉壯觀了許多，一派中原王室大臣的氣勢，堡外設有十多米寬的護城河，整座城堡呈六角圓弧狀，每角都設有一個防堡所，有大批武士守衛，嚴然是一個易守難攻的堅固堡壘。

難怪天風令主會選擇這「風雷堡」作為他在西域的發展根據地了！

項思龍在過吊橋時邊打量著「風雷堡」，心下邊思想著。

進得堡內卻又是一番氣象，上千名武士正都在環繞城堡的練武場中刀光劍影的拳來腳往，練習著搏鬥之術，並且井然有序，每百十名均有一教頭執教。

穿過練武校場又是一宮殿般的環形廊道，廊道似是特意建造的，暗處均有人把守，內中可能佈置有大量的機關陷阱，因為廊道地面全都是用一塊分色式不同的打磨過的石塊鋪成的，隱隱似有八卦、陰陽五行等陣法，並且四壁點有燈光。

項思龍邊走邊暗凜「風雷堡」工程的巨大和建構的詭秘。

看來「風雷堡」之所以能與地冥鬼府在西域齊名並駕齊驅，可也確是雄厚的實力，而並非人們對之誇大其辭了。

要想攻破這「風雷堡」，雖不說難如登天，可也實在並非易事。

思索間已隨荊無命進了內府，這裡面卻又是別有天地，花鳥蟲魚亭台樓閣處處都是，更有數十名豔美少女正在一寬大涼亭裡翩翩起舞，嬌聲歡語擾人心菲，讓人見之混然忘憂而不覺慾念大起。

「古里木」已是垂涎欲滴，眼巴巴的直盯著亭內的十多名美女子，口中大呼道：「他奶奶的，中原美女別有一番風味，還沒嘗過其滋味，已是讓得本座慾火頓起了，待真個上陣時豈不是更過癮？」

荊無命雖是不屑此特使的色相，但還是投其所好道：「既然特使大人中意，那今晚屬下就叫她們侍寢特使吧！」

「愛死你」卻是嫉妒的冷笑道：「中原美女有什麼稀奇的？中看不中用而已！但看她們那拳頭般大的小奶奶，也知其床上功不行的了！」

「古里木」橫瞪了「愛死你」一眼，突地又邪笑道：「要知道到底誰行誰不行這還不簡單？今晚你就與她們一起讓老子試試不就得了！」

「愛死你」嘟嘴氣呼呼的道：「試就試！但是得有人作裁判！我看就讓大山護法和鐵塔護法二人在旁觀戰作裁判好了！」

「古里木」哈哈大笑道：「就依你！他奶奶的，你這騷貨，就喜歡這套！沒人在旁看你『表演』就興奮不起來！老子今晚就滿足你這個要求吧！」

古里木和「愛死你」這打情罵俏的淫穢之語，讓得項思龍和荊無命等聽了暗皺眉頭，想不到西方這些猛男淫娘，竟是荒誕到這等地步。

當然心下雖是不恥他們這話，嘴上卻不會說出。

荊無命是因懾於對方的權勢和武力，項思龍卻是不想限制「古里木」的真實心性，以免他露出什麼破綻，反正只要他不過份且不洩露什麼秘密，自己就任由他荒淫去吧！

荊無命府中的這些女人也不是些什麼好東西，定是他專門訓練出來供人淫樂的間諜，遭侮辱也沒什麼好同情的，只是對於花仙仙是不可讓「古里木」碰她，這也並不會洩露身分，以真正的古里木的個性，他看上的女人當不會讓別人首先去碰的，除非是他玩膩了不要了。

「古里木」的狂笑聲已是驚擾了正在曼歌曼舞的諸女，眾女都停了舞步住了歌聲往荊無命這邊望來，花仙仙的玉容頓時落入項思龍的眼簾。

卻見她一身素白羅裙，髮絲散披，一雙水靈靈的秀目也正往項思龍這邊掃視著，似在尋找什麼，一臉的緊張與興奮，但過得片刻，巡視完所有人的面目後，卻又是一臉失望之色。

「古里木」也發現了花仙仙，雙目發直的大聲道：「哇！中原裡原來還有此等絕色美女，確是讓人見之即想上陣啊！花仙仙，打扮一下漂亮多了？」

話音甫落時，已是縱身飛至亭中抱起花仙仙就親，只嚇得花仙仙驚聲叫起，粉拳直推「古里木」，怒斥道：「你是誰？想幹什麼？快放開我！我可是特使大人的女人！你是不是嫌活得不耐煩了？荊堡主，快叫人來趕開這惡賊！把他拉下去給生劈了！」

花仙仙愈是掙扎，「古里木」則愈是興奮的喋喋怪笑道：「夠味！有勁！本特使就喜歡帶刺的花兒！」

大笑聲中突地又放下了花仙仙，面容一肅，回復項思龍裝扮特使時的神態道：「仙仙，你不認識我了嗎？我就是特使大人啊！只不過變了個樣子，還原了真面目而已嘛！嘿，你也說是我的女人，又掙扎個啥來著？」

在仙仙嬌喘陣陣，酥胸急促起伏，滿面怒容的狐疑看了「古里木」一眼冷笑道：「你是特使大人？哼，冒充得一點水準也沒有！特使大人哪裡有你這般的好色無恥？給本姑娘滾開！」

嬌喝聲中推開了「古里木」又想作怪的大手，身形向後飄退幾步，突地從懷中拔出一把明晃晃的短劍，指著自己心窩道：「你不要過來！再過來我就死給你看！哼，我花仙仙雖是青樓出身，可也不是那麼隨便的女子！更何況我現在已是你們特使的妻妾了，決不會容許任何人碰我！」

「古里木」見狀聞言不由惶急的道：「好！好！小美人！我不碰你！不過我可確是把你從那巴拉金手下救下的特使，不信你可以問問荊堡主啊！」

在花仙仙秀目往荊無命望去時，荊無命已是走近了涼亭，老遠就答道：「仙仙姑娘，特使大人說得沒錯，他就是先前救下你的恩人！」

花仙仙聞言悲呼一聲「天啊！」嬌軀搖搖欲倒的搖頭道：「不……你這個殺人兇手，我跟你拚了！」悲呼聲中身形就往「古里木」撲去，舉劍猛刺。

但「古里木」是何等高手，又怎會讓花仙仙刺著呢？淫笑聲中身形不退反進，左手快如閃電的向花仙仙手中短劍持去，右手則一把摟向她的腰，親了一口她的嬌面後喋喋笑道：「本座就喜歡你這種帶刺的花兒！本座今晚要定你了！」

花仙仙短劍被奪，身體受制，氣恨羞惱中，張開小口狠狠向「古里木」的高鼻咬去。

「古里木」正值色授魂迷之際，冷不防下被花仙仙咬個正著，頓時痛得慘叫一聲，一把將花仙仙拋飛出懷中，口中怒叫道：「賤人，找死啊！」喝罵聲中舉掌欲向花仙仙劈去。

項思龍因不想露出破綻讓荊無命等生疑，所以沒有用意念去控制「古里木」，想讓他自由發揮其真個性，不想現在卻弄成這等結果。

眼看花仙仙就要在「古里木」掌下香消玉殞，項思龍知道自己再也遲疑不得，當下身形一閃，邊凌空拍出一掌向「古里木」掌勁接去，邊抱起嘴角滿是鮮血的花仙仙，驟然飄退。

「轟」的一聲巨響，項思龍和「古里木」掌勁碰個正著，轟然發出震天爆炸聲，勁氣四射周圍，讓得其他美女驚呼逃避，荊無命等身邊的人也都需運功抗抵才穩住身形，只可憐整個涼亭已是被勁氣炸飛。

想不到「古里木」竟然真想殺花仙仙！難道自己的「煉魂轉體大法」沒有完全控制住這假古里木？這……不可能！以「古里木」的模樣看來，他應是完全受自己控制了！那為何他竟不依自己的意願行事呢？

心念電閃的想著時，「古里木」已是收功凝視著項思龍，冷冷的道：「大山護法，你此舉是什麼意思？難不成你也看上了這小組？」

項思龍已是對這「古里木」生出厭恨之心來了，反正自己才是真正的「古里木」，殺了他也不為過，那就不若把他幹掉，免得不但幫不了自己什麼忙，反而礙手礙腳的讓自己看不順眼！

殺了他最多是自己恢復「真正」的身分，勉為其難的去扮扮古里木罷了嘛！自己本是打算裝扮他的，對他的一切已有了大概的瞭解，應該不會露出什麼破綻來的。其實說來自己誤打誤撞的沒殺「古里木」才幫了自己一個大忙，讓自己知曉了他乃是個冒牌貨呢！嘿，這也就叫作「無巧不成書」吧！

眼前這「古里木」已是沒有什麼利用價值了，殺了他也沒什麼大不了的！

想到這裡，項思龍目中精光一閃，讓全身釋發出一股逼人邪氣，語氣轉硬轉冷的道：「是又怎麼樣？本座看中的女人你也敢碰，是不是嫌活得不耐煩了？哼，本座只是叫你裝扮我來掩人耳目，好方便本座行事，想不到你卻敢如此膽大妄為！現在本座已至『風雷堡』，說明你的利用價值也就到此結束了！本座大可以殺了你，而後隨便著一個裝扮一下我，作作晃子迷惑一下笑面書生，照樣可以按計劃行事，並不是沒有你幫助就不行了！嘿，想不到你中了本座的『離魂轉意魔咒』仍然能保留一絲清醒，看來本座是低估你了！」言罷，不等「古里木」再說什麼，身形一閃，已是凝功展開了古里木的成名武功——千佛手！

卻見項思龍四身周圍猶如生發出千萬隻手來般，如驟風暴風般向假古里木擊去，其勢威猛絕倫。

勁氣漫空，殺機襲體，荊無命等對這突如其來的變故驚駭得瞠目結舌，似隱隱知曉這些個中情由，但又不能細知其緣，都不由自主的退避了開去，來個互不相助，明哲保身。

「古里木」武功雖是不弱，但已受項思龍控制了腦域，沒有了思維自主權，只是在項思龍意念傳遞叫他作誓死抗抵的命令中出手還擊，毫然不知自己已是大禍臨頭。

但見他身形一閃，巧妙的避開項思龍的攻擊，同時亦也展開「千佛手」還擊項思龍，因他自身武功已被古里木施法忘去，只存一身功力和古里木施法傳給他的武功招數，所以他也只會古里木的武功，當然所懂的因古里木藏了掘，知曉得並不多，但與項思龍卻是同出一轍，一模一樣。

二人武功招式一樣，那就只有在功力上分出勝負來了。雖然項思龍占了可控制「古里木」的先機，但他為求逼真，也便沒有在武功上限制他分毫，一時間二人你來我往鬥了個難分難解，只讓得在旁觀戰的荊無命等人都給迷糊了，不知哪個是真古里木，哪個是假古里木。

只有焚天邪神和那四十九名護衛武士心知肚明兩個都不是真的古里木。

項思龍想不到自己已提升了十層功力的道魔神功，對方竟還可以抵擋住與自己鬥個不上下，看來對方的功力確是深厚無比了！

魔教中區區一個護法已是有此等功力，其整體實力真是不容小視！

幸得那真正的古里木已給除去，要不他身為總護法，武功定然更高，倒是個難纏的傢伙！

他奶奶的，自己此行混入敵陣中的目的，就是要消弱他們的實力，殺了這假扮古里木的人就又是少了一個勁敵！

魔教十護法已去其三，其餘七大護法待慢慢設法一一除去！拔了阿沙拉元首的爪子，沒了牙齒利爪的老虎就沒那麼可怕了！

心下想來，頓即再提升了一層功力，氣勢徒然增強許多，同時冷然道：「順我者昌！逆我者亡！膽敢與本座奪美？你受死吧！」

說話間，奪自真正的古里木身上的「天王鞭」有若一道閃電般劃破假古里木真大山護法的護體罡氣，劈在對方拔出的劍尖上，準確得令人難以相信。

荊無命和焚天邪神等見了都不禁歎為觀止。

被「天王鞭」破開的劍罡四處翻騰激濺，本已殘破不堪的涼亭再次遭劫，樑斷石飛，碎石漫空。

「古里木」本已施展開了一套詭異身法，身形虛實難分，在天王鞭剛纏上刃鋒時，微一回收，始吐勁刺實。

「啪」的一聲，兩股勁氣相觸，發出一聲清脆的激響，「古里木」一個倒翻，落地後連退三步，始才站穩，項思龍學的是古里木的個性，得勢不饒人，怪笑聲中，「天王鞭」再度揚起劈出，向始剛站穩的「古里木」擊去。

「古里木」未及反應過來，這一劈劈中正著握劍手腕，慘叫一聲，長劍奪手躍落，手腕給硬生生的被「天王鞭」給劈斷。

凶殘毒辣無情，這才是古里木的真正個性。

為了破西方魔教侵犯中原的陰謀，項思龍不得不下重手，何況大山護法乃魔教重臣，本也不是什麼好人，死了也是活該。

好個「古里木」，手腕被劈斷，但卻保命要緊，在項思龍長鞭回收時，身形驟向後退，驚駭而憤怒的直盯著項思龍，恨意道：「你……你想幹什麼？我是大山護法啊！總護法為何卻要殺我？」這乃是項思龍意念所為，為的是讓荊無命等更加信任自己的身分。

項思龍假裝魔性大發，喋喋怪笑道：「你還知道自己的身分啊！哼，本座還以為你忘了呢！不過，現在為時已晚，本座已是決定殺了你這個以下犯上的廢物了，免得以後遺患無窮，當真對本座圖謀不軌起來！」話音剛落時，又是不待對方多說什麼，身形一閃，凌厲鞭招如鬼哭神號般向已成窮途末路的「古里木」擊去，著著都是殺手。

「古里木」淒叫一聲，知道自己此番必無退路，當即不退反進的向項思龍撲來，完全是一副拚命招數。

「啪」一聲，「天王鞭」劈在了「古里木」的腰身上，不待對方還身，項思龍已是揚鞭而起，把「古里木」的身形拋上半空，再內勁一吐，大喝一聲，收鞭回身，只聞「古里木」一聲撕心裂肺的慘叫，接著是已被「天王鞭」劈成兩段的身體的跌地聲。

對於項思龍這等殺人的殘酷手法，荊無命等無不為之駭然。就是焚天邪神亦也是心神暗凜，感到項思龍的懾人霸氣。場中的氣氛一時突地沉默下來，所有人都怔怔的看著全身釋發出懾人霸氣的項思龍，沒有一個人敢吭聲。

項思龍見已起到了殺雞警猴的效果，心下在有些惻然之餘，更多的是放下心來，臉上露出高深莫測的平靜之色，淡淡對荊無命道：「荊堡主著人收拾一下這殘亂之象，本座不喜歡見到血腥！」這不倫不類的話想來也是只有古里木這等魔頭才說得出吧！

項思龍心下怪怪然的想著，甚想笑出但是一點也笑不出，因為自己此次做出的惡行還只是一個開始，裝扮古里木可是要付出慘重「代價」的！

幸好大山護法也不是什麼好東西，殺了他既可使自己扮演古里木的形象更加逼真，又可為己方除去一個大敵，所以也沒什麼內疚的。

但是今後呢？與阿沙拉元首相處的日子可不是一天兩天呢！到時自己還不知要殺多少人，做多少次劊子手，姦污多少女人！更主要的是要是自己需殺自己的兄弟下屬或一些無辜的人，卻又該怎麼辦呢？付出代價？卻也不能賣了良心啊！雖說任何勝利都需付出慘痛代價，但自己卻不願充當這勝利的享受者！

唉，不要想這麼多了！走一步算一步吧！隨機應變！

項思龍心下想著時，荊無命已是被他的話驚醒過來的答道：「這……大山護……噢，特使大人，屬下等……遵命！」

項思龍見荊無命說話吞吞吐吐的，知他和其他人都心存疑念，對自己身分大惑不解，等著自己給他們一個答覆。

談談一笑後，項思龍也不負荊無命等之望的主動解釋：「你們是不是對方才之事大惑不解？嘿，其實也沒什麼大不了的！」說到這裡，頓了頓接著又道：「本座為了此行機密，不生意外事端，所以讓大山護法作了我的替身，以掩開笑面書生等的耳目，而我則暗中先行潛伏進中原來探查笑面書生等的狀況，這樣可以分散敵人的意力，不致把主力盯在本座身上，好方便本座行事。

「你們先前碰上的就是本座了！本不想這麼快就揭穿我的真實身分，誰知大山護法這傢伙竟不知天高地厚的真擺起了特使的架子來，連本座也不知放在眼裡！哼，這等狼子野心之徒也是個禍患，不如趁早把他除去，免得給本座日後帶來麻煩！對了，那項少龍的屬下騰翼現在是否可好？本座待會想見見他！」

項思龍邊說邊「欣賞」自己的演技之高，確實是似模似樣的！不過也是，不但是荊無命等信了眼前這「大山護法」是真正的古里木，想來就算是阿沙拉元首等熟悉古里木的人，也會被他迷惑過去吧！

現在最主要的任務是取信荊無命等人，並且加以籠絡，讓他們為自己所利用，待打入阿沙拉元首等高級陣營中，獲得了他們的信任後，就當即殺了這幫傢伙，免得遺下禍患，洩露自己的身分。

項思龍心下想著，目光卻是炯炯的盯在了荊無命身上，接著又道：「荊堡主是不是知曉了本座身分後，對我生出戒懼之心來？嘿，本座雖是以冷酷殘忍、好色出名，但對忠於本座的下屬還是會禮遇的！荊堡主可不要對本座心存芥蒂而傷害了我們之間的感情，此次本座來到西域，可是需要你們的鼎力相助呢！只要叛黨笑面書生一除，本座被元首提攜為下任元首繼承者，到時自是不會少了你們好處的！荊堡主可明白本座的意思嗎？」

項思龍這幾句話威逼利誘的說來，只讓得荊無命既喜且憂。

其實他被天風令主收羅以來，就一直想借助天風令主的實力得以實現他的一個隱密願望，對於這願望他一直未對任何人提起過，但是近兩年來他這願望卻是愈來愈是強烈，所以他愈發的為天風令主賣力，想獲得高升的機會，以待手上有了較大的實權後，利用魔教勢力來實現他這願望。

這次他被天風令主指定為他的代理人，可說是獲得了天風令主的信任，也是他多年為之賣力的最大收穫，心下本是喜極。因為天風令主乃是阿沙拉元首的親生兄弟，他最有可能獲得西方元首的繼承權，荊無命依靠他也就最有發展前途。

但是項思龍的這番話對他的這種信念卻禁不住有了動搖，因為古里木是阿沙拉元首的師弟，份量也不可忽視，更何況曾一度傳出古里木和天風令主為在阿沙拉元首面前爭寵而大打出手之事，後來天風令主敗在了古里木手上，他因此在阿沙拉元首面前威信大失，而被發落至了這西域負責監視笑面書生。

雖然天風令主想向古里木報一箭之仇，奪回以前的優勢，怎奈卻是一直沒有立功的機會，對笑面書生他莫之奈何，不是對方敵手，沒有取得什麼成績。

所以他這次不惜冒險用「移神轉體大法」將元神嫁傳入范增體內，企圖控制住項少龍立下大功，但可惜又遇上了龍捲風……天風令主想蓋過古里木出人頭地的希望實在是太小了！

倒是古里木在阿沙拉元首面前紅得如日中天，要是他此次真平定了笑面書生等叛黨，他的前途的確是無限光明！

阿沙拉元首自己雖未見過，可也耳聞他是一個急功近利的人，從不講私人感情，只要是誰有本事，利用價值大，他就提用誰，這也就是天風令主敗在古里木手下的原因了。自己現在該怎麼做呢？這古里木是得罪不得！

惹火了他，連天風令主也無法罩住自己！可自己向他示好呢，卻又會讓得天風令主對自己生出忌念，那自己多年來的努力可就付諸東流了！如何是好呢？古里木話中之意明顯著是想收絡自己等，跟了他地位也絕對不會比現在低，前途也光明許多，只是這人的凶殘毒辣確是教人心寒！殺人於談笑之間輕描淡寫的，毫不當一會事，但事實上天風令主也好不到哪裡去，也是十足十的大魔頭一個！

自己是得做個選擇了！賭他一把吧！

誰有依仗價值就跟誰！管他那麼多的呢！何況自己志不在效力西方魔教，而在於……所以投效魔教也只是相互利用而已，自己要取得的是眼前之利！

想到這裡，荊無命向項思龍屈膝跪地行禮的恭身道：「屬下誓死效忠特使大人！今後特使大人有任何吩咐，哪怕是刀山火海，屬下也會義無反顧！」

項思龍大是欣然的微微點了點頭，見烏牛天尊和火龍真人二人只顧傻愣愣的站著，當即趁這荊無命向自己示效的有利氣勢，雙目厲芒一閃的灼灼望向二人，冷聲道：「你們二人呢？是否願意效忠本特使了？」

烏牛天尊本是對項思龍心服口服了的，他的頭腦簡單許多，一向都是唯荊無命是命，聽他的意思行事，見得荊無命向項思龍示意效忠，只是腦筋一時轉不過來頓，聞得項思龍的冷喝聲，心頭一凜，當即也跪了下去，恭聲道：「屬下今後也唯特使大人是從，願意誓死效忠特使大人！」

那火龍真人顯是滿懷心思，一臉冷凝之色，只不知他心裡在想些什麼，但見得荊無命和烏牛天尊二人都已向項思龍歸降，又見得項思龍滿是陰沉懾人的目光逼視著自己，心下一顫，緊跟著烏牛天尊之後也向項思龍宣誓效忠。

項思龍對此番的收穫大是滿意，仰天一陣哈哈大笑後，沉聲對跪在自己面前的三人：「好！你們以後跟著本座，本座絕不會虧待你們的！從現在起荊堡主就封為西域分壇的總指揮，待我們大功告成後就正式榮升為西域分壇壇主，可執元首金令。烏牛天尊和火龍真人二人則分為荊堡主的左右二護法，可執元首銅令。好了，你們起來吧！」

荊無命等三人謝恩領命立起，荊無命是一臉凝重的喜色，烏牛天尊則是一副無所謂的樣子，只有火龍真人則是臉色陰晦不定，似是有些嫉恨的望著荊無命。

項思龍見了那火龍真人的臉色，早已是對他生了疑心。這傢伙看來並未對自己完全臣服，自己可得小心戒備著他點！這火龍真人現在或許是假裝效忠自己，因為他一來懾於自己威勢，二來勢單力薄，所以來個好漢不吃眼前虧的想虛與委蛇的敷衍過自己，而後又去向天風令主告密，隨便在自己陣營中做個內奸！

嘿，但我項思龍又豈會讓你意願得逞？要是連你這等小角色也對付不了，那我還怎麼去與阿沙拉元首他們鬥？心下想著，嘴角上頓然浮起一絲陰冷的笑意，望著火龍真人道：「本座對火龍護法倒是有些陌生，但不知你在天風手下任什麼職位？」

火龍真人聞言心神大凜，臉色有些蒼白的道：「這……稟特……特使，屬下……在令主手下任密探首領！」

項思龍見了火龍真人這窘懼之態，並不以為然，但對他的職務卻也有些感興趣，更是冷冷相逼道：「密探首領！職位不高，但看來天風令主挺信任你的嘛，不知投靠本座後，可是真的願為本座效力？」

項思龍這等鋒利的逼問，嚇得火龍真人屁滾尿流，額上冒汗的顫聲道：「屬下……自當會……會效忠……特使！決……決無二心！」

項思龍聞言冷冷一笑，正待再次逼問讓這火龍真人露出原形時，突地一聲陰冷的沉喝聲傳來道：「古里木，你也太過份了點吧！」

無極作品集

尋龍記 第二輯 卷四 神劍

作者：無極
發行人：陳曉林
出版所：風雲時代出版股份有限公司
地址：10576台北市民生東路五段178號7樓之3
電話：(02) 2756-0949
傳真：(02) 2765-3799
執行主編：劉宇青
美術設計：許惠芳
業務總監：張瑋鳳
出版日期：2025年1月
版權授權：蔡雷平
ISBN：978-626-7464-72-4
風雲書網：http://www.eastbooks.com.tw
官方部落格：http://eastbooks.pixnet.net/blog
Facebook：http://www.facebook.com/h7560949
E-mail：h7560949@ms15.hinet.net
劃撥帳號：12043291
戶名：風雲時代出版股份有限公司

風雲發行所：33373桃園市龜山區公西村2鄰復興街304巷96號
電話：(03) 318-1378　　傳真：(03) 318-1378
法律顧問：永然法律事務所 李永然律師
　　　　　北辰著作權事務所 蕭雄淋律師

行政院新聞局局版台業字第3595號 營利事業統一編號22759935

定價：340元　

國家圖書館出版品預行編目資料

尋龍記 第二輯／無極 著. -- 臺北市：風雲時代出版股份有限公司，2025.01 -- 冊；公分
ISBN：978-626-7464-72-4（第4冊：平裝）

857.7　　113007119